KB232256

불사전기

Fantastic Oriental Heroes

不死傳記

불사전기 1
풍운아 新무협 판타지 소설

초판 1쇄 찍은 날 § 2004년 5월 15일
초판 1쇄 펴낸 날 § 2004년 5월 25일

지은이 § 풍운아
펴낸이 § 서경석

편집장 § 문혜영
편집 책임 § 권민정
편집 § 장상수 · 최하나
마케팅 § 정필 · 강양원 · 이선구 · 김규진 · 홍현경

펴낸곳 § 도서출판 청어람
등록번호 § 제1081-1-89호
등록일자 § 1999. 5. 31
어람번호 § 제2-0377호

주소 § 경기도 부천시 원미구 심곡1동 350-1 남성B/D 3F (우) 420-011
전화 § 032-656-4452 팩스 § 032-656-4453
http://www.chungeoram.com
E-mail § eoram99@chollian.net

ⓒ 풍운아, 2004

ISBN 89-5831-115-0 04810
ISBN 89-5831-114-2 (SET)

불사전기

풍운아 新무협 판타지 소설

도서출판 청어람

목
차

작가 서문

철모르는 중학교 시절 어른들의 동화책이라는 무협 소설에 빠져 아직도 헤어 나오지 못한 지 이십여 년이 흘렀습니다.

그 세월 동안 참으로 많은 무협 소설을 읽으면서 무한한 감동과 상상력을 키웠던 제가 정작 무협 소설을 쓸 거라고는 전혀 생각하지 못했습니다.

어쨌든 처녀작인 불사전기(不死傳記)를 내며 심히 부끄러울 따름입니다. 출판사에서 오타 수정과 교정을 거쳐 출판하는 것이지만 제가 문학을 전문적으로 공부한 사람도 아니고, 제대로 글을 써본 적도 없는 사람이기에 문장과 어법이 맞는지도 모르는 채 출판을 하기 때문입니다.

또한 불사전기는 좌백님의 금강불괴와 하이랜드라는 영화를 모티브로 하였고, 무협 소설들이 비슷한 소재와 내용으로 출판되듯 불사전기도 많은 부분을 서적과 인터넷을 통하여 인용하고 참고하였기에 무협이 가지는 특성의 틀에서 크게 벗어나지 못했다고 볼 수 있습니다. 즉, 순수한 저의 창작물이라고 말할 수 없다는 것입니다. 그렇기에 불사전기라는 졸작을 내놓으며 부끄럽기도 하고 두렵기도 합니다.

한편으로는 졸렬한 필력으로 불사전기를 출간함으로 인해 기성 작가 분들께 누를 끼치는 것은 아닌지 싶어 심히 죄송스럽기도 합니다. 하지만 제 나름대로는 재미있는 무협을 쓰려고 고민하였고, 셀 수 없는 날을 새워가며 많은 시간과 심력을 소모한 산고의 결과물이기에 그나마 위안을 삼아봅니다.

제 스스로 작가라고는 생각하지 않지만 '작가는 책으로 말한다' 라는 말을 많이 들었습니다. 독자님들의 호평을 듣는다면 더할 나위 없겠지만 비난과 비평에도 변명하지 않고 겸허하게 받아들여야 한다는 말이라고 생각합니다.

강호제현(江湖諸賢)의 신랄한 초식을 기다리겠습니다.

끝으로 이 책이 나오기까지 많은 관심과 질타를 아끼지 않았던 청어람 출판사 관계자 및 GO! 武林과 武俠小說天國의 무림동도 여러분에게 깊은 감사를 드립니다.

서장(序章)

진(秦)나라 시 황제가 불로초(不老草)를 구하기 위해 불로장생 연구가인 방사(方土), 서복(徐福)과 동남동녀 오백 쌍을 동해의 삼신산(三神山)으로 보냈는데, 삼 형제가 그들을 만난 것이 그때였다.

삼 형제는 당시 도교 사상의 한 가지인 불로장생의 비법을 연구하고 있었다. 식이법(食餌法)과 기(氣)의 순환, 그리고 연금술(鍊金術)에 의해 불로불사한다는 비법이었다.

삼 형제가 연구하던 불로장생의 비법은 식이법을 통한 기의 순환까지는 나름대로의 성과가 있었지만 연금술에 의한 영단을 만드는 것이 문제였다. 그 당시 유화수은(硫化水銀) 등의 화학 물질로 단(丹)을 조합한 연금술이 발달하였지만 이 단을 먹고 불로장생한 사람은 없었을뿐더러 오히려 피부가 노화되고 단명(短命)하는 등의 일들이 비일비재(非一非再)하였던 것이다.

이에 새로운 방법을 찾던 삼 형제는 그들로부터 불로초에 대한 이야기를 듣고는 불로초와 연관된 새로운 불사(不死)의 비법(秘法)을 연구하기 시작하였다. 이 불사의 비법을 연구한 삼 형제는 첫째가 약초꾼이고 둘째는 의원(醫院)이며 셋째는 도인(道人)이었다.

삼 형제는 불로초를 찾아 십 년이라는 시간을 허비해 가며 죽을 고비도 몇 차례 넘기면서 천신만고 끝에 삼신산에서 불로초를 구할 수 있었다. 그리하여 삼 형제는 연금술에 의한 단을 만드는 대신 자신들이 새로 개발한 비법으로 불로초와 영약(靈藥)들을 배합(配合)하여 세 개의 영단(靈丹)을 만들게 되었다.

그 영단을 복용한 삼 형제는 자신들이 어느 정도 불로불사의 경지를 이루었다고 생각하였다. 영단을 복용 후 오십 년이 지나도 늙지도 않았을뿐더러 기를 통한 내부의 순환이 원활해짐에 따라 더욱더 건강해졌던 것이다. 이에 삼 형제는 더 이상 불로불사에 대한 관심을 끊고 자신들이 하고 있던 일을 소일거리 삼아 하루하루를 보내게 되었다.

그렇게 지내던 삼 형제가 심한 고독과 삶에 대한 회의를 느끼기 시작한 것은 이백여 년의 시간이 흐른 뒤였다.

자신들은 불로초의 영단으로 인하여 영생은 아니더라도 오래 살 수 있다는 것을 알았다. 하지만 자신들과 동시대에 태어나 다정하게 지내던 사람들이 늙고 병들며 죽어가는 것을 옆에서 바라보자 삶이 허무하게 느껴졌던 것이다.

또한 그들의 가족들과 자손들이 세월의 흐름을 거부 못한 채 명멸(明滅)해 가는 것을 본 삼 형제는 삶에 대한 궁극적인 회의를 느꼈다. 과연 불로불사하면 뭘 하겠는가? 하는 생각에 빠져들게 된 것이었다. 그리하여 삼 형제는 세상을 등지며 장백산의 이름 모를 골짜기에 은거(隱居)

를 하였다.

다시 이백 년의 세월이 흐르자 삼 형제도 서서히 늙어갔다. 불로초의 영단으로도 늙어가는 것은 멈출 수가 없었던 것이다. 삼 형제는 앞으로의 삶이 오십 년밖에 되지 않는다는 것을 직감적으로 느꼈다.

그동안 깊은 산중에서 서로를 의지하며 지내던 삼 형제는 시간이 얼마 남지 않았다는 사실을 느끼게 되자 다시 세상을 그리워했다. 가끔씩 생필품과 기타 잡다한 것들을 구하기 위해 세상에 나가기는 하였지만 삶에 대한 회의를 느낀 자신들로서는 별다른 감흥이 없었던 까닭에 세상살이에 신경을 쓰지 않았던 것이다.

그러나 자신들이 염원(念願)하던 불로불사의 꿈이 이젠 오십 년 후면 끝난다는 것을 생각하자 다시 현실의 세계로 돌아오게 되었다. 그리고 너무나 오랫동안 세상을 등지고 살았다는 생각에 자신들의 삶이 허무하기도 하였고, 또한 삶을 헛되게 살았다는 생각도 들었다.

그토록 오랫동안 살면서 정작 자신들이 이루어놓은 것은 아무것도 없었기에 허무함은 더욱 컸다. 물론 각자의 업(業)에 따른 연구와 수련으로 자기 성과의 보람은 있었지만 죽음을 예감한 그들로서는 그동안 잊고 지냈던 불로불사의 비법을 다시 생각하지 않을 수 없었다. 오백 년 가까운 긴 세월을 살았지만 그것이 진정한 불로불사가 아닌 까닭에 다른 방법이 있을 거라는 생각을 하게 된 것이다.

시간이 얼마 남지 않았다고 생각한 삼 형제는 불로불사의 비법을 완성하지 못하더라도 다시 한 번 시도해 보자는 생각을 하였고, 이에 밖으로 나가 다른 방법을 구해보자는 합의를 하였다. 그리고 사십 년 후 다시 이곳 장백산에서 만날 것을 기약(期約)하며 각자 서로의 길을 떠나게 되었다.

사십 년이라는 세월이 결코 짧은 것은 아니었지만 어느덧 세월은 흘러 삼 형제는 다시 장백산에 모이게 되었다. 그중 둘째인 의원은 십 년 전에 이미 장백산으로 돌아와 있었고 부인과 아이까지 있었다.

둘째는 세상을 떠돌던 중 부상당한 사람을 만나게 되었는데 의원의 도리상 그냥 지나쳐 갈 수 없었기에 그 사람을 치료하게 되었다. 그런데 이 부상을 입은 사람은 무인이었고 살수(殺手)에게 상처를 입어 쫓기고 있는 상태였던 것이다. 이런 사실을 몰랐던 둘째는 무인을 치료하고 며칠 후 무인을 상처 입혔던 살수와 만나게 되었다.

두 사람이 다시 맞붙어 싸우는 사이 둘째인 의원은 자신의 목숨도 위태롭다는 것을 느끼고 그 자리를 피하려다 살수가 던진 암기에 여러 군데 상처를 입었다. 도주하던 중 피를 너무 많이 흘린 까닭에 정신을 잃고 쓰러지게 되었고, 이후 정신을 차리고 보니 지금의 부인이 자신의 집으로 옮겨 그를 치료하였다. 그러던 사이 두 사람은 정이 들어 혼례까지 치르게 되었으며 아들까지 하나 낳고는 십 년 전 이곳 장백산으로 다시 돌아왔던 것이다.

둘째인 의원이 그렇게 일상의 이유로 일찍 장백산으로 돌아온 반면 나머지 두 형제는 그동안 세상을 떠돌며 너무도 많이 변한 세월의 산물을 보며 새로운 것들을 접하게 되었다. 자신들만이 불사의 비법을 연구하는 것이 아니라 나름대로 각자의 방법으로 불로불사에 도달하려 하는 사람들을 보았던 것이다. 그것 중의 하나가 바로 무공(武功)이라는 것이었다. 그냥 촌민으로 마을 사람들과 어울려 살다가 그들의 죽음에 회의를 느껴 산중에 은거한 그들로서는 무공에 대한 지식은 아주 단편적인 것이었다. 물론 무공을 하는 무사들을 보지 않은 것은 아니지만 무공으로 불로불사에 도전한다는 것은 생각지 못했었다. 또한 금단술이 아닌 도가 계열의 선법(仙法)으로 선인을 꿈꾸는 사람들도 보았고, 또 그에 가깝게 도달한 사람도 보았던 것이다. 그야말로 자신들은 불로초의 영단으로 오백 년을 산 괴물에 지나지 않았고 우물 안의 개구리였다는 것을 느낀 것이다.

그리고 자신들의 비법으로 불로불사를 이루어도 무공이 높거나, 아니, 칼을 든 자에게 부상을 당하여 상처를 치료하지 못하거나 단칼에 목을 베인다면 불로불사라는 말은 허무맹랑한 환상에 불과하다는 것을 알았다. 또한 불로불사를 이루고 아무도 살지 않는 이런 깊은 산중에 홀로 산다는 것은 그냥 평범한 사람보다 못한 삶이라는 것을 알았기에 세상에 나간 삼 형제는 허망할 수밖에 없었다.

둘째인 의원은 이미 죽을 고비를 한 번 넘긴 경험이 있었기에 자신들이 생각한 불로불사의 비법이 빛 좋은 개살구에 지나지 않았다는 것을 알고 있었다. 삼 형제는 자신들이 생각한 불사의 비법을 버릴 수밖에 없었다. 물론 그들이 연구한 비법으로 늙지 않고 최상의 신체를 갖추어 어느 정도 오래 살 수 있다는 것은 사실이었다. 하지만 그것만으로는 이 세상을 살아가지 못한다는 것이 문제였다. 그래서 삼 형제는 새로운 방법을 찾고자 했다. 그것은 바로 무공과 관한 것이었다.

늙지 않는 최상의 신체를 갖추는 것은 어느 정도 되었다고 생각했다. 그러니 이러한 신체를 단련하고 자신의 몸을 지킬 수 있는 무공이 있다면 불사지체(不死之體)에 가깝게 될 것이라 생각하였던 것이다. 하지만 삼 형제는 단지 오랫동안 살아온 일반인에 지나지 않았기에 무공에 대한 어떤 공부도 할 수 없었고, 또한 무공 서적을 구할 수도 없었다.

철포삼(鐵布衫), 금종조(金鐘罩), 십사태보횡련(十四太保橫練) 등의 외공 계열의 무공은 하급무공(下級武功)으로 치부되어 내공을 익히는 사람들은 등한시했다. 내공을 이용한 면장으로 내부를 뒤흔들면 외공은 감당하기 힘들기 때문이었다. 또한 내공을 익히지 않은 사람의 칼과 도는 막아낼 수 있을지언정 내공을 익힌 고수의 칼날은 어쩔 수가 없었다. 그리고 이 외공에는 한곳을 단련할 수 없는 조문이라는 약점이 있었기에 내공을 익힐 수 없는 사람들이나 익히는 하급무공으로 치부된 것이다.

그러나 삼 형제는 이런 외공이 자신들이 연구한 불사비전과 합친다면 그 성과가 대단할 것이라고 생각했다. 특히 둘째인 의원은 실수에게 죽을 고비를 넘기면서 사람의 신체에 눈을 돌리게 되었고, 이미 외공과 더불어 신체를 단련할 수 있는 방법을 연구하고 있었다. 신체의 근육들을 최상의 상태로 만들 수 있는 방법과 그런 후 외공 계열의 무공을 연구하여 이를 이용한 신체 단련 방법을 연구하고 있었던 것이다.

그런데 문제는 내공에 관한 것이었다. 내공에 대한 연구를 하려고 해도 심오한 내공심법은 알 수가 없었고 누가 알려주려고도 하지 않았다. 기껏 널리 알려진 삼재심법(三才心法)이나 사상심법(四象心法), 오행신공(五行神功)만을 알 수 있었다. 그리고 이런 내공을 바탕으로 한 검법, 도법, 권법 등의 초식들은 엄두도 못 낼 것들이었다.

삼 형제는 십 년 동안 다시 이것에 대한 연구를 하였다. 물론 내공에 관한 상승의 무공은 아무것도 알 수 없었지만 세상에 알려진 삼재심법 등의 기초 내공심법과 셋째였던 도인이 그동안 연구한 토납술, 도인 체조술 등을 혼합한 이름없는 호흡법을 만들었다.

이 호흡법으로 몸의 피로를 풀고 내부의 기운들을 조양할 수 있도록 한 것이다. 쉬지 않고 계속하면 내공이라는 것이 생길 수도 있다고 생각하였다. 삼재심법, 사상심법, 오행신공 또한 내공을 이루는 심법임을 알고 있었기에 이것을 토대로 한 호흡법이라면 내공을 쌓을 수 있을 거라 생각한 것이다.

이런 심법들이 하급무공에 분류되어 익히기를 꺼려하지만 사실은 자연의 기운을 그대로 살려 선천지기(先天之氣)에 가장 가까운 내공으로 변한다는 것은 누구나 알 수 있었다. 다만 내공을 대성하기에 그 시간이 너무도 오래 걸리고, 이런 심법으로 대성한 사람이 없다는 게 문제였기에 검증되지 않는 심법이었다. 또한 내공을 쌓는 기간을 단축하고 안정적이고 빠른 대성을 이룰 수 있는 심법들이 연구, 발전되면서 어느 누구도 이런 삼류심법을 배우려 하지 않았던 것이다.

십 년은 그리 길지 않은 세월이었다. 삼 형제가 밤낮을 가리지 않고 불사비전에 매달렸지만 별다른 성과가 없었다. 둘째인 의원이 연구한 외공의 수련법이 그나마 체계적인 완성을 보았고, 내공심법이나 무공에 관한 것은 진척을 보지 못하고 제자리걸음만 하였다.

삼 형제는 후대를 기약하지 않을 수 없었다. 불사비전의 연구에 진척이 없자 둘째의 아들을 열다섯이 되던 해부터 불사비전 연구에 참여시켜 후일을 도모했고, 첫째는 다음 대를 위하여 갖가지 영약을 찾아다녔다. 둘째는 보다 완벽한 외공 수련법을 연구하는 데 전력을 쏟았으며, 셋째는 무공에 관한 것은 제쳐 두고 내공심법의 기초만이라도 잡는 데 주력하였다.

십 년의 세월이 흐른 후 삼 형제는 오백의 나이에 세상을 떠났다. 첫째와 둘째는 자신들이 할 수 있는 일은 다했다며 기쁜 얼굴로 세상을 떠났고, 셋째인 도인은 겨우 내공심법의 기초만을 완성한 채 못내 아쉬운 표정으로 생을 마감했다.

　그들은 의원의 아들에게 무거운 짐을 넘기며 계속적인 불사비전 연구를 부탁하고는 오백 년의 한을 남긴 채 떠난 것이다.

제1장

불사(不死) 태어나다

불사(不死) 태어나다

산동 해안 지대의 해산관이라는 어촌이 있다. 가까운 바닷가의 수심도 그리 깊지 않을뿐더러 해송으로 둘러싸인 방파제의 경치가 일품인 곳이었다. 여느 어촌과 마찬가지로 어업을 위주로 하는 자급자족형의 어촌이었으며 순박한 사람들이 사는 곳이기도 했다. 이곳의 특징이라면 동이족(東夷族)이라 불리던 신라와 백제, 고구려 등의 사람들이 그 옛적에 정착하여 이룬 어촌이었다.

때는 햇살이 따뜻한 오월의 봄날이었고, 이곳 해산관의 해송도 그 푸름을 더해가고 있었다. 그런 해송으로 이루어진 방파제가 있는 곳에서 초로의 노인이 낚싯대를 어깨에 메고 어슬렁거리는 걸음으로 마을 입구에 들어서고 있었다.

"정(鄭) 의원님! 고기는 많이 잡으셨는지요?"

노인을 바라보던 기골이 장대하고 순박해 보이는 청년이 건네는 말이었다.

"하하! 장삼(張三) 아닌가. 어디를 가나?"

정 의원이라 불린 노인이 반가운 투로 말했다.

"예! 앞 바닷가에 그물을 보러 가는 중입니다."

공손한 태도로 대답한 장삼이라는 청년이 고기가 담긴 광주리를 바라보았다.

"얼마 못 잡으셨군요. 오늘은 바람이 좀 불어서 고기가 없었나 보네요. 제 그물에 잡힌 고기들이 많으면 제가 조금 드리겠습니다."

정 의원은 웃으면서 말했다.

"허허……! 혼자 사는 사람이 많이 잡으면 뭐 하나, 그저 간단히 식사만 할 수 있으면 되지! 그런데 자네, 박 어옹의 손녀와 혼사가 이루어졌다며? 축하하네!"

정 의원의 말에 장삼의 순박한 얼굴이 붉게 변했다.

"그래, 부모님과 같이 살 작정인가? 아니면 따로 봐둔 곳이라도 있는 겐가?"

"아직 결정된 것은 없습니다. 양가 부모님들과 상의를 해야겠지요."

"음! 알겠네. 바쁜 것 같은데 어서 가보게나."

"예! 그럼 다음에 또 뵙겠습니다."

정 의원은 듬직해 보이는 장삼의 뒷모습을 바라보다가 문득 생각난 일이 있었는지 그물을 보러 가는 장삼을 다시 불렀다.

"이보게, 장삼!"

"예……! 더 하실 말씀이라도 있으신지……."

"혹시 저녁에 시간이 나면 나의 집에 들러주겠나?"

"예! 그렇게 하겠습니다."

장삼의 대답을 들은 정 의원은 집으로 돌아왔다. 정 의원의 집은 ㄷ 자 형의 집이었다. 왼쪽은 약재 창고이고 가운데는 정 의원이 거처하는 곳이었으며 오른쪽은 환자들을 돌보는 곳이었다.

방으로 들어선 정 의원은 정면에 보이는 초상화 그림이 그려진 족자를 들추었다. 족자가 걸려 있던 벽의 뒤에는 조그만 공간이 있었고, 그곳에는 묵색의 상자가 들어 있었다. 사방 한 자 크기의 상자는 무척 단단해 보였고, 상자 뚜껑의 이음새가 표시나지 않는 것이 정밀하게 만든 것으로 보였다.

정 의원은 열쇠고리도 없는 상자의 음각(陰刻)된 부분에 자신이 끼고 있던 반지를 끼워 돌렸다. 그러자 이음새가 없을 것 같은 상자는 소리없이 열렸다. 그런 상자 안에는 무척 오래되어 보이는 책이 한 권 들어 있었다.

불사비전(不死秘典).

정 의원은 책을 꺼내 들고는 낮게 중얼거렸다.

"휴우~ 이제 길고도 길었던 선대(先代)들의 한을 결말지어야겠지……. 결과가 어떻든 나의 대(代)에서 끝을 봐야지……!"

불사비전을 바라보는 정 의원의 눈에는 깊은 고뇌가 엿보였다.

"음……! 이미 불사비전의 내용대로 초기 단계는 이루어졌는데… 내가 잘하고 있는 것인지 모르겠지만 어차피 주사위는 던져졌고, 장삼과 박 어옹의 손녀가 잘 따라주어야 할 텐데……!"

정 의원은 불사비전의 초기 단계를 실천에 옮기고 있었다. 장삼이라는 청년과 혼사가 이루어졌다는 박 어옹의 손녀에게 실험(?)을 하고 있었던 것이다.

밤이 되자 장삼이 정 의원을 찾아왔다.

"의원님! 저 장삼입니다."

"오! 어서 오게나, 장삼!"

장삼의 목소리에 이것저것 생각에 잠겨 있던 정 의원은 정신을 차리며 장삼을 불러들였다. 방으로 들어선 장삼은 평소 못 보던 정 의원의 심각한 표정에 의아한 듯 물었다.

"정 의원님! 무슨 걱정거리라도 있습니까?"

"음……! 혼자 지내는 내가 무슨 걱정거리가 있겠는가! 내 오늘 자네를 보자고 한 건 다름이 아니라 한 가지 부탁하고 싶은 것이 있어서이네."

"예……? 저에게 무슨 부탁을……!"

장삼이 뜻밖이라는 투로 말하자 정 의원은 보기 좋은 웃음을 지으며 내일부터 자신의 집에 거처를 마련하고 의술을 배우라는 말을 하였다. 그리고 장삼의 아버지인 촌장과 이미 이야기가 된 상태라는 말도 덧붙였다.

사실 정 의원은 이곳 어촌에서 의원일뿐만 아니라 서당의 훈장 노릇도 같이 해왔으므로 마을 사람들에는 스승과도 같은 존재였다. 어촌 대부분의 사람들이 정 의원에게서 글을 배웠으며 선조(先祖)들에 대한 역사 공부도 하였던 것이다.

정 의원은 불사지체를 연구하던 삼 형제 중 장백산을 떠난 의원의 오대 자손이었다. 정 의원의 조부가 그동안 불사지체의 비전을 연구하며 떠돌다가 이곳 어촌에 정착했던 것이다. 이곳 사람들이 동이족의 후손이라는 것을 알고, 또한 더 이상의 비전 연구에 진전이 없다는 결론이 있었기에 이곳에서 눌러앉았고, 그것이 벌써 삼백 년이 되어갔다. 정 의원의 선조들은 삼 형제 이후 불사비전의 연구로 이백 년을 살 수 있었고, 정 의원의 아버지 때에야 비로소 불사비전의 이론이 체계가 잡혔다.

다만 아쉬운 것은 무공에 관한 것이었는데, 정 의원의 선조들은 무공에 관하여는 도통 소질이 없었는지 무학에 대한 기초적인 것들만 알 수 있었다.

정 의원은 결혼을 하지 않았다. 더 이상 불사비전의 무거운 업보(業報)를 자식에게 전가시키지 않으려는 것이었다. 또한 불사비전에 대한 연구가 더 이상 진전이 없고, 이만하면 실천에 한번 옮겨볼 수 있다는 생각이 들었기에 자신의 대(代)에서 끝내고 싶었던 것이다.

장삼을 바라보던 정 의원은 잠시 이런 생각에 젖어 있었다.

"장삼! 의원이 되는 것이 싫은 것은 아니겠지?"

정 의원은 일단 장삼의 생각을 물었다.

"저야 의원님의 밑에서 배우는 것이 즐겁습니다. 다만 저와 혼인할 박 소저가 어떻게 생각할지 모르겠습니다."

"그것은 걱정 말게. 이미 박 소저의 의견도 물어보았네. 박 소저는 장삼, 자네만 좋다면 따르겠다고 하더군……!"

장삼은 알았다는 듯 머리를 끄떡이며 말했다.

"모두가 정 의원님 말씀에 따른다니 저는 이의(異議)가 없습니다. 정 의원님의 밑에서 열심히 배워보겠습니다."

"그럼 내일부터 이곳으로 와주게나."

"예! 알겠습니다."

"고맙네, 장삼! 오늘은 이만 돌아가 보게나."

“예! 정 의원님! 그럼 편히 쉬십시오.”

장삼은 정 의원의 결정에 불쾌한 기색 한번 내보이지 않고 집으로 돌아갔다. 그런 장삼을 돌려보낸 정 의원은 밤하늘을 보며 긴 한숨을 내쉬었다.

“장삼, 자네에게 짐을 지우는 것이 아닌지 모르겠구먼!”

장삼은 다음날 자신이 거처할 집을 약재 창고 옆에 짓고 정 의원도 열심히 도왔다. 때는 늦은 봄인지라 땀을 흘리고 있던 장삼이 웃통을 벗고 못질을 하였다. 햇볕에 구릿빛으로 그을린 육 척(六尺:182㎝)에 달하는 장삼의 몸은 남들이 부러워할 만큼 좋은 신체를 이루고 있었다. 그런 장삼을 바라보던 정 의원은 남모를 미소를 짓고는 생각에 잠겼다.

장삼이 태어날 때 이미 정 의원은 불사비전의 초기 단계에 해당하는 실험을 준비하고 있었다. 태어난 장삼에게 영약을 먹이고 침술로 몸의 균형을 잡았으며 장삼이 커가면서 도인 체조술 같은 것도 조금씩 가르치곤 하였던 것이다. 그리고 삼 년 늦게 태어난 박 어옹의 손녀도 장삼과 같은 것을 먹이고 가르쳤다. 이 둘의 혼사가 이루어진 것도 따지고 보면 정 의원의 입김이 작용해서였다.

정 의원의 기대대로 장삼과 박 소저는 신체 건강하며 순박하고 정심(正心)한 마음의 소유자로 자라주었고, 이제 둘은 결혼을 앞두고 있었다. 그런 장삼과 박 소저가 자라는 것을 옆에서 지켜본 정 의원은 자신이 이제 천오백 년에 걸친 선조들의 비전을 끝낼 때라고 생각했던 것이다.

허기짐을 느끼며 상념에서 깨어난 정 의원이 장삼을 보며 한마디 하였다.

“이보게, 장삼! 점심 시간이 다 되어가는데 요기를 해야지 않겠나?”

“예, 의원님! 준비하겠습니다.”

정 의원은 식사 준비를 이미 장삼에게 전가시켰는지 장삼은 아무 군소리 없이 대답하고는 부엌으로 갔다. 그런 장삼을 바라보는 정 의원의 눈에는 묘한 기대감이 어려 있었다.

정 의원과 함께 지내는 장삼의 일과는 한 달 동안 변함이 없었다. 오전과 오후에는 자신이 살 집을 지었고, 밤에는 정 의원에게 의술을 배웠던 것이다. 장삼은 이미 어릴 때부터 조금씩 정 의원에게 의술을 배워왔기 때문에 별 어려움 없이 의술을 습득하고 있었다.

한 달이 지난 후 집을 어느 정도 완성하고 나서부터는 박 어옹의 손녀도 같이 의술을 배우게 되었다. 그때부터 정 의원이 가지고 있는 의술의 정수인 해부학과 침술, 그리고 약 처방에 대한 본격적인 의술이 전수되었다. 박 어옹의 손녀는 오전과 오후에만 의술을 배웠고 밤에는 자신의 집으로 돌아갔기에 장삼 혼자만이 밤에는 복습 차원의 의술 공부를 하였다.

정 의원에게 의술을 배우며 지내던 장삼과 박 어옹의 손녀가 혼례를 올린 것은 중추절(仲秋節)이 훨씬 지난 시월의 마지막 날이었다. 두 사람의 혼례는 촌장의 집이니만큼 성대히 이루어졌고 많은 사람들의 축복을 받은 행복한 하루였다.

혼례식이 끝나고 정 의원의 집으로 돌아온 장삼 부부를 정 의원이 불렀다. 장삼 부부를 불러들인 정 의원은 지금까지 자신의 선조들과 그들 부부에게 어떤 일이 있었는지를 이야기하였다.

“내 이야기는 사실이며 그대 부부가 그 흔한 고뿔조차 걸리지 않은 것도 이 같은 이유일세.”

　장삼 부부는 정 의원의 말에 어리둥절하며 놀라는 기색이었다. 정 의원은 두 사람을 보며 다시 말을 이었다.

　"사실… 우리 일가는 일대에 이백 년의 삶을 살았네. 그런데 이상하게 자식을 낳아도 아들만 낳고, 또 한 명 이상 자손을 볼 수가 없었지. 그 모두가 선조인 삼 형제 분께서 만든 불로초의 영단 때문이 아닌가 생각하고 있지만 어쨌든 사실이야."

　장삼 부부는 정 의원의 선조가 오백 년을 산 것도 믿을 수 없었지만 정 의원조차 이백 년을 살 수 있다는 것에 놀라웠다. 하지만 장삼 부부는 정 의원의 말을 믿지 않을 수 없었다. 자신들의 조부 때부터 정 의원은 이곳에서 의원을 하고 있었고, 그때의 얼굴이 지금까지 늙지 않고 있다는 것을 마을 사람들과 조부로부터 들었기 때문이다. 또한 정 의원의 나이가 백이십에 가깝다는 것을 알고 있었다. 다만 그런 나이에도 아직 초로의 나이로 보인다는 것이 그저 의원이니까 뭔가 다른 좋은 약을 복용하여 그러지 않았나 하고 모두들 생각하고 있었다.

　"그런 이야기를 저희 부부에게 알리는 것은 무엇 때문입니까?"

　장삼은 정 의원이 말을 꺼낸 이유가 있을 것이라 생각하고 물었다.

　"불사지체라는 말이 황당하게 들릴지 모르지만 어느 정도 현실성있는 이야기이고 세상에는 우리가 알지 못하는 신비한 일들이 있네. 또한 그런 능력에 가까운 사람들도 있지. 그래서 나는 자네 부부에게 한 가지 부탁을 하려고 이런 이야기를 하였네."

　말을 마친 정 의원은 속이 후련하다는 것을 느끼며 장삼 부부를 보았다. 지금까지 누구에게도 이야기할 수 없었던 것을 털어놓고 보니 마음이 후련했던 것이다. 장삼은 정 의원의 이야기를 되새기며 말했다.

"부탁이라니… 어떤 부탁입니까?"

정 의원은 한참 생각을 하더니 결심한 듯 입을 열었다.

"일단 자네들이 부부 생활(?) 하는 것을 나에게 맡기고, 또한 아들이 태어나면 그 아이를 내가 키우도록 해주게. 그 후 자네들에 대해선 어떤 간섭도 않겠네."

"그 말씀은… 저희 자식이 태어나면 그 아이에게 지금까지 이야기하신 것들을 가르치겠단 말씀입니까?"

"그렇다네."

장삼 부부는 황당하기도 하였지만 이런 이야기를 할 수밖에 없는 정 의원의 심정도 어느 정도 이해가 갔다. 천오백 년의 세월 동안 한 가지 일에 매달려 지금까지 살아온 정 의원 가문의 비애와 절박함을 느낄 수 있었던 것이다.

그러나 어찌 태어나지도 않은 자식의 미래를 자신들이 결정지을 수 있을까 하는 생각도 하였다. 또, 정 의원의 말대로 불사지체의 비법이 이론상으로 근접했다고 하나 검증되지 않은 황당무계한 일에 자신들의 아이를 맡길 수도 없는 일이었다.

그때 장삼 부인이 조용히 말문을 열었다.

"상공……! 저는 의원님이 말씀에 따르겠습니다. 저희들을 이렇게 보살펴 주시고, 건강하게 살며 부부가 될 수 있었던 것도 따지고 보면 모두 의원님의 덕분입니다. 그러니 저희가 낳을 아이도 친자식처럼 돌보아줄 것이라 생각합니다. 그리고 저희는 또 아이를 가지면 되지 않겠습니까?"

조용히 듣고만 있던 부인이 결심한 듯 이렇게 말하자 장삼은 더 이상 할 말이 없었다. 아이에 대한 욕심과 보호 본능은 남자보다 여자가 더하므로 장삼은 부인의 생각에 동조할 수밖에 없었던 것이다.

"부인의 뜻이 그러하고, 정 의원님께서 보살펴 준 은혜에 보답할 수 있다면 그렇게 합시다."

장삼은 어쩔 수 없이 승낙하고야 말았다. 사실 따지고 보면 자신들은 정 의원의 실험 대상이라고 할 수 있지만 세상에 물들지 않은 그들 부부는 정 의원의 깊은 속뜻을 모르는 것이었다.

"정말 고마우이. 내 그대들의 아이를 정성껏 키우겠네."

정 의원은 감동 어린 목소리로 말하며 두 부부의 손을 꼭 잡았다. 장삼 부부가 쉽게 승낙하지 않을 것이라 생각했는데 장삼 부인의 결심에 의외로 쉽게 해결된 것이다.

그날 이후로 정 의원은 장삼 부부의 진맥을 살피는 등 동침하여 임신할 시기를 헤아려 이십 일 후 그들 부부의 동침을 허락하며 꼭 아들을 임신했으면 좋겠다는 말을 전하였다.

다시 삼 개월이 흘러 장삼 부인에게 태기(胎氣)가 느껴지자 정 의원은 임산부에 좋은 영약 등을 다려 먹이고 부부 관계도 조심하라고 장삼에게 주의를 주었다. 장삼 부인에게는 항상 좋은 마음가짐을 가지라 이르고 임산부 몸에 무리가 가지 않는 도인 체조술도 가르치며 아이가 태어나기를 손꼽아 기다렸다. 장삼 부부도 태어날 아이를 위하여 정 의원이 시키는 일에 대해 최선을 다하였고 태교에도 정성을 다하였다.

다음 해 다시 중추절이 다가오자 장삼 부인에게서 해산 기운이 있었다. 정 의원은 오래전에 자신과 아이가 지낼 곳을 물색해 두었고 임신 기간 동안 살림살이 준비와 불사비전의 실험(?)에 필요한 것들도 준비해 두었다.

중추절 아침이 지나고 정오가 될 무렵 장삼 부인의 산통이 시작되었다. 밖에서 장삼과 정 의원이 마당을 갔다 왔다 하며 초조하게 기다린 지 일여 각이 지나자 방 안에서 우렁찬 울음소리가 들렸다.

"장삼~ 아들이네, 아들이야."

산파가 문을 열고 나오며 기쁜 표정으로 장삼에게 말했다. 장삼과 정 의원은 아들이라는 말에 기뻐하며 방으로 들어갔다.

"부인……! 수고하였소."

장삼은 거의 탈진한 듯 보이는 부인의 땀에 젖은 얼굴을 닦으며 아이를 바라보았다. 눈망울이 또렷한 아이의 울음소리에 장삼 부인은 배가 고파서 그런 줄 알고 이내 젖을 먹이려 하였다.

"안 되네! 젖을 먹이면 안 되네……!"

정 의원은 장삼 부인이 젖을 먹이려 하자 얼른 아이를 떼어놓았다.

"무슨 말입니까? 아이에게 젖을 먹이면 안 된다니요?"

장삼 부인이 힘없는 목소리로 물었다.

"전에도 얘기했듯이 이 아이를 나에게 맡기게!"

정 의원은 말투는 담담하면서도 무심했다.

"그러나… 그러나, 흐흑……! 흑! 어찌 아이에게 젖조차 물리지 못한단 말입니까?"

"……."

"흐흑……! 어미로서 아이에게 처음 해줄 수 있는 게 이건데……."

장삼 부인은 목이 메는지 말을 끝맺지 못했다. 장삼도 그저 안쓰러운 듯 부인과 아이를 바라볼 뿐이었다.

"휴우~ 내 어찌 그대들의 마음을 모르겠나. 그러나 내가 자네들에게 신경을 쓰며 아이를 가지게 한 것과 임신 중에 행한 그 모든 것이 다 아이를 위해서이네. 그런데 아이에게 젖을 먹인다면 이 일은 처음부터 틀어지게 된다네."

정 의원은 깊은 한숨을 내쉬며 장삼 부부를 보았다.

"음……! 의원님의 말씀에 따릅시다, 부인!"

"흑! 흐흑……!"

장삼은 부인을 위로하듯 말했지만 부인은 슬프게 흐느낄 뿐이었다. 정 의원은 품속에서 병을 꺼내어 아이의 입에 물려주었다. 백옥색의 조그만 병이었다. 아이가 태어나기 전 준비해 두었던 것이다.

병을 문 아이는 처음엔 인상을 찡그리며 울더니 배가 고픈 듯 소리 나게 빨아먹었다. 그리고는 어느 정도 허기가 가셨는지 아이는 천진난만한 표정으로 잠이 들었다. 세 사람은 그런 아이를 한참 동안 바라보았다. 서로 할 말이 없었던 것이다.

"장삼……! 아이의 이름은 지었는가?"

정 의원이 침묵을 깨고 말하였다.

"예, 부인과 상의하여 불사(不死)라 지었습니다."

"허허……! 불사(不死)! 장불사(張不死)라……! 내 그대들의 마음을 알겠네."

정 의원은 아이의 이름에서 그들 부부의 마음을 알 수 있었다.

"언제 떠나실 예정입니까?"

장삼이 정 의원에게 직설적으로 물었다. 정 의원이 아이가 태어나면 다른 곳으로 데려갈 것을 알고 있었던 것이다.

"십 일 후에나 떠나려고 생각하네."

정 의원은 이들 모자를 바로 떼어놓을 수 없었던 것이다.

십 일 후 정 의원은 장불사를 데리고 일 년에 한 번씩 들른다는 말을 남긴 채 떠났다.

산동의 해안에서 이십여 리 떨어진 곳에 하나의 무인도가 있는데 뱃사람들은 이곳을 흑벽도(黑壁島)라 불렀다. 사면이 거의 검은빛의 암벽으로 된 절벽이어서 웬만한 이들은 이곳을 오르지도 못할뿐더러 배가 정박할 곳도 없기 때문에 사람의 손길이 거의 닿지 않은 곳이었다. 또한 섬 주위로 날카로운 암초들과 가늠하기 어려운 바다 물살로 인하여 이곳을 지날 때는 항상 빙 돌아 지나가는 것이었다.

정 의원은 이곳 흑벽도에 거처를 마련하고 장불사와 지내는 중이었다. 흑벽도에서 지내며 삼 년이 흐르는 동안 정 의원은 불사비전의 내용대로 장불사를 키우고 있었던 것이다.

정 의원은 이제 제법 말을 또랑또랑 하고 있는 장불사의 재롱에 흐뭇하게 웃고 있었다.

"할아부지! 오늘은 뭘 할 거예요?"

정 의원을 올려다보는 장불사의 눈에는 호기심이 가득했다. 정 의원이 오늘은 다른 놀이를 하자고 어제 말했던 것이다.

"보자… 오늘은 뭘 하며 놀까! 우리 불사가 재미있어야 될 텐데……!"

정 의원은 지금까지 놀이를 핑계 삼아 장불사의 신체를 조화롭게 발육시키기 위하여 하나하나 정성을 다해 가르치고 있었다. 장불사를 데리고 온 지 삼 년 동안 커가는 수준에 맞추어 적당한 훈련을 시키고 있었던 것이다.

장불사가 태어날 때 젖을 못 먹이게 한 것도 불사비전의 내용에 충실하려 했기 때문이다. 불사비전의 내용에 따르면 인간이 태어나 어머니의 젖을 먹는 순간부터 세상의 탁기(濁氣)에 노출된다는 것이다. 그렇기에 정 의원은 젖 대신 공청석유에 맑은 정화수(井華水)를 섞어 먹였던 것이었다.

물론 이 공청석유라는 영약도 인간의 선천지기(先天之氣)에 비할 바는 아니지만 그래도 자연의 기운에 가장 가까운 것이기에 모유를 대신해 먹였던 것이다. 물을 타서 먹인 이유는 원액 그대로를 먹이면 신진대사가 원활하지 않은 아이가 그것을 소화하지 못하여 오히려 악영향을 줄 수 있기 때문이었다.

정 의원은 장불사가 한 살이 될 때까지 공청석유에 정화수를 배합한 것을 모유처럼 먹였다. 그리고 한 살 이후부터는 소화 능력도 생기고 준비해 둔 공청석유가 바닥이 나자 싱싱한 생콩 및 바다에서 나는 미역 등의 해초류를 갈아서 소금과 섞어 먹는 자연식으로 대체하였다.

정 의원은 지금까지 불사비전의 신공편(身功篇)에 적혀 있는 내용대로 잘해내고 있었고 장불사도 아무 탈 없이 정 의원에 말에 잘 따르며 바르게 자라고 있었다.

정 의원이 잔뜩 기대 어린 눈으로 바라보는 장불사에게 말했다.

"어제 한 놀이를 하다가 재미없으면 다른 놀이를 할까?"

"네! 좋아요."

정 의원이 마당으로 나가자 장불사가 앙증맞은 대답을 하며 아장거리는 걸음으로 뒤따라갔다.

"자~ 할아버지가 먼저 시작한다."

그러면서 하는 것이 다리 찢기였다. 가로세로로 벌리고 그런 자세에서 허리를 숙여 가슴을 무릎과 땅에 닿게 하는 것이었다.

"이야~! 할아버지, 나도 할래."

장불사는 정 의원이 하는 대로 잘 따라 했지만 다리를 벌린 상태에서 손을 땅에 짚지 않고 일어서는 것은 할 수 없었다. 장불사는 그것이 불만이었다. 정 의원의 지금 모습이 장불사의 어린 눈에도 멋있어 보였기 때문이다. 해서 장불사가 억지로 따라 하려고 하면 정 의원이 안 된다며 그냥 일으켜 주었다. 그리고 그런 것은 조금 큰 후에 해야 된다며 야단치는 바람에 장불사가 삐친 적도 여러 번 있었다.

장불사는 벽을 앞에 두고, 등지고 하면서 따라 하기도 하고 정 의원의 도움을 받아 자세를 바로잡기도 하며 하기를 한 시진가량 하였다.

"할아부지! 나 다른 것 할래."

장불사가 싫증난 듯 어리광을 부렸다.

"그래……! 그럼 조금 쉬었다가 다른 재미있는 것을 하자."

정 의원은 장불사를 달래 듯 말하였다.

정 의원이 장불사에게 놀이 삼아 가르치고 있는 것은 몸의 유연성을 기르기 위한 것들이었다. 장불사가 걷기 시작할 때부터 지금까지 하고 있는 것이었다. 인도의 요가나 중국의 기예단들이 어릴 적에 몸의 균형과 유연성을 기르기 위해 하는 것과 같은 것을 도인 체조술에 맞추어 가르치고 있는 것이다. 어렸을 때의 유연성과 탄력을 잃어버리지 않고 유지해 가기 위한 일종의 수련이었다.

요즘 장불사의 일과는 늘 이러했다. 오전, 오후에는 이렇게 정 의원과 놀이 같지도 않은 놀이로 몸의 균형과 유연성을 기르고 저녁에는 정 의원으로부터 글공부와 그림 놀이를 하였다.

그 그림 놀이라는 것도 인체의 혈도와 해부된 근육들을 펼쳐 놓은 인체도(人體圖)였는데 장불사는 이 그림 놀이도 무척 재미있는지 정 의원에게 이것은 뭐고, 저것은 뭐냐며 물으면서 호기심을 채우는 것이었다. 인체도에 있는 점(點)과 선(線)들을 자기의 몸과 맞춰보며 정 의원에게 묻곤 했던 것이다. 그런 장불사에게 칭찬도 하고 머리를 살짝 쥐어박으며 '요놈, 그것도 모르냐!' 하면서 정 의원은 속으로 흐뭇하게 생각하였다.

다시 일 년이 지나고 장불사는 네 살이 되었다. 일반적인 그 또래의 아이들과 달리 키도 컸으며 웬만한 일은 혼자서도 잘하였다. 그동안의 글공부로 인하여 이제 말귀를 알아듣는 것은 기본이며 책 속의 내용도 이해하는 수준이 되었다. 그림 놀이도 인체도라는 것을 알았으며 나중에 자기가 다른 것을 배워야 할 때 기본적으로 알고 있어야 되는 것이라는 것도 알았다.

정 의원은 이런 장불사를 생각하자 불사비전의 두 번째인 기공편(氣功篇)을 가르치기로 마음먹었다. 이름도 없는 호흡법이지만 최선을 다해 배운다면 좋은 성과가 있을 거라 믿었던 것이다.

불사비전의 호흡법은 살아오면서 쌓인 탁기를 없애어 인간이 태어나면서 가지는 선천지기(先天之氣)를 회복하는 한편 자연의 기를 이용하여 이 선천지기와 자연의 기를 융합한 선천진기(先天眞氣)를 이루는 것이었다.

정 의원은 도인 체조술에 재미를 붙이며 열심히 하고 있는 장불사를 불렀다. 이제는 호흡법에 관하여 배울 때라고 생각한 것이다.

"불사야! 내가 하는 말을 잘 듣고 열심히 따라주기를 바란다. 오늘부터 너는 주어진 일과표에 따라 수련을 해야 할 것이다. 그러니 힘들더라도 참고 견뎌야 하느니라."

"예! 할아버지의 기대에 어긋나지 않게 열심히 하겠습니다."

장불사는 제법 의젓하고 씩씩했다.

"일단 그동안 해오던 체조법은 계속해야 할 것이며, 네가 조금 더 크면 거기에 맞는 또 다른 수련을 해야 할 것이다. 그에 앞서 너의 내부를 단련하고 기를 순환 시키는 호흡법을 가르쳐 주겠다."

정 의원은 장불사의 자세를 가부좌가 되게 고치며 호흡법에 대해 설명하였다.

"우선 들숨을 쉬면서 너의 단전에 숨이 들어간다는 생각으로 하고 날숨을 쉴 때는 그 숨이 너의 엉덩이 꼬리뼈 쪽으로 나간다는 생각으로 호흡을 해야 한다. 어디 한번 해보거라."

장불사는 정 의원의 말대로 호흡을 하였다. 그러나 그리 쉽게 되지 않았다.

"어때, 잘되지 않지? 하지만 네가 잡생각을 버리고 내가 말한 것을 의식적으로 생각하며 꾸준히 하면 될 것이다. 그러다 보면 나중에는 의식하지 않아도 자연스럽게 될 것이니라."

"할아버지! 그런데 왜 날숨을 쉴 때 꼬리뼈 있는 곳으로 쉬어야 된다는 생각을 해야 하죠?"

책을 통해 기본적인 내공심법과 호흡법에 대해 알고 있던 장불사는 이런 호흡법은 보지 못했기에 의문점을 물은 것이다.

"그건 다음 단계를 위한 것이란다. 일단은 나의 말부터 듣고 의문점을 이야기하여라. 나의 말을 들으면 자연히 의문점은 해결될 것이다."

정 의원은 호기심 많은 장불사를 보며 다음 말을 이었다.

"그렇게 호흡을 하다 보면 너의 단전에 어느 날 따뜻한 기운이 느껴질 때가 있을 것이다. 이런 기운이 계속되면 단전에 어떤 구체덩어리

같은 것이 생기는데 이때부터가 중요하단다. 그때가 되면 날숨을 쉴 때 단전의 기운을 너의 회음혈(會陰穴)과 등 뒤의 명문혈(命門穴)을 지나 목의 천추혈(天樞穴)로 보낸 다음 머리의 백회혈(百會穴)로 보낸다는 생각으로 숨을 쉬어야 한다. 그리고 다시 들숨을 쉴 때 백회혈에 머물던 기운을 들숨과 함께 단전으로 보내는 것이다. 이제 왜 꼬리뼈 있는 곳으로 날숨을 쉬어야 하는지 이해가 가느냐?"

"아~! 그러니까 등 뒤로 그 기운을 가져가기 쉽게 하기 위함이군요?"

장불사는 알았다는 듯 고개를 끄떡였다. 그런 모습에 정 의원은 어린것이 기특하다는 듯 웃었다.

"허허허! 너의 몸은 임독양맥(任督兩脈)이 막히지 않고 뚫려 있기에 좀 더 쉬울 것이다. 그러나 영약의 기운과 음식들로 인하여 완전히 뚫린 것이 아니다. 너는 내가 지금까지 이야기한 수준까지만 되면 날숨을 쉴 때 탁기는 자연적으로 나가게 될 것이다."

"다음에는 어떻게 해야 하죠?"

장불사는 이미 그런 수준이 된 듯 정 의원을 다그쳤다.

"어이구, 이놈아! 그게 그렇게 쉬운 것이 아니다. 네 평생이 걸릴지도 모르는데 서두르지 말거라. 그리고 이 호흡법은 성급하게 억지로 하려고 하면 안 된다. 그러면 오히려 너의 몸을 망칠 수가 있느니라. 차근차근 완벽하고 능숙하게 되었을 때 다음 단계로 넘어가야 하느니라."

"예… 알겠습니다."

금방 풀죽은 목소리였다. 장불사의 그런 모습에 정 의원은 훈훈한 미소를 지었다.

"들숨과 날숨이 그런 수준에 오르면 그 기운은 너의 선천지기와 차츰 융화된단다. 그리고 호흡을 할 때마다 자연의 기가 선천지기와 합해져 선천진기가 되느니라. 그렇게 계속 수련하면 선천진기가 임독양맥을 꽉 채워져 호흡에 따라 순환될 때가 있다. 이때부터 다시 진기를 순환할 때 한 번은 최대한 느리게, 한 번은 아주 빠르게 순환을 시켜야 한다. 그러면 임독양맥의 옆에 있는 혈들과 세맥들이 서서히 타혈되고, 한계가 오면 다시 기경팔맥과 십이경락으로 진기를 돌려 혈과 세맥을 타혈하면 된다."

정 의원도 말은 그렇게 했지만 사실 이것은 검증되지 않은 이론에 불과했으므로 그 자신도 결과가 어떻게 나올지는 장담할 수 없었다.

"흠흠……! 호흡법에 대해선 그만 하고 너는 일단 단전에 기운이나 쌓이도록 노력하여라. 그리고 이것은 내일부터 네가 행해야 할 하루의 일과표이니 이 일과표에 따라 생활하여라."

정 의원은 일과표를 장불사에 건네주었다. 일과표를 받아 든 장불사의 얼굴이 시무룩해졌다. 아직 어린 장불사에겐 너무 힘든 하루의 일과표였던 것이다.

"왜? 하기 싫으냐?"

"아, 아니요."

장불사는 어차피 하는 것 최선을 다하자고 생각했다. 자신이 생각해도 힘에 겨운 일과표였지만 긍정적이고 낙천적인 장불사는 '그까짓 것 해보자'라고 생각한 것이다. 비록 나이 어린 장불사였지만 자신의 처지(?)를 십분 이해하고 있었던 것이다.

묘시(卯時:새벽 5시)에 일어나서 일각(一刻:15분) 동안 몸 풀기. 이것은 도인 체조술로서 열여덟 동작으로 된 연속 체조였다. 장불사가 세 살 때부터 놀이라 생각하며 해온 것이었다. 보통 무인들이 수련 전, 후에 하는 기본 동작으로 몸의 유연성과 피로를 푸는 동작들이었다.

그 후 반 시진(時辰:1시간) 동안 호흡하기를 한 후 진시(辰時:오전 7시)까지 밥 짓고 설거지 등 부엌일하기.

진시부터 사시(巳時:오전 9시)까지 부엌의 장독에 물 나르기. 이 물 나르기도 쉬지 않고 계속 달려야만 장독의 물을 채울 수 있는 작은 바가지를 갖고 하는 것이다. 바가지에 물을 가득 담고 달린다면 바가지의 물이 넘쳐 흐를 수밖에 없었다. 이렇게 한 것은 장불사의 지구력과 더불어 몸의 균형된 안정성을 잡기 위한 것이었다.

사시부터 오시(午時)까지 도인 체조술을 완벽한 자세로 하나하나 익히기.

미시(未時)부터 반 시진 동안 도인 체조술 연속 동작으로 되풀이하기.

신시(申侍)까지 반 시진 동안 호흡하기. 오후에는 도인 체조술 연습하기.

그리고 밤에는 글공부와 다시 도인 체조술하기가 계속되었고 자정에 한 시진 동안 호흡하기가 끝나야 하루의 일과가 끝나는 것이었다.

장불사는 하루하루가 힘들었지만 해내지 못하는 일이 아니었기에 참고 열심히 하였다. 처음 물 나르기가 제일 힘들었다. 몸의 균형을 잡고 뛴다는 것이 여간 어려운 것이 아니었다. 바가지의 물이 흘러넘칠까 봐 천천히 걸으면 정 의원이 걷지를 못하게 하여 오직 뛰어서 물을 퍼 담아야 했기에 일 년 동안은 오전 내내 물 나르기를 해야만 했다.

일 년이 지나 한 시진 안에 물 나르기를 할 수 있게 되자 바가지의 크기가 더욱 작아지게 되었고 시간은 두 시진이 걸렸다. 몸의 균형을 달리면서도 잡을 수 있게 된 장불사는 한 시진 안에 끝내려면 더욱 빨리 달릴 수밖에 없다는 것을 알았다. 이제는 몸의 균형과 지구력을 겸한 속도의 문제였던 것이다.

오 년의 세월이 지나고 장불사의 나이도 아홉 살이 되었다. 장불사는 아홉 살이 될 때까지 물 나르기를 제일 힘들어했다. 갈수록 작아지던 바가지의 크기도 이제는 장불사의 손바닥만한 크기로 작아져 있었다.

처음 물 나르기를 할 때는 물이 가득 찬 바가지만 바라보며 달리다가 돌부리에 걸려 넘어지는 것이 부지기수(不知其數)였다. 그래서 다시 물을 뜨러 가야 하는 일을 반복해야 했기에 장독엔 물 한 방을 담지 못했었다. 요행히 넘어지지 않고 도착했을 때에도 바가지엔 몇 방울의 물밖에 남아 있지 않았었다. 먼 길을 달린 까닭에 바가지에 담긴 대부분의 물이 넘쳐흘렀기 때문이다.

그러던 것이 오 년이라는 세월이 흐르자 한 시진 안에 물 나르기가 가능하게 되었다. 물 나르는 길의 지형을 숙지함에 따라 돌부리에 걸리는 일이 없어졌고, 달리면서 몸의 균형과 지구력 또한 생기게 되자 물 나르기가 한결 쉬워졌기 때문이다. 그리고 신체도 발육함에 따라 보폭과 속도 또한 한층 나아졌기에 아무리 작은 바가지를 가지고도 물 나르기가 가능하게 된 것이다.

아침을 먹고 난 장불사는 지금도 열심히 장독에 물을 나르고 있는 중이었다.

"이쯤 하면 오늘 사용할 물은 되었겠지. 아이고, 힘들어. 헉헉!"

한 시진 내에 물 나르기를 마쳐야 했던 장불사는 쉴 틈도 없이 계속 뛰어야 했다. 장불사가 한 시진이 되지 않아 물 나르기를 끝내면 정 의원은 어떻게 알았는지 보다 작은 바가지를 건네주곤 했다. 그렇기 때문에 장불사는 물 나르기를 할 때 쉴 시간이 없었던 것이다.

"할아버지, 장독에 물을 다 담았는데요."

"으응, 그래! 조금 쉬었다가 수련하자."

정 의원은 장불사가 한 시진도 안 되는 사이에 물 나르기를 끝내자 다른 방법을 강구해야겠다는 생각을 하였다. 바가지도 이젠 작아질 수 없을 만큼 작아졌기에 물을 기르는 곳을 더욱 먼 곳으로 정해야 한다는 생각이 들었던 것이다.

'이놈아, 이제부터는 조금 더 힘들 것이다. 그렇지만 이게 다 너를 위한 것이니 너무 불평하지 말거라.'

다시 오 년의 세월이 흘러 장불사도 열네 살이 되었다. 몸도 웬만한 청년만하게 자랐고 목소리도 변성기(變聲期)가 되어 굵어져 있었다.

장불사는 여전히 십 년 전의 일과표대로 생활하고 있었다. 오늘도 묘시에 일어나 도인 체조술을 수련하고 있는 중이었다. 장불사의 신형이 물 흐르듯 부드럽게 조화를 이루고 있었다. 다리를 바닥에 가로세로로 벌리며 몸을 숙여 머리와 가슴과 손바닥이 땅에 닿도록 하고, 그런 상태로 물구나무서기를 하며 다시 몸을 뒤로 뒤집어 발바닥이 땅에 닿아 배가 하늘을 보는 것처럼 몸을 공처럼 휘고, 다시 발에 힘을 주어 공중으로 뛰어올라 발차기를 하고, 떨어지면서 등이 땅에 닿는 낙법을 하고, 다시 허리의 힘을 이용하여 바로 서며, 다시 뒤로 누워 이젠 목의 힘을 이용하여 바로 서는 등 도인 체조술 열여덟 동작이 힘이 있으면서도 유연한 것이었다.

그렇게 십여 차례 연속된 동작을 하고 난 장불사는 가벼운 숨 쉬기를 하고선 소나무 아래의 평평한 암반 위에 가부좌(跏趺坐)를 하고 앉았다. 그동안 호흡법에 따라 열심히 수련한 결과 단전엔 기(氣)의 덩어리가 형성되어 있었다.

"오늘은 단전에 쌓인 기덩어리를 백회혈(百會穴)로 돌려봐야지……!"

낮게 중얼거린 장불사는 호흡법을 시작하였다. 처음엔 진기가 꼬리뼈 쪽으로 가려는 것 같았다. 십 년 동안 해온 습관으로 그쪽으로 쏠리는 것이었다. 장불사는 다시 마음을 가다듬고 시도를 하였다. 그러자 진기의 덩어리가 회음혈(會陰穴)을 지나 명문혈(明門穴)까지만 가고는 되돌아오는 것이었다. 몇 번을 시도하였지만 마찬가지였다.

"내가 잘못 알고 있는 게 있나?"

장불사는 머리를 갸우뚱거리며 난처한 기색을 보였다. 그렇게 호흡법을 시작한 지 반 시진이 지나도록 별다른 진도가 없었다.

'처음 이 호흡법을 할 때 조금만 하니까 단전에 진기를 모을 수 있었는데 왜 안 되는 것이지? 들숨을 쉴 때 단전에 진기를 모으고 날숨을 쉴 때 탁기(濁氣)를 꼬리뼈 쪽으로 보내는 것처럼 하니까 잘되었는데……! 혹시 날숨을 쉴 때 백회혈로 탁기를 버린다는 생각으로 하면 되지 않을까!'

생각을 마친 장불사는 당장 잡념을 버리고 그대로 시험해 보았다. 그러자 명문혈까지만 갔던 진기가 영대혈(靈臺穴)과 천추혈(天樞穴)을 지나 백회혈로 가는 것을 느낄 수 있었다. 그러나 진기는 백회혈에 가지 못하고 다시 단전으로 돌아오는 것이었다. 몇 번을 시도하자 진기가 백회혈로 갈 듯 말 듯하였다. 그러던 어느 한순간 진기가 백회혈을 뚫고 올라갔다. 그 순간 장불사는 머리에서 '꽝' 하는 소리와 함께 세상이 하얗게 보이는 느낌을 받으며 정신을 잃었다. 일여 각의 시간이 흐르자 장불사는 어리벙벙한 표정을 지으며 깨어났다. 그런데 그런 장불사의 코에선 코피가 흐르고 있었다.

"우씨. 뭐냐, 코피잖아……!"

장불사는 찜찜한 기분에 코피를 닦으며 벌떡 일어섰다. 그러자 자신의 몸이 가볍게 뜨는 기분을 느꼈다. 그뿐만 아니라 머리와 눈도 상당히 맑아진 것 같았고 온몸이 상쾌했다.

"어, 어……! 성공했구나! 야호~!"

장불사는 직감적으로 백회혈이 뚫린 현상이라고 생각했다. 다시 제자리에 가부좌를 한 장불사는 들뜬 마음을 가라앉히며 호흡법을 시작하였다. 그러자 진기가 단전을 거쳐 회음, 명문, 영대, 천추혈을 지나 백회혈로 갔다가 다시 들숨을 쉴 때 자연의 기와 합쳐져 단전으로 순환되는 것을 느꼈다. 장불사는 시간 가는 줄도 모른 채 운기(運氣)를 하였다. 운기를 끝낸 장불사는 몸이 날아갈 듯 상쾌하고 가벼워졌다는 것을 다시 한 번 느꼈다.

방문을 나서며 그런 장불사의 모습을 지켜보던 정 의원은 불사비전(不死秘傳)의 신공편(身功篇)을 떠올렸다.

'이제 본격적으로 시작할 때가 되었군.'

정 의원은 장불사에게 이젠 다른 것을 가르쳐야겠다고 마음먹었다.

"이놈아! 뭐가 좋아 그렇게 방방 뛰는 것이냐. 빨리 물이나 길어 오너라."

"헤헤헤……! 알겠습니다."

장불사는 실없는 웃음을 날리며 물을 길으러 갔다. 이젠 이곳 흑벽
도 어느 곳이라도 한 시진이 안 되어 물을 길어 올 수 있게 되었다. 오
년 전 정 의원이 물 길을 장소와 길을 변경하였지만 일 년 만에 장불사
가 마치자 다시 장소와 길을 변경하였고, 그렇게 일 년에 한 번씩 변경
한 것이 이제는 흑벽도 어느 곳을 가든 한 시진 안에 물 나르기가 가능
하게 된 것이다.

처음 장소와 길목을 변경하였을 때 돌부리에 걸려 넘어졌지만 달리
면서 몸의 균형을 유지하는 것이 숙달되었기에 바가지의 물이 넘치는
것은 걱정하지 않아도 되었다. 그런데 지면이 고르지 않고 어떤 돌발
적인 상황이 생기면 달리는 것을 멈추거나 넘어지는 것이 문제였다.

그래서 생각한 것이 시선을 최대한 멀리 보고 앞의 지형을 미리 숙
지하자는 것이었다. 앞의 땅바닥뿐만이 아니라 양쪽 옆과 전면의 허공
을 같이 볼 수 있는 훈련이 반복되자 장불사의 시야(視野)가 넓어졌을
뿐 아니라 돌부리에 걸려 넘어지지도 않게 되었다.

이렇게 되자 이미 이 년 전에 물 나르기는 장불사에게 있어 힘든 일
이 되지 않았다. 그런데 이런 사실을 어떻게 알았는지 정 의원은 장불
사가 가는 길목에 몰래 날카로운 침들을 깔아놓기도 하고 옆이나 뒤에
서 불쑥 튀어나와 장불사의 발에 나무 막대기로 걸기도 해 넘어지지
않고 배길 수 없었다. 그런 일들이 반복되자 장불사는 다시 생각하지
않을 수 없었다. 시야를 넓히는 것뿐만이 아니라 몸의 감각(感覺)을 발
달시켜야겠다는 생각에 이르게 된 것이다.

시각의 감각은 기의 순환과 그동안의 수련으로 이미 멀리, 넓게 볼
수 있게 되어 문제가 되지 않았지만 청각과 촉각이 문제였다. 또한 발
의 감각이 무엇보다 중요했기에 어떻게 수련을 해야 할지 몰라 난감하

기만 하였다.

　장불사는 열네 살이 되기까지 이 년 동안 이런 감각들을 키우는 일에 전념을 하였다. 물론 호흡법과 도인 체조술을 등한시한 것은 아니고 일과표 외의 시간에 잠을 덜 자고 감각 수련에 임했던 것이다. 자정(子正)을 넘긴 밤의 세계는 고요하고 적막했지만 이것이 장불사의 수련엔 더할 나위 없는 좋은 조건이었다.

　처음 청각의 수련에 사용한 것은 많은 조약돌을 숲 속으로 날려 그것이 떨어지는 위치와 거리를 계산하는 것으로 청각의 감각 훈련을 하였다. 조약돌이 떨어지는 소리의 크기로 거리와 위치를 파악하고자 하였던 것이다. 이렇게 한 개의 조약돌로 시작한 것이 나중에는 수십 개의 조약돌을 한꺼번에 날려 그 위치와 거리를 파악하기에 이르렀다.

　조용한 밤의 수련이 어느 정도 익숙해지자 이번에 낮에 시도를 하였지만 밤에 했던 수련처럼 쉽지가 않았다. 새 소리와 파도 소리, 바람 소리 등으로 밤보다 낮의 수련이 힘들었던 것이다. 하지만 낮의 수련도 익숙해지자 폭포수가 있는 곳으로 자리를 옮겨 수련을 하게 되었다.

　물이 떨어질 때 일어나는 굉음(轟音)으로 처음에는 아무것도 들을 수 없었지만 포기하기 않고 수련한 결과 현재 폭포 아래로 던진 조약돌의 소리를 미세하나마 들을 수 있게 된 것이다.

　촉각과 발의 감각을 키우는 수련은 청각의 수련보다 더욱 힘이 들었다. 수련 방법을 몰랐을 뿐 아니라 엄두도 못 내고 있는 것이었다. 청각의 수련만으로도 힘에 벅찬 일이었기에 촉각과 발의 감각 수련은 더딜 수밖에 없었다. 고작 하는 수련이 정 의원이 한 것처럼 길바닥에 가늘고 작은 침들을 깔아놓고 그 위를 걸어가는 것으로 발의 감각을 키우고자 하는 것이었다. 몇 달 동안 발바닥의 상처가 아물 새가 없었지만 정 의원으로부터 배운 의술을 유용하게 사용한 관계로 상처가 덧나거나 심해지지 않았기에 다행이라면 다행이었다.

그런 무식한 방법도 효용이 있는지 일여 년의 세월이 흐르자 길바닥에 깔아놓았던 침들을 대충 피해 갈 수 있는 감각이 생겨나게 되었다. 또한 바닥에 깔아놓은 침들을 계속해서 밟게 되자 발바닥의 감각이 무디어지면서 한두 개 찔려 가지고는 아프지도 않게 되었다. 장불사의 그런 노력으로 십중팔구는 피해 갈 수 있었기에 정 의원의 방해 작전(?)도 반년 전부터는 실효를 거두지 못하고 있는 중이었다.

촉각의 수련은 전혀 할 수 없었기에 옆이나 뒤에서 나타난 정 의원을 피하지 못하고 넘어졌지만 그것도 장불사의 기발한 생각으로 아무 쓸모 없는 일이 되어버렸다. 청각이 발달한 장불사가 정 의원이 움직이는 소리만 들리면 먼저 재빨리 앞으로 달려가는 바람에 항상 뒤꽁무니만 쫓는 꼴이 되고 말았던 것이다.

장불사가 물을 길으러 가는 것을 본 정 의원은 방으로 다시 들어가 불사비전을 펼쳐 보았다. 불사비전은 크게 본문(本文)과 부록(附錄)으로 나누어져 있었다. 본문은 또 넷으로 구분되어졌고, 각각에 대한 간단한 설명과 부록에 대한 내용을 어떻게 수련하여야 할지에 대한 내용들이 기록되어 있었다. 그리고 부록은 앞의 본문에서 설명한 그것에 대한 신공편과 기공편, 무공편에 대한 그림들이 상세히 그려져 있었다.

본문의 내용을 살펴보니 다음과 같았다.

〈신공편(身功篇).〉
이것은 신체의 모든 부분을 단련하는 것으로 나중에 기공편(氣功篇)과 병행하여 수련한다.

一. 수련자에 앞서 그 부모의 상태를 살펴야 한다.

(주해)

1. 부모의 신체가 건강하여야 하며 병치레는 일체 없어야 한다.

2. 부모는 올바른 마음가짐과 정신을 가져야 한다.

3. 산모의 신체 주기를 파악하여 최적의 날에 임신을 하게 한다.

4. 임신 중 잦은 관계는 삼가고 임신 칠 개월부터는 일체 삼간다.

5. 임신 중 태교에 힘쓰며, 임산부 체조를 통하여 뱃속의 아이와 일심동체에 가깝게 한다.

二. 수련자가 태어나면 선천지기(先天之氣)를 그대로 유지한다.

(주해)

1. 수련자에게 모유를 먹여선 안 된다. 선천지기가 점차 사라지기 때문이다.

2. 모유 대신 선천지기에 가까운 영약이나 생식을 시킨다.

三. 수련자의 성장이 십사오 세 될 때까지 기본 수련만 시킨다.

(주해)

1. 십사오 세까지 기본적인 성장이 이루어지므로 신체에 무리가 가는 과격한 수련을 시켜선 안 된다. 뼈가 상하고 근육에 부담이 되어 이상적인 성장을 방해한다.

2. 유연성, 지구력, 균형감을 익힐 수 있는 도인 체조술을 이때에 가르친다.

3. 수련자가 글과 인체에 대한 이해 능력이 생기면 기공편의 호흡법을 가르친다. 이때는 새벽, 정오, 자정. 하루 세 번씩 반 시진 수련하도록 한다.

四. 수련자가 십사오 세 이후 완전한 성인이 되는 이십오 세까지 본격적인 신공편(身功篇)의 외공(外功) 수련을 시킨다.

(주해)

1. 외공 열여덟자세[十八形]를 세 시진(6시간) 이상 유지하거나 계속할 수 있을 때까지 반복 수련한다. 단, 호흡법으로 생긴 진기는 일체 사용을 금하고 오로지 신체가 가진 능력만으로 수련한다.

2. 위 수련이 능숙해지면 수련자 몸무게의 반이 되는 무게를 더하여 위 수준이 될 때까지 반복 수련한다.

3. 이후 차츰 무게를 더하여 수련자 몸무게의 두 배가 될 때까지 수련한다.

4. 다시 수련자 몸무게의 두 배가 되는 무게를 더하여 위 수준이 될 때까지 반복 수련한다.

5. 각 형의 수련이 끝날 때마다 도인 체조술로 몸의 근육을 풀어 유연성을 되찾게 한다.

6. 기공편의 호흡법은 매일 세 번 계속 시킨다.

7. 두 배 무게의 수련도 능숙하게 되면 그 무게의 몸으로 자연에 도전케 한다.

8. 위 수련 시 기공편의 마지막 단계와 의공편(意功篇)을 이해했을 때 사용하는 근육의 세포 하나하나에 기를 보낼 수 있는 수련을 병행한다.

〈기공편(氣功篇).〉

一. 호흡법을 통하여 단전에 진기의 구체를 형성한다.

二. 진기의 구체를 단전에서 백회혈까지 순환하여 선천진기를 만든다.

三. 형성된 선천진기로 주위의 혈맥들과 세맥을 타통한다.

四. 기경팔맥과 십이경락까지 타통하여 온몸에 진기가 순환되도록 한
다.

五. 형성된 진기는 신공편과 의공편에 따라 움직이도록 한다.

〈의공편(意功篇).〉

一. 신체와 진기가 마음에 따라 자연스럽게 움직일 수 있도록 정기신(精
氣身)이 일체가 되는 정신 수련을 한다.

二. 나머지는 세상과 부딪치며 스스로 깨달아라.

〈무공편(武功篇).〉

一. 아는 것이 없으니 이것도 세상에 나가서 배워라.

불사비전을 펼쳐 보던 정 의원은 본문의 의공편과 무공편을 보면서
선조들에 대한 약간의 실망감과 함께 자신 또한 어쩔 수 없는 현실에
안타까움을 느꼈다. 선조들이 그토록 오랫동안 살면서 뭘 했는지 하는
야속함도 생기고, 무공에 관해서는 도통 소질이 없는 자신의 가문에 대
한 실망감이 동시에 생겼던 것이다.

하기야 신공편과 기공편도 검증되지 않은 이론이니 다른 것이야 두
말할 필요가 없었다. 의공편은 구체적인 내용이 적혀 있지도 않은 간
단한 추상적인 내용이므로 수련자가 알아서 터득하라는 말과 같았다.
또한 부록에 보면 무공편에는 단 한 가지의 무공만이 실려 있었는데
그것이 무공이라 말하기엔 조금 어색한 것이라 본문의 글처럼 모든 무
공은 세상에 나가서 배우는 수밖에 없는 것이었다. 어쨌든 지금까지
장불사가 불사비전의 부록에 그려진 그림대로 신공편과 기공편에 맞추

어 잘하고 있다는 것이 그나마 다행이었다.

정 의원은 장불사의 기본적인 신체 성장이 이루어졌으므로 이제 신공편의 외공(外功) 열여덟자세[十八形]를 가르쳐야 할 때라고 생각했다.

물 나르기를 끝내고 운기행공에 성공하여 좋아서 실실거리며 웃고 있는 장불사를 정 의원이 불렀다.

"뭔가 좋은 일이 있나 보구나?"

"히히히……! 할아버지, 제가 선천진기를 이루었습니다."

"그래……!"

정 의원은 자신도 호흡법으로 인한 선천진기는 이루고 있었기에 장불사의 그런 마음을 이해할 수 있었다.

"그에 만족하지 말고 더욱 열심히 정진하여야 한다. 이제부터가 시작인 것이란다."

말은 그렇게 했지만 자신도 그 이상의 수준에는 도달하지 못했다. 정 의원의 선조들과 자신은 정작 불사비전의 수련엔 큰 진전이 없었던 것이다. 단전과 백회혈의 운기행공으로 생긴 선천진기로 주위의 혈들과 세맥들을 어느 정도 타혈하였지만 선조들 중 누구도 그 이상의 진전은 없었기에 다음 단계의 결과는 예측만 할 뿐이었다. 정 의원도 마찬가지여서 장불사가 앞으로 기공편의 단계를 거치면서 생길 일에 대하여 이젠 어떻게 조언을 할 것인지 고민이 되었다.

"너의 성취는 아직 미미한 수준이다. 그리고 그렇게 늦게 너 정도 수준에 도달한 사람은 우리 선조들 중에는 없었느니라."

정 의원은 장불사가 더욱 열심히 수련하기를 바라는 마음에 거짓말을 하였다. 사실 정 의원도 이 호흡법을 오십 년간 수련한 후에야 장불사의 지금 정도에 도달할 수 있었던 것이다.

'내가 너무 자만하였구나!'

장불사는 표정에 굳은 결심이 엿보였다.

"죄송합니다, 할아버지! 더욱 열심히 수련하겠습니다."

"불사야, 이제부터 본격적인 수련에 들어갈 테니 힘들고 고통스럽더라도 잘 따라주기를 바란다."

"예! 최선을 다해서 배우겠습니다."

정 의원은 장불사에게 열여덟자세十八形를 설명하고 바로 수련에 들어갔다. 그 첫 번째는 기마보로 의자에 직각 자세로 앉은 형태로 양손을 앞으로 뻗는 자세였다. 다만 다리를 약간 어깨 넓이보다 조금 넓게 벌린다는 것이 다를 뿐이었다.

장불사는 정 의원의 지시에 따라 기마보의 자세를 잡고 수련에 들어갔다.

"으으……!"

채 일각의 시간도 지나지 않아 장불사는 고통스러운지 낮은 신음을 토하며 얼굴은 오만상을 짓고 있었다.

"아이고, 이놈아! 이제 시작인데 처음부터 이렇게 힘들어하면 어떡하나?"

정 의원이 한심하다는 투로 말을 했지만 장불사는 이각도 견디지 못하고 쓰러졌다. 정 의원의 질책에 바로 일어서려 해도 다리가 후들거리고 팔은 천 근의 무게가 누르는 것 같아 들 수가 없었다. 약간의 휴식 시간을 갖고 나서 도인 체조술 십팔형을 몇 번 되풀이하자 뭉쳤던 근육들이 풀리고 한결 나아졌다. 장불사는 그런 식으로 외공십팔형의 제일형인 기마보를 하루 내내 수련하였다.

장불사는 자정에 하고 있는 호흡법으로 진기를 수차례 운기하고 다시 도인 체조술로 몸의 근육을 이완시키고 나서야 어느 정도 몸 상태를 유지할 수 있었다.

처음엔 호흡법으로 생긴 선천진기로 외공십팔형을 수련하면 별로 어렵지 않을 거라 생각했지만 그것은 장불사의 오산(誤算)이었다. 오로지 신체의 능력만을 사용하라는 정 의원의 말에 이 외공십팔형이 어느 수련보다 어렵다는 것을 몸으로 느낄 수 있었던 것이다.

다음날 잠에서 깨어난 장불사는 온몸이 쑤시며 몸을 움직이지 못할 정도로 근육이 뭉쳐 있다는 것을 느꼈다. 어젯밤에 호흡법과 도인 체조술로 몸의 피로를 풀었지만 자고 일어나니 어제 수련으로 인한 영향으로 온몸의 근육들이 다시 뭉쳐져 있었던 것이다. 장불사는 도인 체조술로 다시 간단하게 몸을 풀고는 가부좌를 하고 호흡법 수련에 들어갔다.

새벽의 미명(未明)이 동쪽에서 서서히 밝아오고 있었지만 아직 어둠이 밀려가진 않은 상태였기에 사물의 분간이 쉬운 건 아니었다. 장불사는 새벽의 이런 상태가 언제나 좋았다. 혼자만의 세계에 있는 것 같은 느낌을 받곤 했기에 이 시간의 호흡법 수련이 상당히 좋은 효과를 거둔다는 것을 알았다.

장불사는 어제의 진기 순환이 오늘은 한층 더 수월해진 것을 알 수 있었다. 자연의 기가 자신의 선천진기와 융화되어 더욱 강한 선천진기가 내부에 순환됨을 느낄 수 있었던 것이다. 한 시진가량 호흡법 수련을 마치자 장불사는 자신의 몸이 최적의 상태가 되었다는 것을 알 수 있었다.

장불사는 어제 수련했던 기마보의 자세를 잡으며 조용히 명상에 잠겼다. 자신과 시간을 망각함으로 해서 힘들다는 생각을 하지 않으려는 것이었다. 그러나 자신의 생각과 달리 몸은 그의 마음을 따라주지 않았다. 일각, 이각, 반 시진이 흐르자 새벽의 찬 기운과 달리 장불사의 몸은 땀으로 흠뻑 젖어 있었다. 팔과 다리가 저려옴은 물론 전신이 떨리기 시작하였던 것이다. 장불사는 이를 악물고 한 시진을 버티려고 하였지만 한 시진이 되기 전에 땅에 처박히고 말았다. 장불사는 하늘을 향해 드러눕고는 하늘을 바라보았다.

'휴우……! 한 가지 자세도 한 시진을 하기 힘든데 십팔형을 각기 세 시진 동안 유지해야 한다니 정말 인간 한계에 대한 도전이라고 할 만하구나!'

장불사는 자신의 힘들고 고통스런 생활이 눈에 선했다. 그러나 앞으로 자신의 몸무게 두 배를 몸에 달고서 수련해야 한다는 사실을 알았다면 이것이 다음 수준의 수련에 비해 조족지혈(鳥足之血)에 불과하다는 것을 알았을 것이다. 정 의원이 미리 얘기하지 않아서 다행이지, 아마 장불사가 들었다면 도망가려 했을지도 몰랐다. 그만큼 지금 한 가지의 수련도 장불사에겐 힘든 것이었다.

장불사는 후들거리는 몸을 일으킨 후 가볍게 도인 체조술로 몸을 풀곤 아침 식사 준비와 그 밖의 잡다한 일을 마무리 지었다. 정 의원은 장불사를 불러 다시 외공십팔형의 두 번째 수련을 시작하였다.

"어제 간단히(?) 시작한 기마보의 자세가 어떤 것인지 대강은 알 것이다. 너의 몸으로 어떤 곳이 아프고 근육들이 당긴다는 것을 체험했을 거라 믿고 장황한 설명은 그만두겠다. 이 외공십팔형의 수련은 네가 평소에 쓰지 않던 근육과 관절들을 단련시킴은 물론 전신을 단련함으로써 너의 몸을 최고의 상태로 만드는 것에 의미가 있느니라. 그런 몸 상태를 유지하고 더욱 단련함과 동시에 그동안 수련해 온 호흡

법으로 너의 신체 내외부를 단단하게 하여 금강불괴에 이르고자 함이
니 수련에 게을리 임하지 말고 힘들더라도 참고 견디어라. 알겠느
냐?”

정 의원은 장불사가 혹시 중도에 포기하지 않을까 생각되어 엄중한
목소리로 독려하였다.

“알겠습니다. 앞으로의 수련에 최선을 다하겠습니다.”

“그럼 오늘은 외공십팔형의 두 번째 동작을 배워보자.”

두 번째 수련 자세는 팔굽혀펴기 자세였다. 이 두 번째 형(形)에는
여러 동작이 뒤따랐다. 일단 팔은 곧게 편 상태로 손바닥을 땅에 대고
발은 발가락만 땅에 대는 자세로 세 시진 동안 버티기였다. 이 수련이
완료되면 그 다음은 팔을 굽혀 가슴과 머리가 바닥에 닿을 정도의 상
태로 자세를 유지하는 것이 세 시진, 다음은 팔굽혀펴기를 쉬지 않고
하는 것이 세 시진이었다.

이것이 숙달되면 손가락 다섯 개로, 다음은 약지와 새끼손가락을 제
외한 세 개로, 다음은 중지를 뺀 두 개로, 다음은 엄지손가락 하나로 위
세 가지의 동작을 세 시진 동안 해야 하며 이런 동작들이 완숙하게 되
면 오른손과 왼손을 번갈아가며 한 손만으로 위의 동작들을 반복 수련
해야 끝나는 것이 두 번째 수련 자세였다.

양손으로 할 때보다 한 손으로 하는 것은 더욱 힘들었다. 그것은 양
손으로 수련할 때와 달리 한 손으로 수련할 때 몸의 균형을 잡아야 했
기에 양 발을 벌리지 않고서는 균형 잡기가 힘들었기 때문이다. 그러
나 수련 도중 양 발을 벌리는 것을 허락하지 않았기에 한 손으로 수련
할 때는 양손으로 수련할 때보다 두 배의 힘이 들었다.

장불사가 두 번째 수련 자세의 모든 동작들을 대충이나마 할 수 있

을 때는 열흘이란 시간이 지나서였다.

외공십팔형의 세 번째 형(形)은 기구를 이용한 것으로 턱걸이 자세였다. 먼저 턱을 공중에 고정된 기구에서 세 치가량 띄우고 양팔을 오므린 채 매달린 턱걸이를 세 시진, 그 후에 팔을 폈다 오므렸다 하는 턱걸이를 쉬지 않고 세 시진 동안 하는 것이었다. 그것도 몸을 일직선으로 하고 흔들림없이 해야만 했기에 허리의 힘을 배제한, 순전히 팔 힘만으로 하는 것이었다. 이것이 끝나면 양손을 번갈아가며 한 손으로 매달려 버티기와 턱걸이를 세 시진 동안 하는 수련 자세였다.

장불사는 현재 한 손으로 턱걸이를 하고 있었지만 채 열 개도 하기 전에 아래로 추락하고 말았다. 장불사는 이런 자신을 보고 세 시진 동안 연속해서 쉬지 않고 할 수 있는 날이 올지 의문스러웠다. 이미 오전에는 앞의 두 가지 형을 간단히(?) 반복 수련하였지만 오전의 수련만으로도 파김치가 된 것이다.

기진맥진한 장불사는 진기를 운행하지 않고 이런 동작들을 한다는 것이 대체 무슨 효과가 있을까 가끔 생각도 해보았지만 지금은 할아버지의 말대로 최선을 다해야 한다는 것을 알았다.

장불사는 간단히 호흡 조절을 하며 도인 체조술로 몸을 풀고는 호흡법으로 진기를 몇 차례 순환시켰다. 그러자 자신의 몸이 다시금 활력을 되찾고 온몸의 근육에 힘이 충만하다는 것을 느낄 수 있었다.

장불사는 오후 내내 턱걸이를 하며 수련에 박차를 가하였고, 이를 지켜보는 정 의원은 내심으로 아직 어린 장불사를 측은하게 생각하였다. 다른 또래의 아이들은 한참 신나게 놀며 부모의 사랑을 받을 때였기에 고통스럽고 힘든 수련을 하는 장불사가 측은하게 보였던 것이다.

‘불사야, 너에게 내가 너무나 큰 죄를 짓고 있는 게 아닌지 모르겠구나!’

정 의원은 구슬땀을 흘리며 수련에 열중하는 장불사를 보자 마음 한편으로 죄책감을 느끼며 지는 해는 바라보았다.

“불사야! 오늘은 이만 되었다. 씻고 저녁 준비나 하여라.”

“알겠습니다, 할아버지!”

저녁을 먹고 장불사와 정 의원은 한 방에 앉아 있었다. 저녁에는 정 의원에게 침술과 인체에 관한 해부학 및 혈도 등에 대한 의술을 배우는 것이다. 정 의원이 알고 있는 의술도 이제는 거의 배우게 되어 조금 더 세심하고 세부적인 것들을 문답(問答)을 통해 배우고 있었다. 실제 실험할 수 있는 것에는 한계가 있었기에 처음에는 동물들을 대상으로 침술과 해부학 등을 실험하였고, 가끔 자신의 몸을 실험 대상으로 삼기도 하였지만 그것은 한계가 있기에 현재는 이렇게 문답 형식을 통한 의술을 장불사에게 전하고 있었다.

“할아버지! 한 가지 여쭤볼 것이 있습니다.”

장불사는 잠시 쉬는 시간에 며칠 전부터 자신이 해결하지 못하며 고민하고 있던 것을 정 의원에게 물었다.

“뭔지 말해 보거라.”

“예……! 사실은 며칠 전부터 호흡법을 하게 되면 순환하던 진기의 일부가 다른 곳으로 가려 하는데 어떤 이유인지 모르겠습니다.”

“으음……! 그러면 지금 선천진기가 너의 혈맥들을 꽉 채우고 순환되고 있단 말이냐?”

“그것은 아닙니다. 그래서 저도 이상히 생각하여 할아버지께 여쭙는 것입니다.”

정 의원은 한참을 생각하였다. 처음 선조들은 이 이름도 없는 호흡법이 다만 외공 수련으로 인한 몸의 피로를 풀고 내부의 기를 조양할 수 있을 정도로 생각하였지만 대를 이으면서 지금 장불사가 겪고 있는 이런 현상을 경험하며 그러는 과정에서 불사비전의 호흡법을 보충하고 연구하여 지금의 이론에 이르게 된 것이다.

"음! 그것은 너의 선천진기가 이제는 정순해지고 쌓여감에 따른 현상이니라. 임독양맥이 막힘없이 순환되고 있기에 진기의 일부가 다른 혈(穴)들로 가려는 것이다. 내가 이 호흡법에 대해 처음 이야기했듯이 임독양맥이 꽉 찬 상태의 진기 순환이 되었을 때 주위의 혈들과 세맥들을 뚫어야 할 것이다. 지금은 다른 곳으로 가려는 진기들을 보내지 말고 임독양맥이 터질 것 같다는 순간이 오면 너의 진기가 가고자 하는 곳으로 보내면 된다. 그 순간에도 예전에 얘기했듯이 한 번은 느리게, 한 번은 아주 빠르게 순환시켜야 하느니라. 지금 너의 상태로 보아 조만간 그런 시기가 올 것 같구나."

정 의원은 말은 이렇게 했지만 사실 자신도 장담할 수 없었다. 자신과 선조들의 전례(前例)로 보아 이 시기가 가장 중요한 시기임을 알고 있지만 선조들과 자신도 이런 시기를 넘지 못하고 현재의 상태에 머물고 있다는 판단을 하게 되었던 것이기에 이론상으로나마 호흡법에 대한 체계를 잡았던 것이다.

"알겠습니다, 할아버지! 오늘은 이만 물러가겠습니다."

"그래, 오늘 내가 한 말을 꼭 명심해야 하느니라."

"예!"

정 의원은 혹시나 하는 마음에 다시 한 번 장불사에게 다짐을 받았다.

　　방을 나온 장불사는 수련 장소로 가서 지금까지 배운 외공십팔형의 세 가지를 하나하나 복습하였다. 반 시진이 흐르자 온몸의 근육들과 세포들이 꿈틀거린다는 느낌이 들면서 전신은 다시 땀으로 목욕을 한 것처럼 되었다. 자시(子時)가 되면서 장불사는 외공십팔형의 수련을 중단하고 도인 체조술로 가볍게 몸을 풀었다. 자정에 하는 호흡법의 수련은 언제나 깊은 명상에 들 수 있고 자연과 하나가 되어간다는 느낌에 이때의 수련이 장불사에겐 가장 편안하고 안정된 시간이었다. 반 시진 동안 호흡법을 수련한 장불사는 오늘도 보람(?)된 하루였다며 자평(自評)하고 잠자리에 들었다.

　　"이놈, 불사야! 아직 일어나지 않고 뭘 하는 게냐."

　　밖에서 들리는 정 의원의 호통 소리에 장불사는 허둥지둥하며 채 떠지지도 않은 눈을 비비며 방문을 열고 나갔다.

　　"죄, 죄송합니다, 할아버지……!"

　　늦잠을 잤다는 것을 안 장불사는 어쩔 줄 몰라 했다.

　　"이놈아! 그런 정신 상태로 어떻게 수련을 할 수 있겠느냐. 하나를 보면 열 가지를 안다고, 오늘 너의 정신 상태를 보니 한심하기가 그지없구나. 당장 달려가 수련하지 않고 뭘 하는 게냐!"

　　장불사는 정 의원의 말에 고개가 절로 숙여지며 할 말이 없었다. 분명 자신이 늦잠을 잔 것은 사실이기에 정 의원의 말이 떨어지자마자 허겁지겁 수련장으로 달려갔다. 보통 때라면 정 의원보다 일각 정도 먼저 일어나 세숫물도 떠다 놓고 하며 하루의 일과를 시작하였는데 오늘은 늦잠을 자고 만 것이다.

　　'그놈, 열심히 수련하고 있는 것은 알았지만 이토록 힘들어할 줄이야! 그렇지만 어떻게 하겠느냐, 이것은 다만 네가 거쳐야 할 하나의 작은 수련에 지나지 않는 것이니 아무쪼록 포기하지 않고 끝까지 최선을 다하길 바랄 뿐이다.'

장불사를 바라보는 정 의원의 얼굴엔 짙은 안타까움이 배어 있었다.

제2장

수련은 계속되어야 한다

이 년의 세월이 지난 현재 장불사는 자기 몸무게의 반이나 되는 무게를 몸에 달고서 외공십팔형을 수련하고 있었다. 자신의 팔목과 발목에는 연혈액을 섞어 제련한 현철이 각반처럼 채워져 있었고, 그런 현철은 피부와 밀착되어 자연스럽게 움직였다.

맨몸으로 외공십팔형을 완전히 세 시진 동안 할 수 있게 되자 '수련은 계속되어야 한다' 며 정 의원이 장불사에게 준 선물(?)이었다.

그 말에 장불사는 하늘이 노랗다는 말을 실감해야만 했다. 오십 근(五十斤:30kg)을 합하여 백오십 근이라는 엄청난 무게의 악조건으로 다시 외공십팔형을 수련해야 된다고 하니 하늘이 노랗게 보일 만도 했던 것이다.

그동안의 수련만으로도 장불사는 몇 번 포기할까 생각했기에 할아버지가 혹시 노망이 들었나 하는 생각도 했었다. 하지만 자신에게는 선택권이 없고, 오로지 시키면 시키는 대로 할 수밖에 없다는 것을 자신 스스로 잘 알았기에 다른 수가 없었던 것이다. 정 의원의 염원을 전혀 모르는 것도 아니었고, 보고 싶은 가족들의 품으로 돌아가기 위해서는 어쩔 수 없이 수련을 마쳐야 한다는 것도 알았기 때문이다.

한 가지 위안이 되는 것은 선천진기를 운기하고 나면 언제 그랬냐는 듯 온몸에 힘이 솟고 정신이 맑아지는 것이 수련 전과 같은 최적의 몸 상태가 된다는 것이었다.

장불사는 외공십팔형의 네 번째 자세를 수련하고 있었다. 이 네 번째 형(形)도 기구를 이용한 수련이었는데 높은 곳에 어깨 넓이만큼의 간격으로 두 개의 줄을 늘어뜨려 놓고 그 끝에는 양손으로 잡을 수 있는 손잡이가 매달린 기구였다. 두 개의 줄에 달린 손잡이는 장불사가 힘껏 뛰어올라야만 잡을 수 있는 위치에 있었다. 네 번째 형은 이 기구를 이용하여 허공에서 수평으로 팔을 벌려 버티는 자세였다.

장불사는 오전 내내 떨어졌다가 다시 올라가 버티기를 수차례 하였지만 영 진전이 없었다. 무게가 반이 더 늘어나자 반 시진을 버티기가 힘들었던 것이다.

육체가 견디는 한계가 어디가 끝인지 모르겠지만 지난 수련의 결과로 유추해 보면, 한 시진 이상을 버틸 수 있는 단계에 오르면 그 다음부터는 수련의 진전이 빨라진다는 것을 장불사는 알 수 있었다. 즉, 한 시진을 버티거나 계속할 수 있는 단계에 이르는 것이 외공십팔형 수련의 관건이었던 것이다.

"이놈아! 팔이 점점 처지는구나. 수평을 유지해야지……!"

정 의원은 가늘고 긴 나무 막대기로 자꾸 처지는 장불사의 팔을 툭툭 치며 수련을 독려(?)하고 있었다.

“휴우……! 읍!”

장불사는 심호흡을 하며 다시 수평을 유지하려고 애를 썼다.

“아직 반 시진도 안 흘렀다. 조금 더 힘을 내거라.”

정 의원은 뭔가를 열심히 먹으면서 말을 하였지만 한 번씩 바닥에 꽂혀 있는 나무 막대의 그림자를 보며 시간을 재고 있었다. 장불사는 안 그래도 힘이 들고 점심 시간이 되어 배도 고픈데 옆에서 오물거리며 음식을 먹고 있는 정 의원을 보자 팔의 힘이 절로 빠지는 느낌이 들었다.

‘오늘은 오기가 나서라도 한 시진은 버틴다.’

장불사는 옆에서 음식 냄새를 풍기며 먹고 있는 정 의원이 오늘따라 그렇게 미울 수가 없었다. 이렇게 가끔씩 음식을 옆에 놓고 수련을 시키면 오기가 생겼던 것이다. 한창 먹고 싶고 커가는 과정인지라 음식에 대한 욕구가 더욱 컸기 때문이다.

그런 장불사의 속셈을 정 의원은 오래전에 간파하고 있었기에 수련의 진전이 없으면 이런 방법으로 장불사의 수련에 도움(?)을 주었다. 자신이 먹고 싶어서가 아니라 순전히 장불사의 수련에 도움(?)을 주자는 차원에서 이렇게 하는 것이라고 스스로를 합리화했다.

거의 한 시진이 되어가자 장불사는 한계에 다다른 것 같았다. 팔과 목, 그리고 배에는 힘줄과 핏줄이 불거져 나와 꼭 터질 것만 같아 보였고, 입술을 굳게 다문 얼굴엔 실핏줄이 터질 듯 솟아 나와 있었으며, 두 눈은 핏발이 곤두서서 튀어나올 듯했다.

“푸~ 우……! 헉, 헉, 헉! 하, 할아버지! 어, 얼마나 버티었죠? 휴우~! 휴우~!”

아래로 떨어진 장불사가 가쁜 숨을 내쉬며 자신이 버틴 시간을 숨이 넘어갈 듯 정 의원에게 물었다.

"험험……! 겨우 한 시진을 넘었구나. 수고했다. 오후에는 다음 형(形)
으로 넘어가자. 가서 점심 준비나 해라."

정 의원은 널브러져 있는 장불사에게 대단하지 않다는 듯이 말하곤
집으로 발걸음을 가볍게(?) 옮겼다. 그런 정 의원을 보는 장불사의 눈
은 도끼눈이 되어 있었다. 미친개가 슬그머니 꽁무니를 내릴 정도로
쌍심지에 힘이 들어가 있었던 것이다.

오후에 들어 수련한 다섯 번째 형은 오리걸음의 자세였다. 백 장(百
丈)의 거리를 허리는 곧게 펴고 양손은 허리의 뒤에 붙이며 오리걸음으
로 쉬지 않고 왕복하기를 세 시진을 하여야만 끝나는 수련인 것이었다.

자세가 흐트러지면 다시 시작해야 했기에 항상 일정한 자세와 보폭
으로 오리걸음을 하여야만 시간이 인정이 되었다. 가장 쉬울 것이라고
생각한 오리걸음이 장불사가 외공십팔형을 수련하면서 가장 오랫동안
수련한 형(形)이었다.

자세와 보폭에 신경 써야 함은 물론 한 시진을 계속하면 진전이 빨
라진다는 외공십팔형의 공식(?)이 적용되지 않는 형(形)이기도 했다.
시간이 가면 갈수록 허벅지와 허리의 통증이 심해지며 전신이 마비되
어 가는 느낌이 들고 자세가 흐트러져 다시 시작해야만 했기에 제일
수련하기 힘든 자세였던 것이다.

이제는 오십 근의 무게가 더해지자 더욱더 힘들게 되었다. 한 걸음
조차 떼기 힘들고 무게 중심을 잡기가 힘들어 자세가 허물어져 앞이나
뒤로 넘어지기 일쑤였다.

일단은 오십 근의 무게를 이겨내고 안정된 자세를 취할 수 있게 몸
의 균형을 잡는 것이 우선이었다. 처음 맨몸으로 오리걸음을 할 때도

몸의 균형을 잡기가 힘들어 무척 애를 쓴 기억을 되살리며 자세가 흐트러지지 않게 몸의 균형을 잡아갔다.

외공십팔형의 공식이 적용되지 않는 형(形)이었지만 보름이 지난 후 한 시진 이상의 수련이 계속 유지되자 여섯 번째 자세를 수련하게 되었다.

여섯 번째 자세는 양 손바닥만을 허벅지 안쪽의 땅에 대고 엉덩이를 지상에서 들어 올려 몸을 허공에 띄운 채 양 발은 정면으로 곧게 뻗는 자세였다. 지상에서 들어 올린 양 발의 발목도 몸과 최대한 직각이 넘게 구부려야 했다. 이 수련이 세 시진 이상 계속되면 두 번째 형(形)의 팔굽혀펴기 자세인 엄지손가락만으로 버틸 수 있는 단계까지 수련하는 것이었다.

이 형(形)의 수련도 안정된 자세와 몸의 균형을 잡는 것이 관건이었다. 양 손바닥으로 수련할 때는 몸의 균형을 어느 정도 잡을 수 있지만 엄지손가락만으로 수련할 때는 균형을 잡기가 힘들어 고개가 저절로 숙여지고 눈은 자꾸만 아래를 보게 되었다.

ㄴ 자 형의 자세가 되어야 했기에 머리는 바로 들고 시선은 정면을 향해야 하므로 아래쪽의 상황을 파악하기 힘들었다. 처음 자세를 잡을 때 정확히 해야만 끝까지 자세를 유지할 수 있게 되는 것이다.

수련을 거듭할수록 장불사는 자신의 체력과 선천진기가 강해짐을 느낄 수 있었다. 또한 이를 악물고 견디다 보니 강한 정신력까지 키울 수 있게 되었다. 한 번 시작한 일은 포기하지 않는 끈기와 집착도 생겨 수련에 상당한 도움을 주었다. 혼자서 하는 수련이었기에 자신과의 싸움이라는 생각으로 최선을 다하여 수련하고 있는 것이다.

의술을 통한 인체의 근육과 그 쓰임새를 알고 있는 장불사로서는 현재 자신의 모든 근육에 힘이 들어간다는 것을 알고 있었다. 사람이 살면서 모든 근육들을 발달시키고 생활에 쓰는 것은 아니었다.

대부분의 사람들이 자신의 생활에 맞는 근육들만 쓰고 있는 것이다. 물론 신체를 이루고 있는 모든 근육들을 간접적으로나마 쓰고 있지만 장불사의 경우처럼 모든 근육을 똑같이 쓸 수 있는 사람은 거의 없었다. 모든 근육들을 채 반도 활용하지 못하는 것이 인간이었다.

선천진기도 혈맥을 꽉 채우고 순환됨에 따라 임독양맥 주위의 혈들을 뚫어가고 있는 중이었다. 주위 혈들이 타통되고 선천진기가 그 혈들을 따라 순환되자 외공십팔형의 수련도 한결 쉬워졌던 것이다.

선천진기가 흐르고 순환되는 주위의 근육들이 운기행공 후에는 최적의 상태가 되는 것을 느끼며 선천진기의 증강(增强)이 육체의 단련에 엄청난 영향을 미친다는 것을 알 수 있었다. 이런 이유로 호흡법에 상당한 시간을 투자(?)하며 전신 혈맥에 선천진기의 순환이 되도록 노력하고 있는 중이었다.

영약이나 내공이 높은 사람이 격체지공으로 내공을 전수하는 등의 기연(奇緣)으로 환골탈태(換骨奪胎)가 된다는 말이 있지만 장불사는 오로지 자신의 끊임없는 수련과 계속되는 선천진기의 증강으로 환골탈태하여 가고 있는 것이었다.

선천진기의 순환과 외공십팔형으로 인하여 머리가 청명해지고 근육들도 성장하면서 최상의 상태가 되어가고 있기에 어떤 것이든 할 수 있는 최상의 신체가 되고 있는 중인 것이다.

칠월의 더위는 한참 수련에 열중하고 있는 장불사에겐 보이지 않는 적과도 같았다. 가만히 있어도 땀이 줄줄 흐르는데 찜통 같은 더위와 다른 한편으로 싸우고 있는 것이나 마찬가지이니 그야말로 죽을 맛인 것이다.

머리는 자꾸 아래로 기울어지고 앞으로 뻗고 있는 양 발도 부들부들 떨리고 있었다. 더군다나 자신의 발목에는 오십 근의 반에 해당하는 무게가 채워져 있으니 허공으로 뻗은 양 발이 자꾸만 내려오려고 하는 것은 당연한 것인지도 몰랐다.

그러기를 이각 정도 지나자 어김없이 엉덩방아를 찧고 말았다.

쿵!

장불사는 땅에 앉은 채로 양손으로 목을 두드리며 경직된 근육들을 풀었다. 양 발의 장딴지와 허벅지의 근육들도 한참 동안을 주물럭거리고 두드리더니 일어났다.

"아이고, 허리야. 정말로 죽겠네! 오늘따라 날씨는 왜 이리 더운 거야!"

엉거주춤 일어선 장불사는 허리를 돌리더니 내리쬐고 있는 해를 바라보며 투덜거렸다.

"할아버지! 점심 시간도 다 되어가는데 오전 수련은 그만 하죠. 헤헤헤!"

정 의원은 이런 더운 날에도 열심히 수련하고 애교(?)있게 말하자 장불사의 말을 들어주었다.

"그래, 수고 많았다. 가서 밥 지어라."

"예! 알.겠.습.니.다!"

장불사는 크게 말하고는 집으로 뛰어갔다.

요기를 해결한 장불사는 잠시 휴식 시간을 가진 후 수련 준비를 하였다. 늘 하던 것처럼 도인 체조술로 몸을 푼 후 정오의 호흡법 수련에 들어갔다. 장불사는 요즘 호흡법을 수련하고 있으면서 할아버지의 말이 옳았다는 것을 느끼고 있었다.

임독양맥을 순환하고 있는 선천진기가 꽉 찬 느낌이 들었을 때 한 번은 느리게, 한 번은 아주 빠르게 진기를 돌리라는 것이 어떤 이유로 한 말인지 실감을 하였던 것이다.

선천진기가 터질 듯이 임독양맥을 메우고 순환되자 장불사는 진기를 아주 천천히 돌렸다. 그랬더니 진기는 임독양맥 주위의 여러 혈들로 가려 하였고, 그곳이 어디인지 감지하게 되었던 것이다. 그것을 느낀 후 다음에는 아주 빠르게 돌리면서 느리게 돌릴 때 가려고 했던 곳으로 진기를 보내자 주위 혈들이 뚫리면서 전신이 흔들거리는 것이었다.

이런 방법으로 장불사는 선천진기를 순환하고 있었다. 현재 순환되고 있는 주위의 혈들과 세맥들이 타통되어 진기가 흐르게 되자 호흡법으로 인한 선천진기도 급속도로 증강되고 있었다.

호흡법을 마치자 순환되던 진기는 단전으로 갔다. 장불사는 더 이상 채워 넣을 선천진기가 없을 정도로 자신의 단전이 엄청나게 커져 있다는 것을 알 수 있었다.

도인 체조술과 호흡법을 끝내자 장불사는 오전 수련의 피로와 긴장이 모두 사라지고 온몸이 상쾌해지며 기운이 솟는 것을 느꼈다. 장불사는 유쾌한 마음으로 수련장으로 향했다.

외공십팔형의 일곱 번째 형(形)은 양 발을 모은 상태로 발뒤꿈치를 들어 발가락만을 땅에 닿게 하고 균형을 유지한 채 방광과 회음혈에 힘을 주어 서 있는 자세였다.

이것은 몸의 균형과 더불어 발의 근육과 회음혈 부근의 단련을 위한

것이며 몸이 가장 일직선상에 달하게 하는 자세이기도 했다. 한 가지
더 효용이 있었는데, 그것은 정력 증진(?)에 효과가 있는 수련이었다(사
실임).

칠월이 다 가고 팔월에 들어서야 여덟 번째 형의 수련에 임할 수 있
었다. 이제 한 달하고 보름만 지나면 자신의 생일날이자 중추절이었기
에 마음은 이미 부모님과 동생이 있는 집으로 향하고 있었다. 정 의원
의 약조대로 매년 중추절이 되면 삼 일간 집으로 가서 부모님을 만났
던 것이었다. 중추절이 되기 전에 외공십팔형의 열두 번째 형까지 한
시진 이상 수련해야겠다고 다짐을 하였지만 잡생각과 가족들 생각으로
쉽게 수련에 열중할 수 없었다.

지금도 여덟 번째 자세를 수련하고 있었지만 머리에는 온통 집 생각
뿐이었다. 그래서인지 계속 수련해도 반 시진을 넘기질 못했다. 장불
사는 더 이상의 진전이 없다고 느끼며 잠시 휴식을 취하였다.

정 의원이 한 시진 이상 지속되었을 때 자신에게 검사(?)를 받으라며
자리를 떠났기에 수련 도중 이렇게 쉴 수가 있었던 것이다.

'동생 불애(不哀)는 잘 지내고 있을까? 빨리 보고 싶구나! 이제 다섯
살이 되어 말도 제법 잘할 것인데……'

장불사의 입가엔 흐뭇한 미소가 절로 어렸다.

"에구! 이럴 때가 아니지. 목표했던 것은 끝마쳐야지. 힘을 내자, 장
불사! 아자! 아자!"

스스로를 독려한 장불사는 조금 전 자신이 수련했던 기구(器具)가
있는 곳으로 갔다. 그곳에는 정 의원이 오래전에 외공십팔형의 여덟
번째 수련을 위하여 만들어놓은 기구가 놓여 있었다. 이 기구를 사용
하는 여덟 번째 형(形)은 윗몸 일으키기였다. 몸을 좌우로 비틀면서 쉬

지 않고 일 초에 두 번씩 세 시진 이상 윗몸 일으키기를 해야만 하는 수련이었던 것이다.

'이백열일곱, 이백열여덟, 이백열아홉, 이백스~물……'

장불사는 속으로 윗몸 일으키기의 숫자를 세며 잡념을 없앰과 동시에 시간을 재고 있었다.

"아이고, 배 땡겨! 후우……! 진작 이렇게 할걸……!"

겨우 한 시진 동안 지속적인 수련을 할 수 있게 된 장불사는 도인 체조술로 가볍게 몸을 풀고는 정 의원에게 검사를 받으러 갔다.

중추절 하루 전날 흑벽도를 떠난 장불사는 집으로 돌아와 있었다. 정 의원만이 알고 있는 뱃길을 이용하여 오전에 출발했던 장불사가 집에 도착 했을 때는 점심 시간이 훨씬 지난 시간이었다.

흑벽도에서 가까운 어촌의 항구까지는 한 시진이 걸렸으나 다시 집으로 오는 길이 삼십여 리에 달해 정오를 넘긴 시간이 된 것이다.

집에 도착한 장불사는 부모님과 친할아버지의 따뜻한 정을 마음껏 만끽할 수 있었다. 그렇게 보고 싶어하던 여동생인 불애도 많이 자라 있었다.

처음에는 잘 몰라보더니 나중에는 장불사가 가는 곳마다 졸졸 따라다니며 '오빠, 어디 가?', '오빠, 뭐 해?' 하는 등 시도 때도 없이 조잘대었던 것이다.

중추절을 어떻게 보냈는지 모를 정도로 바쁜 하루가 지나고 다시 흑벽도로 떠나야 하는 새벽이 왔다. 장불사는 여전히 같은 시간에 일어나서 새벽 수련을 하고 있었다. 간단히 도인 체조술로 몸을 풀고는 반 시진 동안 호흡법을 하였다.

　진기 운행을 끝낸 장불사는 외공십팔형을 일각씩 하나하나 수련하였다. 집으로 온 이틀 동안 오전, 오후의 수련을 하지 못했기에 새벽과 밤의 짧은 시간을 통해 몸의 긴장과 정신의 해이해짐을 방지하기 위하여 각 형(形)을 하나씩 수련하고 있는 것이었다.

　각 형의 수련 중 여덟 번째인 윗몸 일으키기를 일각 동안 하고 다시 아홉 번째 수련에 임하였다. 양손을 머리에 붙이고 쪼그려 뛰기를 일 척(一尺:30.3㎝) 정도 높이로 뛰고 있었다.

　다시 일각이 흐르자 이번에는 열 번째 형(形)인 물구나무를 서서 팔굽혀펴기를 하였다. 이렇게 몇 번을 하더니만 팔에 힘을 주어 약간 튀어 오르더니 다섯 손가락을 이용하여 팔굽혀펴기를 하였고, 다시 세 개의 손가락으로, 나중에는 한 개의 엄지손가락만으로 팔굽혀펴기를 하였다.

　열 번째까지 하고 나자 한 시진이라는 시간이 지났다. 장불사는 수련을 멈추고 도인 체조술로 가볍게 몸을 풀었다.

　"할아버지는 아직 주무시나? 여기에 오신 후론 잠만 주무시는 것 같은데……."

　머리를 갸우뚱거리며 중얼거리던 장불사는 정 의원이 있는 방으로 발걸음을 옮겼다.

　"할아버지! 주무십니까?"

　"……."

　"할아버지……! 할.아.버.지! 주무시냐고요?"

　"어이구, 이놈아! 잠 좀 자자. 시끄러워서 잘 수가 있나!"

　푸념 섞인 정 의원의 말이 들리며 방문이 열렸다.

　"이놈아! 내게 뭐 할 말이라도 있느냐?"

"아, 아니. 저, 저기 뭘 하시는지 해서……!"

장불사는 정 의원이 묻자 딱히 할 말도 없고 해서 더듬거렸다.

"할 말이 없으면 오후에 떠나기 전까지 찾아오지 말거라. 나는 조금 더 자야겠다."

"예……!"

장불사는 머리를 긁적거렸다.

'나이가 들면 잠이 적어진다고 하던데……?'

사실 정 의원은 장불사의 가족들에게 더 이상 정을 주지 않으려고 일부러 만나지도 않았다. 식사 시간 외에는 만나는 것을 꺼려했던 것이다. 회자정리(會者定離)라는 말이 있지만 정이 깊으면 이별 또한 깊은 것이기에 더 이상의 깊은 슬픔은 느끼기 싫어서였다.

분명 자신보다 장삼의 아버지가 먼저 죽을 것이고, 장삼 부부도 자신과 비슷한 시기에 죽을 것이라는 것을 알기에 서로의 정이 깊어지길 바라지 않았던 것이다.

간혹 장삼 부부가 의술에 대한 의문점이 있어 찾아오긴 하였지만 이미 자신의 의술을 책으로 엮어 장삼에게 주었고, 장삼 부부 또한 정 의원의 가문에 대한 이야기를 직접 듣고 알고 있었기에 정 의원 행동에 대해 이렇다 할 말을 하지 않았다.

장불사는 정 의원의 행동에 이해가 가지 않았으나 어쩔 수 없이 발길을 돌려야 했다. 발길을 돌린 본채에는 장불사의 어머니가 아침 준비로 부엌을 들락거리고 있었고 장삼도 환자를 돌볼 침과 약재들을 정리하고 있었다.

"어머님, 아버님, 밤새 평안히 주무셨습니까?"

"오냐! 너도 잘 잤느냐?"

"예! 그런데 불애는 아직 일어나지 않았습니까?"

"호호호! 불사야, 말도 말아라. 어젯밤에 네 방에서 같이 잔다며 얼마나 떼를 쓰던지, 늦게 잠이 들어 아직도 자는구나. 방에 있으니 들어가 보거라."

"하하하! 알겠습니다, 어머니!"

장불사는 방으로 들어가 곤히 잠들어 있는 여동생 불애의 뺨에 살며시 입을 맞추었다. 쌔근거리며 자는 것이 여간 귀엽지 않았다.

장불사는 아침 식사를 하고 불애를 데리고 마을 앞 바닷가로 나갔다.

"불애야! 오빠가 좋은 놀이 하나 가르쳐 줄까?"

"응! 어떤 것인데? 빨리 가르쳐 줘!"

"그래, 그래! 그럼 오빠가 하는 것을 보고 따라 해라!"

"응! 알았어!"

장불사는 자신이 처음 놀이(?)라며 생각하고 배웠던 도인 체조술을 가르치려 하는 것이었다. 장불사는 도인 체조술 하나하나를 불애에게 자세히 가르쳐 주었다. 불애도 장불사가 하는 것을 잘 따라 하더니 박수를 치며 좋아했다.

장불사는 혼자서 열심히 놀이(?)에 열중하는 불애를 보면서 새벽에 못다 했던 외공십팔형을 수련하고자 마음먹었다. 자신이 목표했던 십이형까지의 수련은 이곳에 오기 전 달성하였기에 십일형과 십이형은 일각 동안만 수련하고 점심 시간까지는 십삼형을 수련하고자 하는 것이었다.

장불사는 불애를 힐끔 보고는 십일형의 수련을 시작했다. 십일형은 제자리에서 높이뛰기를 하며 무릎을 가슴에 붙이는 자세였다. 뛰는 높이도 삼 척(三尺:91㎝)에 가까웠다. 장불사의 발목과 팔목에 채워진 무게를 생각한다면 대단한 높이였다.

일각이 지나자 장불사는 십이형으로 자세를 바꾸었다. 바닥으로 똑바로 누운 채 허리만 땅에 닿게 하고 상체와 다리를 사십오 도로 비스듬히 들어 올려 양 손끝은 발가락에 닿을 정도로 하는 것이었다. 그 상태는 역삼각형의 모양이었다.

혼자서 놀고 있던 불애는 장불사가 자신과 다른 것을 하고 있자 호기심에 따라 하였지만 이제 다섯 살 된 어린 불애에게는 무리한 운동이었다.

"오빠! 오빠처럼 하니까 배도 아프고, 팔도 아프고, 다리도 아파. 아야… 목도 아프네!"

옆에서 따라 하던 불애는 얼마를 못 견디고는 아프다며 징징거렸다.

"아이고, 불애야! 너는 아직 어려서 이런 것을 하면 안 돼! 많이 아프니?"

"응! 오빠! 아파 죽겠어."

"이리 와. 오빠가 안 아프게 호~ 해줄게!"

장불사는 불애의 몸을 안마하며 뭉친 근육들을 풀어주었다. 인체에 대해선 눈을 감아도 훤하였고, 자신이 이 자세로 수련을 하였기에 어느 부위의 근육들이 뭉쳐졌는지 알고 있는 장불사는 쉽게 불애의 근육들을 풀 수 있었다.

"아아! 오빠가 만져 주니까 아픈 곳이 다 나은 것 같아!"

"불애야! 다음부터 이런 흉내를 내면 안 돼. 알았지? 불애가 조금 더 커서 열다섯 살이 되면 해도 좋아. 알았지?"

"응! 알았어, 오빠! 히히히……!"

"그러면 저기서 아까 오빠가 가르쳐 준 놀이를 해."

"응!"

장불사는 다시 도인 체조술 놀이(?)를 하는 불애를 보고 십삼형의 수련에 들어갔다.

외공십팔형의 십삼형은 금계독립의 자세였다. 즉, 한쪽 다리로 서서 양팔을 수평으로 벌리고 오래 서 있기와 다시 그 자세로 앉았다 일어섰다를 반복하는 것이다. 역시 이 자세도 양 발을 번갈아가며 세 시진 이상을 계속해야 하는 것이다.

십삼형의 수련을 반복하며 시간 가는 줄 모르던 장불사는 배가 고프다는 불애의 말에 점심 시간이 되었다는 것을 알았다. 장불사는 불애에게 자신이 배운 호흡법을 간단히 설명하고 반 시진 동안 불애와 같이 호흡법을 수련하고 집으로 돌아갔다.

집을 나서는 장불사의 눈에는 눈물이 글썽거리고 있었다. 정 의원이 앞으로는 일 년에 한 번씩 못 올지도 모르니 기다리지 말라고 장삼 부부에게 이야기하는 것을 옆에서 들었던 것이다.

"어머니! 아버지! 다시 볼 때까지 평안무사하십시오!"

장불사는 큰절을 올리며 부모님의 건강을 빌었다.

"그래……! 너도 정 의원님의 말씀에 잘 따르고 열심히 수련해야 하느니라!"

장삼 부인의 눈에는 눈물이 한 방울씩 떨어지고 있었쭈. 이제 보내면 언제 볼 수 있을지 모르기에 헤어지는 아쉬움이 더욱 컸던 것이다. 장불사는 그런 어머니의 얼굴을 볼 수 없었던지 불애를 보았다.

"불애야! 다음에 보자. 오빠 또 올게."

"앙앙! 허이잉! 오빠, 가지 마. 엉엉! 나도 오빠 따라갈래! 엉엉엉!"

불애는 오빠가 다시 떠난다는 말에 어머니의 옷을 잡고 떼를 쓰고 있었다.

"착한 불애야! 오빠는 금방 갔다 올 거야. 그러니 엄마, 아빠 말씀 잘 듣고 착하게 지내야 돼. 알았지?"

"허잉……! 정말 금방 올 거지, 오빠!"

"그럼……! 우리 불애가 얼마나 예쁜데, 금방 보러 와야지……."

장불사는 울먹거리는 불애를 간신히 달래고 정 의원과 함께 다시 흑벽도로 떠났다. 빨리 갔다 오라는 불애의 말이 뒤에서 자꾸 들렸지만 되돌아보고 싶은 마음을 꾹 참고 발길을 재촉했다.

흑벽도로 돌아온 지도 반년이 지나고 장불사의 수련은 한 단계 진보하여 자신의 몸무게 배에 해당하는 현철을 몸에 두른 채 수련하고 있었다. 이제는 팔목과 발목뿐만 아니라 팔꿈치와 어깨 아래, 그리고 무릎 위 허벅지까지도 현철이 채워져 있었던 것이다.

이런 상태의 장불사는 가족에 대한 그리움에 수련을 빨리 끝마쳐 볼 수 있다는 생각으로 수련에 미친 듯이 매진한 결과 현재 외공십팔형의 십삼형까지 한 시진 이상을 할 수 있는 단계에 와 있었다.

그런 장불사가 현재 고민하고 있는 것은 외공십팔형의 수련이 아니라 호흡법에 관한 것이었다. 선천진기가 순환되는 주위의 혈들과 세맥들은 모두 뚫었지만 피부 가까이에 있는 세맥들은 꿈쩍도 하지 않았던 것이다.

십사형의 수련을 하다 말고 장불사는 호흡법에 대한 생각에 잠겨 있었다.

‘현재의 방법으로는 피부 쪽 세맥들을 뚫을 순 없다. 무슨 방법이 없을까?’

장불사는 고민에 고민을 거듭하였지만 별다른 뾰족한 방법이 떠오르지 않았다.

‘으음… 선천진기를 최대한 빠르게 계속 돌려보면 어떨까!’

장불사는 쉽게 행동에 옮기지는 못했다. 혹시 잘못되면 돌이킬 수 없는 사태가 발생할지도 몰랐기에 좀 더 신중히 생각하고 대처 방법을 강구해야만 했다.

‘선천진기가 빠르게 순환되면 그동안 뚫렸던 혈맥으로 가려던 진기들이 그곳으로 가지 않고 임독양맥만을 따라 순환될까? 그때 뚫렸던 혈맥들에는 어떤 현상이 일어날까! 으… 음! 아마도 진공(眞空) 상태가 될 것 같은데… 피부 쪽의 세맥들도 조금 더 큰 맥에서 갈라진 세맥이니 이런 진공 상태가 계속되면 피부 쪽의 세맥들도 진공 상태가 될까? 만일 진공 상태가 된다면 그때 빠르게 순환되며 회전하는 진기의 일부를 보내보자. 나의 생각대로 된다면 좋을 텐데……!’

장불사는 가부좌를 하고 앉았다. 생각만 하고 있다고 문제가 해결되는 것이 아니기에 일단은 부딪쳐 보는 수밖에 없었던 것이다. 장불사는 정신을 집중하고 선천진기의 순환을 최대한 빠르게 회전시켰다. 회전하는 진기를 뚫려 있는 세맥으로 보내지 않고 그냥 빠르게만 돌리는 것이었다.

물론 예전에도 그런 식으로 임독양맥에 가까운 세맥들을 뚫었지만 지금은 그것과는 조금 다른 것이었다. 아직 뚫지 못한 세맥을 진공 상태로 만들기 위해 이미 뚫린 세맥에 차 있던 진기까지 끌어내어 회전하는 진기에 합쳤던 것이다. 장불사는 그렇게 합쳐진 진기들을 돌려 이미 뚫려 있는 세맥들을 먼저 진공 상태로 만들려는 것이었다. 장불사는 계속해서 합쳐지는 진기들을 빠르게 회전시켰다.

'음……!'

장불사의 몸이 잠시 움찔하는 듯했다. 이미 뚫렸던 세맥들이 회전하는 진기 쪽으로 빨려드는 듯한 느낌을 받은 것이다. 장불사는 자신의 생각이 맞아 들어가자 최대의 속도로 선천진기를 회전시켰다. 그러자 뚫렸던 모든 맥들이 진공 상태가 되고 피부 쪽의 세맥들도 반응이 오기 시작하더니 서서히 진공 상태가 되어가는 것이었다. 그렇게 피부 쪽의 세맥들이 어느 정도 진공 상태가 되자 장불사는 회전하던 진기의 일부를 빠르게 피부 쪽의 세맥으로 보냈다.

'야~ 호! 성공했구나!'

장불사는 속으로 기쁜 탄성을 질렀다. 피부 쪽의 세맥이 뚫린 것이다. 잠시 마음을 가라앉힌 장불사는 같은 방법으로 피부 쪽 세맥들을 하나하나 뚫어 나갔다. 반 시진이 지나자 일부의 세맥들을 뚫은 장불사는 예전보다 훨씬 몸이 가뿐하다는 것을 느낄 수 있었다.

흑벽도에도 봄이 찾아와 새싹들과 봄꽃들이 여린 장불사의 청춘을 설레게 했다. 아직 이성에 대하여 잘 알지도 못하지만 피 끓는 청춘이 피해 갈 수 없는 것이 계절의 변화였다. 가을이 남자의 계절이라고는 하지만 청춘남녀의 계절은 뭐니 해도 봄인 것이다. 봄처녀 바람난다는 말이 괜히 생긴 것이 아니었다.

요즘 장불사의 마음도 뒤숭숭하여 수련에 몰두할 수 없을 정도였다. 봄을 타고 있는 것이다.

"휴우……! 요즘 왜 이리 가슴이 답답하고 멍청해지지……."

장불사는 지금 자신이 봄을 타고 있다는 것을 모르고 자책하고 있었다.

"봄이 되면서 수련의 진전도 더디고, 뭔가 다른 이유가 있나……?"

장불사는 봄이 다 지나고 유월이 되어서야 십사형을 마칠 수 있었다. 외공십팔형의 십사형은 명절에 어른들에게 세배를 하는 것과 같은 큰절을 하는 자세였다. 다만 조금 더 절도있고 손과 발의 형태가 조금 다를 뿐이었다. 어떻게 보면 스님들이 있는 사찰에서 절을 하며 불공 드리는 자세였고, 기천문의 단배공과 비슷한 자세였다. 십사형의 수련을 끝낸 장불사는 십오형을 수련하고 있었다.

십오형은 십이형의 자세와 비슷했다. 즉, '一' 자로 반듯이 누운 상태에서 십이형의 역삼각형을 일 초에 한 번씩 만들어가며 수련하는 자세였다.

유월의 햇살이 따갑게 내리쬐고 있는 수련장에서 장불사는 땀을 뻘뻘 흘리며 수련에 열중하고 있었다.

쿵! 쿵! 쿵!

머리를 땅바닥에 부딪치며 몸을 회전하고 있는 것이었다. 앞으로 열 번 하더니 다시 뒤로 열 번을 하며 그런 상태로 오 장여를 왕복하고 있었다. 지금 하고 있는 수련이 외공십팔형의 십육형으로 손으로 재주넘기를 하는 것이 아니라 머리로 하는 것이었다. 이 형(形)은 머리와 목을 단련하기 위한 수련이었다.

"휴우……! 십육형까지는 대충 된 것 같은데 십칠형과 십팔형이 문제구나. 아이구! 생각만 해도 치가 떨리는군!"

장불사가 생각하는 외공십팔형의 십칠형과 십팔형은 병행하여 수련하는 것으로 오래달리기과 수영을 각각 한 시진씩 번갈아가며 여섯 시진을 해야만 하는 것이었다. 백이십여 리를 한 시진 안에 달리고 다시 바다로 나가 이십여 리를 왕복하는 수영을 한 시진씩 하며 세 번을 반복해야만 끝나는 것으로 아침에 시작하여 저녁에 끝나는 수련이었다.

백이십 리(48㎞)를 한 시진(2시간) 안에 뛰려면 자신이 낼 수 있는 최대의 속도로 꾸준히 달려야만 했다. 그런데 흑벽도의 지형상 평탄하고 넓은 길이 아니고 소로와 계곡 등 바위산으로 난 길을 달려야 했기에 더욱 힘든 것이었다.

바다에서 수영을 하는 것도 마찬가지였다. 흑벽도 주변의 거친 물살과 수온의 차이로 일반 호수나 강에서 하는 것보다 더 어려웠다. 그것도 왕복 사십 리(16㎞)를 한 시진 안에 주파해야 하는 것이었다.

외공십팔형으로 단련된 모든 신체를 이용해야만 가능한 인간 한계의 도전인 것으로 점검하는 차원의 수련인 것이다. 이것을 생각하자 장불사는 암담하다는 표정을 지었던 것이다.

장불사는 외공십팔형을 수련한지 육 년(六年)이 지나고서야 모든 동작을 세 시진 동안 모두 할 수 있게 되었다. 물론 자신의 두 배에 가까운 무게를 몸에 달고서 해낸 것이다. 장불사에겐 지금 팔목과 팔꿈치 사이, 팔꿈치와 어깨 사이, 발목과 무릎 사이, 무릎 위 허벅지까지, 허리에서 흉부에 이르는 이백오십 근의 현철이 각반처럼 채워져 있었다.

호흡법에 의한 선천진기의 순환은 기경팔맥과 십이경락에 보낼 수 있을 정도로 엄청난 전진을 가져왔고, 어렸을 때 먹은 공청석유와 채식으로 인한 탁기는 이미 장불사의 몸에 남아 있지 않았다. 또한 어떤 음식을 먹더라도 운기행공만 하면 선천진기의 순환에 의하여 호흡을 내쉴 때마다 탁기는 몸 밖으로 배출되어 저절로 없어졌다.

장불사가 외공십팔형의 수련을 끝내고 선천진기를 기경팔맥과 십이경락으로 보낼 수 있게 됐을 때 정 의원은 그들의 선조와 불사비전 기공편의 사실을 털어놓았다. 검증되지 않은 이론이며, 지금까지 장불사 자신의 수준에 도달한 사람이 없다는 것을 이야기한 것이다.

정 의원에게 불사비전에 관한 이야기를 모두 듣고 장불사는 자기의 이름이 왜 불사가 되었는지 알 수 있었다. 또, 자신이 정 의원의 실험 대상이었다는 것도 알았으나 그런 것은 문제가 되지 않았다. 이미 자신과 정 의원은 친혈육처럼 서로를 위하였고, 실험 대상이라고 하지만 자신도 그런 수련을 통하여 인간으로서는 상상도 할 수 없는 수준에 이르렀기에 오히려 고마워하고 있었다.

다만 앞으로 수련을 통한 문제점이 발생할 땐 자신이 헤쳐 나가야 한다는 것이 조금 불안할 뿐이었다. 검증되지 않은 이론이기에 정 의원에게 모든 사실을 들은 후 장불사는 기공편과 의공편을 독학하였다.

장불사는 현재 외공십팔형보다 호흡법에 중점을 두고 수련하고 있는 중이었다. 외공십팔형은 간단히(?) 연습 정도로만 하고 호흡법을 통한 선천진기의 운행으로 신체와 밀접한 관계를 파헤쳐 보고자 하는 것이었다. 오래전에 선천진기가 신체에 상당한 영향을 미친다는 것을 알고 있었기에 이것이 해결되면 불사지체의 한쪽을 잡아볼 수 있을 것 같았기 때문이다.

장불사는 흑벽도의 절벽 위에 있었다. 요즘은 절벽 타기를 하면서 수련하고 있는 중이었다. 외공십팔형의 수련을 절벽 타기를 하면서 몸으로 느끼며 효율적으로 적용하기 위한 수련인 것이다.

이미 몸무게 두 배의 현철도 장불사에겐 느끼지 못하는 무게였으므로 이 절벽 타기가 그리 어려운 것은 아니었다. 다만 절벽의 특성상 손과 발이 닿을 수 있는 곳이 정해져 있지 않기 때문에 간혹 몸을 날려 돌출 부위를 잡거나 발을 디뎌야 하는데 이때가 위험했다.

외공십팔형을 극성으로 수련한 자신도 일 장(一丈:3.3m) 이상은 허공으로 도약할 수 없기에 일 장 이상 되는 곳에 돌출 부위가 없다면 곤란해지는 것이다.

일 장의 도약을 할 수 있는 것도 양호한 상태의 지상에서 힘껏 뛰었을 때 가능한 것이므로 상황이 좋지 않은 절벽에 매달려 있는 상태에서의 도약은 더욱 어려운 것이 자명했다. 그리고 허공에 머물러 있을 때 자신의 무게는 삼백팔십 근(228kg)에 달했으므로 일 장을 도약한다는 것은 불가능한 것이었다.

절벽 위에 서 있는 장불사는 방금 전 절벽을 타면서 일어났던 일을 생각하고 있었다. 일 장 이상의 도약이 어렵다는 것을 알고 있으면서도 돌출 부위를 잡으려다 십 장 높이에서 떨어졌던 것이다. 절벽을 타면서 아직 한 번도 떨어지지 않았던 장불사로서는 당황했었다.

죽지는 않겠지만 큰 부상을 입을 거라 생각했는데 아무런 부상도 입지 않고 멀쩡했기에 그 순간을 생각하고 있었던 것이다. 그 당시는 당황하여 어리둥절하기만 했는데 지금 생각해 보니 뭔가 이유가 있었다.

'등이 땅에 부딪치기 전 온 정신이 등 쪽으로 가 있었고, 그때 선천진기가 땅에 부딪치는 등 부위 피부들의 세맥들을 뚫고 나오는 것 같았는데…….'

장불사는 아직 피부 근처의 세맥까지는 완전히 뚫지 못하고 있었던 것이다. 호흡법으로 단전과 백회혈의 진기 순환은 거침이 없었지만 손바닥 노궁혈(勞宮穴)과 발바닥 용천혈(湧泉穴)까지의 진기 순환은 불가능하였다.

호흡법으로 임독양맥을 순환하고 있는 선천진기들을 기경팔맥과 십이경락을 통하여 노궁혈과 용천혈까지 보낼 수는 있었지만 이 혈들은 임독양맥처럼 양 방향이 아닌 일방통행의 통로였기에 순환이라는 자체가 불가능했던 것이다.

임독양맥 주위의 피부 쪽 세맥들은 대부분 뚫었지만 정말 피부 가까이에 있는 세맥들은 엄두도 못 내고 있었다. 또한 기경팔맥과 십이경락이 통하는 팔과 다리의 혈맥은 양 방향이 아닌 일방통행의 맥들이었으므로 주위의 세맥들은 뚫기가 어려웠다.

'선천진기를 피부 세포에 보낼 수 있고 이 진기를 피부를 통하여 내가 원하는 어느 곳이든 보낼 수 있다면 반대로 자연의 기도 피부를 통하여 호흡할 수 있지 않을까!'

절벽에서 떨어지면서 진기의 일부가 피부를 뚫고 나온 것을 생각하자 장불사는 코와 입이 아닌 피부를 통한 호흡을 갑자기 생각하게 되었다.

'노궁혈과 용천혈까지 선천진기를 보냈지만 그 이동 경로에 있는 혈들과 세맥들은 거의 뚫은 수가 없었다. 그것은 순환되지 않기 때문일 것이다. 음……! 피부 호흡을 한다는 것이 가능할까!'

피부 호흡에 대한 생각을 이리저리 해보던 장불사는 뾰족한 방법이 없자 일단 피부 호흡에 대한 생각은 접어두었다. 모든 것은 하나하나 순서대로 해야 된다는 것이 자신의 지론이기에 방금 일어났던 문제를 해결하는 것이 우선이었다. 걷지도 못하는 이가 뛸 생각부터 한다는 것은 어불성설(語不成說)과 다름없었기 때문이다.

'일단 선천진기가 어떤 경로로 피부를 뚫고 나왔는지 알아야 되는데 이유를 모르겠으니…….'

장불사는 아무리 생각해 봐도 이유를 알 수 없었다. 그래서 생각한 것이 다시 절벽에서 떨어져 직접 몸으로 부딪쳐 보자는 것이었다. 생각으로 안 되니 몸으로 해결해 보자는 식의 발상이었다.

다시 절벽 앞에 선 장불사는 절벽을 타고 내려가기 시작하였다. 절벽의 높이는 약 삼십여 장이 되었고 해풍과 파도의 바닷물로 인하여 매우 미끄러운 편이었다. 절벽을 오르는 것보다 내려가는 것이 더욱 힘들기에 장불사는 손과 발 하나하나에 신경을 쓰며 내려가고 있는 중이었다.

선천진기의 내력을 운공하지 않고 오로지 자신의 힘만으로 내려가니 여간 힘든 것이 아니었다. 십여 장을 내려가자 온몸은 땀으로 젖어 있었다. 다시 십여 장을 내려간 장불사는 조금 전에 떨어졌던 높이가 되자 마음을 굳게 먹고는 절벽 아래로 몸을 던졌다.

휘이잉……!

바람 소리가 귓가를 스치며 장불사의 몸은 순식간에 절벽 아래의 지면에 부딪쳤다.

꾸우웅! 철퍼덕…….

절벽에서 떨어진 장불사의 입에서 핏물이 한 모금 토해졌다.

"으윽……! 쿨럭! 쿨럭……!"

장불사는 누운 상태로 배를 잡고 쪼그린 채 한참 동안을 있었다. 심한 내상을 입은 듯 보였다. 일반인이 십 장의 높이에서 떨어졌다면 즉사했을 것이다.

외공십팔형으로 금강불괴의 몸에 가까웠고 현철의 각반도 있었기에 외상은 없어 보였다. 그러나 이 현철로 된 각반이 피부에 밀착되어 있고 얇기에 그 충격은 내부에 그대로 전달되었던 것이다.

"으윽……! 쿨럭! 땅에 닿을 때 선천진기를 운행하여 등의 피부로 보냈는데……."

다시 한 모금의 피를 토하면서 장불사가 일어났다. 등 쪽의 옷은 찢어져 있었고 가슴과 등을 둘러싼 현철의 각반도 약간 찌그러져 보였다. 장불사는 호흡법으로 내상을 치료하였다. 내부의 장들이 심하게 꼬여 있었지만 파열된 곳은 없기에 많은 시간이 걸리지 않았다. 의술도 함께 배워왔기에 자신의 상처에 대해서 잘 알고 있는 것이다. 내부의 장들이 파열되었다면 꼼짝도 못한 채로 며칠간 누워 있어야 할 뻔했다.

'똑같은 상태로 떨어졌는데 결과는 다르다. 무엇 때문일까!'

장불사는 두 경우를 곰곰이 생각해 보았다.

'분명히 떨어질 때 선천진기를 운행하여 등 쪽의 피부 세포로 보냈고 진기가 피부 세포로 간 것을 느낄 수 있었는데, 그래서 외적으론 크게 다친 곳이 없는 것 같은데… 물론 현철이 있긴 했지만……!'

피부 주위의 혈들과 세맥들이 뚫린 상태라면 그 피부 세포의 하나하나에 선천진기를 흘려보내 몸을 보호할 수 있다는 것은 깨달았다. 이것이 금강불괴에 가깝게 된 몸을 더욱 단단하게 할 수 있는 것으로 불사지체를 이루는 비결이 아닐까 생각하였다.

'문제는 내부의 상태를 어떻게 해야 하느냐인데, 내부의 장기(臟器)와 혈(穴)들, 그리고 세맥(細脈)까지 피부 세포와 똑같은 상태로 만들어야 한다는 말인가!'

장불사는 떨어질 때 피부 쪽의 세맥과 세포에만 신경을 쓰며 선천진기를 보내었다. 내부의 상태는 생각하지 않았다. 처음 절벽에서 떨어질 때는 자신도 의식하지 못한 상태에서 위기감으로 인하여 선천진기가 저절로 내부에서 순환되었다. 내부에서 순환되던 선천진기의 일부가 땅에 부딪치는 순간 등 쪽의 부피로 이동되면서 그를 보호하였던 것이다.

'내부의 선천진기를 운기행공하지 않아도 저절로 순환되게 해야만 가능할 것 같은데, 이것도 결국엔 피부 호흡을 해야만 가능하다는 결론이 나온단 말이야! 으음! 일단은 임독양맥을 순환하는 선천진기를 운기행공하지 않고 그냥 일반적인 자연스런 호흡을 할 때 저절로 순환되게 하는 것이 우선이겠구나! 그런 다음에는 호흡을 하지 않아도, 의식하지 않아도 내부의 선천진기가 끊임없이 순환되게 하는 것이다. 그리고 모든 세맥과 피부 세포 하나하나에 선천진기를 보낼 수 있는 방법을……! 어이쿠! 결론은 또 피부 호흡이구나! 최우선 과제는 할 수 있는 데까지 절벽 뛰어내리기로 세맥과 피부 세포의 진기 주입이고 일반적인 호흡을 할 때마다 선천진기가 순환되게 해야겠다.'

장불사는 오랜 생각 끝에 우선은 '절벽에서 뛰어내려 세맥 뚫기와 피부 세포에 진기 주입하기'라는 결론을 내렸다. 그 후로 매일 오전에는 절벽 뛰어내리기를 계속하였다. 너무 높은 곳에서는 내부의 충격이 심하므로 삼 장(三丈:약10m)의 높이에서 시작하였다.

그것도 처음에는 모래 바닥에서 뒤로 앞으로 옆으로 발로 머리로 등 여러 가지 형태로 온몸을 이용하여 떨어졌다. 이때부터 장불사는 직접적인 피부로 느끼기 위하여 전신에 채워진 현철을 풀고 절벽에서 뛰어내리기를 하였고, 후에는 외공십팔형을 한 시진 동안 연마하며 오전 수련을 끝냈다.

오후에는 바닷가에 나가 '오래 잠수하기'와 '큰 파도에 견디기'라는 이름을 지어 수련하였다. '오래 잠수하기'는 피부 호흡법을 배우기 위한 나름대로의 준비 과정이었다. 물에도 미소하나마 공기가 있기에 바닷물 속에 잠수하여 피부를 통한 호흡을 수련하기 위한 것이었다.

처음엔 말 그대로 자신의 폐활량만으로 견디며 피부 호흡을 시도하였다. 그러나 그것은 한계가 있었다. 아무리 폐활량이 좋은 사람이라도 반 각 이상은 잠수하기가 어려웠던 것이다. 또, 숨이 가빠오며 호흡이 곤란해지면서 아무 생각도 할 수 없었기에 피부 호흡을 해야 된다는 것을 잊어버리기 일쑤였다.

그리하여 '오래 잠수하기'를 수련할 때는 기공편의 호흡법을 처음부터 운기하여 선천진기를 순환하면서 수련하였다. 장불사의 이런 수련은 강호무림에서 흔히 말하는 귀식대법(龜息大法)의 효과를 가져왔다.

'큰 파도에 견디기'도 나름대로의 판단이 있어 생각해 낸 것이다. 절벽에서 뛰어내리기는 단단하고 딱딱한 곳에 몸을 부딪쳐 수련하는 것이기에 부드럽고 강한 것에도 시도해 보면 어떨까? 하여 생각한 것이었다.

이것도 처음에 자신의 힘만으로 버티다가 큰 낭패를 보았다. 처음부터 엄청나게 큰 파도에 도전을 하였고, 그 파도의 밀물과 썰물에 가랑잎처럼 바다 속 밑의 바닥에 곤두박질을 치면서 뒹굴었던 것이다.

파도의 큰 충격과 바닥에 곤두박질되면서 느꼈던 압력은 절벽에서 떨어지기와는 또 다른 충격이었다.

백문이불여일견(百聞不如一見)이고 백견이불여일행(百見不如一行)이라고 한 번 실패한 장불사는 작은 파도부터 다시 시작하였고, 이때부터 절벽에서 떨어질 때와 같이 파도가 밀려올 때 선천진기를 보내어 몸을 보호하였다. 그러나 몸은 보호하여 충격을 덜 받았지만 파도의 힘에 의한 곤두박질은 어쩌지 못했다.

다시 삼 년(三年)이 흘렀다. 장불사는 그동안 했던 오전 수련인 '절벽에서 떨어지기'와 오후 수련인 '오래 잠수하기', '큰 파도에 견디기'는 엄청난 진전을 가져왔다.

'절벽에서 뛰어내려 세맥 뚫기와 피부 세포에 진기 주입하기'가 처음 모래 바닥에 여러 가지 형태로 떨어지며 수련하였던 것이 육 개월이 흐르자 자갈밭으로 바꾸었다. 내부의 몸을 보호하며 기를 보낼 수 있자 조금 더 강도(剛度)가 있는 자갈밭으로 바꾼 것이다.

자갈밭은 모래 바닥에 떨어지는 것과는 또 달랐다. 모래 바닥은 부딪치는 곳의 강도가 약하고 한 부분만 기를 보내면 되었지만 자갈밭은 그것이 아니었던 것이다. 울퉁불퉁하여 튀어 오른 자갈들은 장불사의 여러 군데에 충격을 주었다.

한곳에만 기를 보내며 수련하던 장불사는 계속적인 시행착오를 하였다. 또, 신체의 어느 부위에 부딪칠지 알 수가 없었기에 다른 방법을 생각하지 않을 수 없었다. 그때부터 감각을 키우는 방법과 병행하며 수련을 하였다.

정 의원에게 부탁하여 작은 조약돌을 자신에게 던지게 하였던 것이다. 처음엔 한 개의 조약돌로 시작하여 개수를 늘려갔다. 그런데 자갈밭에 떨어지기는 나아지질 않았다. 한 가지 간과(看過)한 것이 있었던 것이다.

감각 수련의 결과 날아오는 조약돌은 어디에 부딪칠지 알 수 있었고 모두 피할 수 있었지만 절벽 밑의 자갈밭은 자신에게 날아오는 것이 아니라 고정된 사물이었던 것이다. 이를 깨달은 장불사는 고민하지 않을 수 없었다.

대충 짐작 가는 방법이 있었지만 지금 자신의 수준을 고려한다면 어찌할 도리가 없었다. 기를 몸 밖으로 내보낸 후 사물을 감지하여야 될 것 같았는데 자신은 기를 밖으로 내보낼 수 있는 방법을 몰랐던 것이다. 사부와 같은 정 의원은 무공에 대해선 먹통이었고 자신도 얼마 전부터는 독학하고 있었으므로 누구에게 물어볼 처지도 아니었던 것이다.

다시 원점으로 돌아온 장불사는 일단은 반복 수련밖에 없다는 결론을 내리고 절벽에서 뛰어내리기 수련을 하였다.

자갈밭의 수련은 그의 몸을 더욱 단단하게 하였고 기(氣)도 여러 곳으로 보낼 수 있는 경지에 이르게 하였다. 자갈밭의 수련도 익숙해지자 다음에는 암석 군이 있는 곳으로 떨어졌으며 이것도 익숙해지자 날카롭게 깎인 암석 군이 있는 곳으로 떨어지게 되었다.

그렇게 차츰차츰 강도를 높이며 떨어지는 높이도 다시 십여 장에 이르렀다. 이때쯤 장불사는 내부의 세맥들까지 보호하며 피부의 세포까지 여러 곳에 진기를 보낼 수 있는 경지에 다다르게 되었다. 선천진기의 강약과 속도를 조절하며 수련을 하였고 선천진기도 어떤 경로로 이동하는지 알게 되었다.

이렇게 수련을 하며 이십 장의 높이에서 떨어질 때 장불사는 이상한 현상을 발견하게 되었다. 이때 자신은 숨 쉬기를 할 때마다 선천진기가 자연스럽게 순환되는 경지에 있었다. 즉, 운기행공의 시간을 따로 두어 호흡법을 수련하지 않아도 호흡을 할 때마다 진기가 순환되는 것이었다.

그런 이유에선지 자신의 몸이 부딪치기도 전에 날카로운 암석이 부서져 버렸던 것이다. 즉, 자신의 기가 피부의 밖으로 나왔다는 애기였다. 장불사는 혹시나 하여 몇 번이고 되풀이하며 시도해 보았지만 선천진기는 자신의 피부를 뚫고 나와 먼저 바위를 부숴 버렸던 것이다.

장불사는 그 사건으로 기뻐 어쩔 줄 몰라 했다. 이제 날아오는 것이든 고정된 것이든 자신에겐 아무런 장애가 되지 않는 것이었다. 다만 고정된 사물의 거리 측정이 문제였지만 이것 또한 조금만 수련하면 될 것 같았다.

장불사의 몸은 금강불괴를 넘어섰고, 이젠 내부의 선천진기로 강호 무림에서 말하는 호신강기(護身罡氣)까지 펼칠 수 있게 된 것이다. 물론 장불사는 이것이 호신강기라는 것을 몰랐다.

이 일 이후로 절벽에서 뛰어내리기의 수련은 더 이상 필요치 않게 되었다. 그렇게 될 때까지 삼 년이라는 시간이 흘렀다.

호흡법이 운기행공을 하지 않고 자연스런 숨 쉬기를 할 때마다 순환되면서 선천진기는 임독양맥을 꽉 채웠고, 그 다음부터는 기경팔맥과 십이경락으로 흘러들어 가면서 이 경맥과 경락들을 채워가기 시작하였다.

이렇게 채워지던 선천진기가 손바닥의 노궁혈(勞宮穴)과 발바닥의 용천혈(湧泉穴)까지 꽉 채워지자 진기의 일부가 피부 밖으로 흘러나와 암석의 바위를 부수었던 것이다.

'오래 잠수하기'도 삼 년 동안 많은 발전이 있었다. 호흡법의 수련과 절벽 뛰어내리기의 수련으로 인하여 몇 시진 버티던 오래 잠수하기는 그 시간이 차츰 길어져 갔고 더욱 깊은 곳으로 수련 장소를 옮겨갔다.

깊은 곳으로 가면서 물의 압력으로 인하여 처음엔 귀가 아프고 눈도 충혈되곤 하던 것이 선천진기를 이용하여 어떻게 해야 하는지 알면서

부터 망막과 고막의 압력과 고통도 조금씩 사라졌던 것이다. 또한 그 깊이를 더해가면서 어둠에 대한 적응력이 높아짐에 따라 빛 한 점 들어오지 않는 심해에서도 어느 정도 사물을 구별할 수 있고 볼 수 있는 능력도 생기게 되었다.

현재 장불사는 삼십 장의 깊이가 한계였다. 이 깊이에 오기까지 역시 삼 년이 걸렸다. 호신강기를 사용한다면 더 깊이 갈 수 있었으나 아직까진 정확한 사용 방법과 효용을 몰라 더 이상의 깊이는 무리였다.

그러나 '오래 잠수하기' 는 절벽에서 뛰어내리기를 하면서 수련하지 못한, 아니, 자신도 모르던 망막과 고막의 수련을 금강불괴에 가깝게 한 결과를 낳게 하였다.

삼십 장 깊이의 물의 압력은 상상도 못하는 압력이었다. 마치 자신의 몸이 휴지처럼 구겨지는 것 같은 느낌을 받았던 것이다. 그러나 선천진기가 노궁혈과 용천혈까지 꽉 채워졌을 때 삼십 장의 깊이에 도달할 수 있고 물의 압력도 견딜 수 있었다.

그리고 가끔씩 기(氣)를 피부 밖으로 내보내곤 하였는데 그러면서 물속에서 기에 의한 공간이 생겨나는 것을 알게 되어 이 공간에 자신을 가두고 물속에 있는 미세한 공기를 이 공간 안에 끌어들이면서 피부 호흡을 통한 끊임없는 선천진기의 순환이 되게 한다면 물속에서 영원히 살 수도 있을 것 같다는 생각도 하였다.

하지만 이 '오래 잠수하기' 를 통하여 얻은 가장 큰 성과는 역시 피부 호흡에 관한 것이었다. 백여 장 깊이에서 엄청난 압력을 견디기 위하여 기를 피부 세포 쪽으로 보내거나 밖으로 내보낼 때 가끔씩 전신의 모공(毛孔)이 간질거리는 느낌을 받곤 했는데 이때마다 피부 호흡을 하려고 시도하였던 것이다. 장불사는 모공이 간질거리는 현상이 피부 호흡을 할 수 있는 전조라고 생각했다.

'큰 파도에 견디기'는 강호무림에서 말하는 천근추와 비슷한 것을 사용할 수 있게 하였다. 그런데 이것을 천근추라 부르기에는 장불사가 수련한 '큰 파도에 견디기'와 상이한 부분이 많았다. 물론 처음에는 천근추와 비슷한 수련을 하였다. 파도에 휩쓸리지 않게 무게 중심을 아래에 두고 파도의 밀물과 썰물에 견디려고 했던 것이다.

그런데 이 견디기가 아무리 큰 파도에도 성공하자 다른 것을 생각했다. 부드럽고 큰 힘에 맞서는 것이 아니라 그냥 흘려보내면 어떨까? 하고 생각한 것이다. 처음에는 잘되지 않았으나 삼 년이 흐른 지금 그의 몸은 물속의 해초처럼 발을 고정한 채 물결에 따라 이리저리 흔들리는 경지가 되었다.

스물세 살의 건장한 청년이 된 장불사의 몸은 육 척에 가까웠고, 그의 피부는 여름날의 햇빛에 그을려 단단해 보였으며, 우람하다기보다 날씬해 보이는 몸매였다. 잘생긴 얼굴은 아니었지만 그의 낙천적인 성격이 그대로 드러난 천진스런 얼굴이었다.

지금까지 옆에서 묵묵히 지켜보던 정 의원은 이제 장불사를 떠나보낼 때라고 느꼈다. 불사비전의 의공편과 무공편처럼 세상에 나가 사람들과 부딪치며 새로운 것을 배우게 할 때라고 생각한 것이다. 중추절을 며칠 안 남긴 어느 날 정 의원은 장불사를 불렀다.

"불사야, 그동안 나의 선조들이 연구한 불사비전에 따라 수련한다고 고생했다. 나는 지금 네가 어느 수준까지 갔는지 알 수 없으나 이미 선조들이 생각 못했던 경지까지 도달했을 거라 생각한다. 검증되지도 않은 이론을 혼자 힘으로 수련한 네가 기특하기만 하구나! 그리고… 불사비전의 부록에 기록된 한 가지의 무공은 사실 우리의 선조들이 남긴 것이 아니란다.”

“예?”

정 의원의 말에 장불사가 의아한 듯 바라보았다.

“허허……! 그렇게 볼 것까지는 없느니라. 음! 우리 가문의 사람들이 무공에는 도통 소질이 없었는지 조잡한 잡기들만 알 뿐 상승의 무공은 알 수가 없었단다. 그래서 너에게 그 무공을 가르칠 수가 없었지. 우리의 선조들이 연구한 것도 아니고, 또한 경신법이라고는 하나 심오한 무리를 담고 있는 것 같으니 어찌 너에게 가르칠 수가 있었겠느냐.”

“그렇다면 누가 그런 경신법을 가르쳐 주었단 말입니까?”

“음……! 그러니까… 나의 조부님이 이곳에 정착하기 전 세상을 떠돌면서 불사비전에 대한 연구를 하고 있을 때 심한 부상을 입은 한 사람을 치료한 적이 있었는데 그 사람이 고맙다는 성의의 표시로 가르쳐 준 것이란다.”

“…….”

“그분이 다른 무공을 가르쳐 줄 수도 있었지만 조부께서는 무공에 대한 소질이 없었을뿐더러, 그분이 말하기를 사람을 죽이는 무공보다는 싸움을 피해 달아날 수 있는 무공이 나을 것이라며 가르쳐 주었단다. 음……! 그분은 아마도 무수히 많은 싸움을 치르면서 뭔가를 느꼈기에 그런 말을 했을 것이다.”

“……!”

장불사는 정 의원의 말을 묵묵히 듣기만 하였다.

“너도 이제 이곳을 나가면 수많은 사람과 만나게 될 것이다. 그땐 무슨 일이 생기더라도 되도록 참고 그분이 생각한 것처럼 피하도록 하

여라. 그리고 그 경신법은 네가 밖으로 나가서 익히도록 하여라. 내가
도움이 되지 못해서 미안하구나.”

“아닙니다, 할아버지.”

“허허, 불사야! 더 이상 이제 이곳에 머물 이유가 없는 것 같으니 너
는 이곳을 떠나 사람들이 사는 세상으로 나가거라.”

“아니, 할아버지! 같이 가시는 것이 아닙니까?”

장불사는 자신이 이제 이곳을 떠날 때가 되었다고 생각하였지만 혼
자가 아니라 정 의원과 같이 떠날 것이라고 생각하였기에 갑작스런 정
의원의 말에 반문한 것이다.

“허허허! 나는 이제 세상에 미련이 없단다. 다만 네가 꼭 불사지체
를 이루었으면 한다. 불사야! 그러나 한 가지 걱정되는 것이 있구나.”

정 의원은 근심 어린 눈으로 장불사에게 말했다.

“할아버지, 어떤 근심이 있는지 말씀하십시오. 제가 해결해 드리겠
습니다.”

“허허! 나의 근심이 아니라 너의 문제이니라. 잘 들어라. 혹여 네가
진정한 불사지체를 이룬다면 어떻게 되겠느냐?”

“…무슨 말씀이신지……!”

“네가 진정한 불사지체를 이룬다면 말 그대로 너는 죽지 않을 것이
다. 물론 어떤 이유로 무공이 엄청 강한 사람과 적이 되었거나 대자연
의 거부할 수 없는 재앙에 죽을 수도 있겠지. 그러나 진정 죽지 않는다
면 너는 혼자서 살아갈 수 있겠느냐?”

“호, 혼자서 살아간다니요?”

장불사는 무언가 뒤통수를 때리는 기분을 느꼈다.

“너는 이제 조금만 더 깨달음이 있으면 늙지도 죽지도 않을 것이다.

그러나 너의 가족과 이웃들… 네 앞에 있는 나도 얼마 지나지 않아 한 줌의 흙으로 돌아갈 것이다. 으음! 너는 이런 현실을 수용할 수 있겠느냐 말이다.”

장불사는 입을 벌린 채 아무 생각도 할 수 없었다. 지금까지 그저 할 아버지가 시키는 수련에 열중하였고, 불사지체가 된다면 얼마나 좋을까! 하는 생각밖에 하지 않았던 것이다. 이런 문제는 나이 어린 장불사로서는 생각지도 않은 것이었다. 이곳을 떠나면 가족들과 함께 재미있게 지내고 싶다는 생각만 하고 있었던 것이다. 정 의원은 생각에 잠겨 있는 장불사를 보며 조용히 다시 말문을 열었다.

“천오백 년 전 처음 불사비전을 연구한 선조 삼 형제는 오백 년을 살았다. 당시 선조들도 오백 년까지 살 수 있을 거라곤 상상도 하지 않았었지. 이삼백 년이 흐르고 하나둘 이웃 사람들이 자신들의 곁을 떠나자 선조들도 삶의 회의를 느끼며 깊은 산중으로 들어가 버렸단다. 선조들은 그곳에서 자신들만의 세계에 자신들을 가둔 채 이백 년을 보내며 죽었지. 불사지체라는 연구 의욕이 없었다면 아마 그때 자살했을지도 모를 것이다.”

“……!”

“불사야! 인명(人命)은 재천(在天)이라고 했다. 모든 사람들이 조금 더 오래 살려고 발버둥 치며 살지만 결국은 죽음을 이길 수 없듯이 네 부모와 가족들도 마찬가지이니라. 네가 늙지도 죽지도 않는다면 그것 또한 하늘의 뜻이 아니겠느냐.”

“저는, 저는 어찌하면 좋겠습니까?”

장불사는 힘없는 소리로 물었다.

“사람이 살아가면서 삶의 목표가 있으면 그 어떤 것도 두렵거나 슬프지 않을 수가 있단다. 우리 가문도 모두가 이백 년의 삶을 살아오면서 선조들이 느꼈던 것을 체험했다. 그러나 선조들의 유언이 있었기에, 또 불사비전이라는 목표가 있었기에 견뎌냈던 것이다. 네가 살아가면서 네 가족과 이웃에게 최선을 다한 삶을 살면 될 것이다. 세상엔 인간이 상상하지 못하는 수많은 일들이 있단다. 네가 이루려고 하는 불사 지체도 그중 하나일 뿐이다. 만약 진정한 불사지체를 이룬다면 인간의 한계와 상상하지 못할 다른 목표를 세우면 되지 않겠느냐? 우선 세상에 나가거든 천하제일의 무공을 익히는 것을 목표로 하여라. 우리 불사비전의 가장 큰 취약점도 이것이 아니더냐! 너를 지킬 수 있는 가장 좋은 방법이 무공을 익혀 남에게 해를 당하지 않은 것일 게다."

조용히 듣고 있던 장불사는 결심한 듯 정 의원에게 물었다. 낙천적인 그는 지금 당장은 자신의 삶에 대해 심각하게 생각하고 싶지 않았던 것이다.

"할아버지 말씀에 따르겠습니다. 그런데 정말 같이 떠나지 않으실 겁니까?"

"중추절이 얼마 안 남았구나. 네 아버지와 어머니가 보고 싶어지는군. 불사야, 너는 그만 내일 떠나도록 하여라."

정 의원은 붉게 물든 바다의 노을을 바라본 채 말했다. 기울어가는 가을 초입의 저녁 해가 쓸쓸해 보였다.

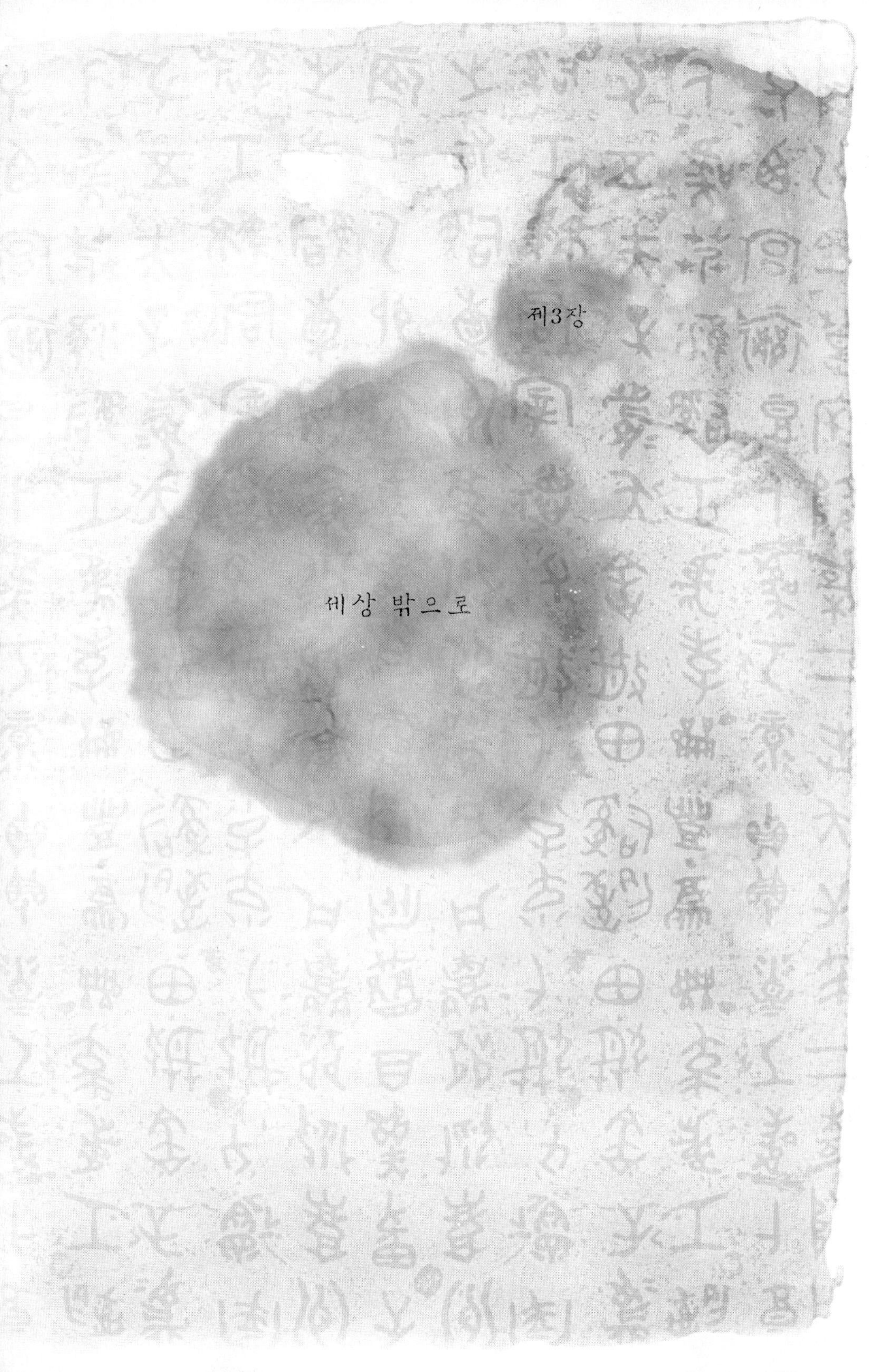

제3장

세상 밖으로

　　원(元) 왕조(王朝)가 중원에 나라를 세운 지 백삼십 년이 되어 원의 마지막 황제인 순제(順帝)가 즉위한 지 삼십 년이 되는 해로 천삼백육십삼 년이었다. 원은 그 세력 범위를 점차 넓혀가며 강력한 제국을 형성하였지만 세력 다툼과 권력 다툼으로 인하여 점차 쇠퇴기에 접어들고 있을 때였다.

　　중원에서도 오랑캐를 몰아내고 한인의 나라를 찾자는 구호 아래 곳곳에서 봉기가 일어나고 지역적인 전쟁도 있었다. 이런 복합적인 문제로 인하여 백성들의 삶은 황폐하여 가고 민심 또한 사나워져 가고 있었다.

　　장불사는 아침 일찍 바다 속을 걸어서 집으로 돌아왔다. 남아 있는 정 의원을 위해 혹시라도 섬에서 나오지 않을까 하여 배를 남겨두었던 것이다. 그날 저녁 내내 같이 떠나자고 하였지만 정 의원의 고집을 꺾을 수 없었기에 혼자 남겨두고 자신은 걸어서 돌아왔던 것이다. 산해관에 도착한 장불사는 부모님과 여동생을 보고 싶은 생각에 곧바로 집으로 달려갔다.

"어머니, 아버지, 불사가 돌아왔습니다."

장불사는 부모님을 부르며 대문을 열고 들어갔다. 그런데 집 안은 너무 조용했으며 평소에 북적대던 사람들이 하나도 보이지 않았다. 장삼의 의술이 소문이 나서 근처 마을의 사람들과 꽤 멀리 떨어진 곳에서도 병을 고치러 오곤 했는데 집 안엔 개미 새끼 하나 보이지 않았던 것이다.

"어……! 모두 어디를 갔지……!"

대문을 열고 들어선 장불사는 집 안 곳곳을 살펴보았지만 인적이라곤 보이지 않았다.

"으음! 집을 비운 지 오래된 것 같은데…….."

마루와 방 안에는 먼지가 상당히 쌓여 있었기에 오랫동안 집에 사람이 살지 않았다는 것을 알 수 있었다.

"할아버지 집으로 가봐야 되겠구나!"

장불사는 발길을 백여 장 떨어진 할아버지의 집으로 돌렸다.

마당에서는 반백의 노인이 그물을 손질하고 있었다.

"저… 할아버지, 제가 왔습니다."

그물 손질을 하던 노인은 누군가 부르기에 뒤를 돌아보았다.

"누구시더…… 어이구! 불사야! 네가 돌아왔구나. 으헝헝……."

장불사를 알아본 할아버지는 장불사의 손을 잡고 흐느끼며 말했다.

"으헝헝! 이놈아! 이게 얼마 만이냐. 어디 보자. 다 컸구나, 다 컸어. 그래, 어디 아픈 곳은 없지?"

“예! 할아버지도 그동안 잘 지내셨죠?”

“그래, 그래. 어이구! 내 정신 좀 보게. 불사야, 이렇게 있을 게 아니라 방으로 들어가자.”

장불사는 할아버지의 손에 이끌려 방으로 들어가선 큰절을 올렸다.

“그런데 할아버지! 집을 비운 지 오래된 것 같던데, 대체 어떻게 된 것이죠?”

“집에 가보았더냐?”

“예!”

“조금 놀랐겠구나. 걱정하지 말거라. 잘 지내고 있다는 기별을 얼마 전에 받았다.”

부모님이 잘 지내고 있다는 말에 장불사는 가슴 한편에 있던 근심을 떨칠 수 있었다. 혹여 무슨 일이 일어났는가 싶어 걱정하고 있었던 것이다.

“지금 어디에 계십니까?”

“언제더라. 아, 그래! 삼 년 전에 강북 하남(河南)의 낙양(洛陽)으로 떠났단다.”

한참 기억을 되찾던 장불사의 할아버지는 그때의 일이 생각난 듯 말했다.

“네 아비의 의술 실력이 인근 마을과 회안까지 소문이 퍼져 있었단다. 그런데 오 년 전 회안성주가 네 아비를 불렀단다. 성주의 영애가 병이 있었는데 회안에서 그 병을 고칠 의원이 없었는지 궁핍한 이곳까지 사람을 보내어 왔었다. 네 아비가 떠난 후 두 달이 지나서야 돌아왔는데 영애의 병을 완치하고 오느라 두 달이 걸렸다고 하더구나. 그 일이 있고 이 년이 지나서 다시 성주가 사람을 보내왔었단다. 자신이 낙양성주로 임관이 되었는데 같이 떠나자는 거였지. 낙양에서 의원을 열어보는 것이 어떻겠냐는 거였어. 그리고 자신이 나중에 수도의 대도로 다시 임관이 되면 네 아비를 어의(御醫)에 천거하고자 한다는 거였지. 네 아비는 며칠을 고심하더니만 회안성주를 따라 삼 년 전 낙양으로 떠난 것이란다."

"할아버지, 저에 대한 다른 말은 없었습니까?"

"아이고, 내 정신 좀 보게. 네 아비가 너에게 전해주라며 편지를 하나 주었는데 내가 깜빡했구나."

장불사는 할아버지가 건네주는 서랍 안의 편지를 읽어보았다.

불사야! 보거라.

너를 못 본 지도 오래되었구나. 이 편지를 볼 수 있다는 것은 이미 네가 수련을 마치고 돌아왔다는 뜻이겠지. 얼마의 시간이 지나 이 편지를 볼 수 있을지는 모르지만 네가 돌아와 걱정할 것 같아서 간단히 글을 남긴다.

정 의원님의 밑에서 열심히 배웠을 거라 믿는다. 우리 걱정은 하지 말고 네가 이루고자 하는 일에 최선을 다하여라. 아비는 배운 의술을 많은 사람들에게 베풀고자 이곳을 떠나기로 하였다. 이미 할아버지에게서 들었을 것이지만 낙양으로 가서 의원을 개업할 생각이다.

불사야, 불애(不哀)가 오늘도 오빠는 오지 않느냐며 울고 있단다. 그리고 네 어미도 너를 무척 보고 싶어한단다. 이제 떠나면 너를 언제 볼지 모르겠구나. 아무튼 건강히 잘 지낼 것이라 믿고 이만 줄이겠다.

추신:너에게 남동생도 하나 생겼단다.

편지를 읽은 장불사의 눈시울이 붉어져 있었다. 지금이라도 당장 부모님과 동생들이 있는 곳으로 달려가고 싶은 마음이었다. 여동생인 불애도 눈앞에 아른거리자 장불사의 망막이 흐릿해졌다. 다시 섬으로 돌아가려고 하면 하루 내내 울어서 발걸음이 떨어지지 않게 하곤 했던 그런 동생을 육 년 가까이 보지도 못했으니 갑자기 눈물이 나올 것 같았던 것이다.

"불사야, 중추절도 얼마 남지 않았는데 이곳에서 중추절을 보내고 네 아비 있는 곳으로 떠나거라. 네 큰아버지와 고모들도 너를 무척 보고 싶어하니 그때까지만 같이 지내자꾸나."

장불사는 당장 떠나고 싶었지만 또 혼자 계셔야 하는 할아버지를 생각하니 차마 떠난다는 말을 하지 못했다.

"예! 할아버지의 말씀대로 따르겠습니다."

이렇게 해산관에서 중추절을 보낸 장불사는 아버지가 남긴 것이라며 건네주는 노잣돈을 받고 낙양으로 떠났다.

해산관을 떠난 장불사는 회안에 다다르고 있었다. 회안을 지나 개봉부를 거쳐 황하를 거슬러 올라가면 낙양으로 가는 지름길이었다. 궁벽한 어촌과 흑벽도밖에 몰랐던 장불사는 회안성으로 들어오면서 정신이 없었다.

난전의 사람들과 대궐 같은 집들을 처음 보았기 때문이다. 책으로 배운 것과 직접 보고 체험하는 것은 많은 차이가 있었다.

점심 시간이 지나서인지 배가 고파오자 장불사는 객점을 찾았다.

숨 쉬기를 할 때마다 선천진기가 순환되면서 허기짐을 차츰차츰 못 느끼고 있었지만 가끔씩 식욕이 생기곤 하였다. 그것도 먹어봐야 소식(小食)이었지만 허기가 질 때는 조금이라도 먹어야만 했던 것이다.

객점을 찾아 회안성 여기저기를 헤맨 끝에 '회안제일루' 라는 객점을 찾을 수 있었다. 이곳은 사실 회안에서 가장 알아주는 주루였다. 장불사가 주루의 문을 열고 들어서자 나이 어린 점소이가 반기듯 나왔다.

"어서 오십시오. 어디……."

말을 하다 만 점소이는 장불사의 아래위를 보면서 말을 흐렸다.

"왜 그러나……?"

장불사도 이상한지 자신의 몸을 여기저기 훑어보았다.

"아, 아닙니다요. 근데 자리가 없어서… 합석이라도 하시겠습니까?"

"나야 상관없네만, 다른 사람이 괜찮을지 모르겠군."

"잠시 기다리십시오. 제가 알아보겠습니다."

점소이는 빈자리가 있는 손님의 탁자로 가서 양해를 구하고는 장불사를 안내했다. 사실 이층과 삼층에는 자리가 있었지만 장불사의 차림새를 보고는 합석을 시켰던 것이다.

"손님! 이쪽으로 오십시오. 이분들께서 합석하셔도 괜찮답니다."

장불사는 빈자리가 있는 곳으로 갔다. 그곳에는 원형 탁자에 세 사람이 식사를 하고 있었다. 모두가 중년의 나이로 장사치처럼 보였다.

"고맙습니다. 그럼 실례하겠습니다."

장불사는 정중히 인사를 하고 자리에 앉았다.

"손님……! 뭘 드시겠습니까?"

장불사가 앉자마자 점소이는 물었다.

"소면 한 그릇 주게."

"예? 소면요……!"

"왜? 이 집엔 소면이 없는가?"

"아, 아닙니다. 다른 건 필요없습니까? 술이라든지……."

"아니, 필요없네. 소면 한 그릇이면 되네."

"알겠습니다. 여기 소면 하나요!"

점소이는 주방을 보며 크게 외치고 속으로 자신이 사람을 잘 본다는 생각을 하였다. 장불사의 차림새로 보아 비싼 음식은 시키지 않을 거라고 생각했던 것이다.

합석을 허락했던 바로 옆의 중년인이 장불사의 주문 내용을 듣고는 한마디 하였다.

"이보게, 젊은이! 아니, 그 덩치에 소면 하나로 요기를 채울 수 있겠나? 혹시 돈이 없어 그러는 겐가?"

장불사는 중년인의 말에 웃으며 대답했다.

"하하하! 아닙니다. 제가 워낙 소식 체질이라 조금만 먹습니다."

"그래도 그렇지, 그리고 우리와 합석했다고 너무 불편해하지 말게나."

"그렇게 말씀하시니 제가 오히려 미안합니다."

장불사는 옆의 중년인이 마음씨가 참 좋다고 생각되었다.

"그런데 이곳 사람은 아닌 것 같은데……."

"예! 이곳 회안에서 조금 떨어진 조그만 어촌에 살고 있습니다."

"아! 그런가? 사실 우리도 금릉에서 온 사람들이라네. 이곳 회안은 일 때문에 들렀는데 이번이 세 번째라네."

"예! 금릉에서 오신 분들이었군요. 사실 저도 이곳 회안은 처음입니다."

장불사는 멋쩍은 듯 머리를 긁적거렸다.

"허~! 그럼 그동안 그 조그만 어촌에서만 살았단 말인가?"

"예!"

"그럼 이곳엔 어쩐 일로 왔는가?"

"저의 아버님이 낙양에 계시는데 그곳으로 가는 중입니다."

중년인은 더 이상 묻지 않았다. 처음 본 사람에게 이렇게까지 물어본 것도 사실은 실례였던 것이다. 장불사가 덩치에 맞지 않게 천진스러워 보였고 순박하며 웃음 띤 얼굴이 좋아 보여 자신도 모르게 계속 말을 붙였던 것이다. 그래서 장불사가 시켰던 소면이 나오자 더 이상 말을 하지 않았다. 하지만 장불사가 소면을 다 먹자 중년인은 다시 넌지시 물었다.

"그래, 어디로 해서 갈 참인가?"

"개봉(開封)을 거쳐 황하를 따라 거슬러 올라갈 생각입니다."

"그런가? 우리도 개봉을 거쳐 낙양으로 갈 건데, 같이 동행하지 않겠나?"

"저야 좋지만, 여러분께 괜한 짐이나 되지 않을까 걱정됩니다."

"자네만 좋다면 길동무가 하나 더 생겨서 좋지 않겠나. 자, 자, 사해(四海)가 동도라고 이렇게 합석한 것도 인연이니 일단 통성명이나 하세. 나는 소삼인(巢三仁)이라고 하고 이쪽은 나의 사촌 동생인 소중소(巢中昭)일세. 그리고 그 옆은 나의 동생인 소삼정(巢三晶)이네."

"반갑습니다. 저는 장불사라 하고 올해 스물셋입니다."

소씨 형제들은 나이가 서른아홉과 일곱, 여섯이었다.

"불사(不死)라… 이름이 독특하군. 오래 살 것을 기원하며 지어준 이름인가 보구먼."

"예! 맞습니다. 저의 아버지께서 지어주신 이름이지요. 오래 살라고……."

장불사는 자신의 이름이 왜 불사가 되었는지 알고 있기에 슬며시 말을 끊었다.

"자네가 우리보다 나이가 어리니 장 동생이라고 부르겠네!"

"저야 형님들께서 그렇게 부르신다면 따르겠습니다."

사실 나이 차이가 많이 났지만 장불사는 개의치 않았다.

"하하하! 장 동생이 보기보단 호탕하구먼!"

소삼인은 장불사가 아무 거리낌 없이 형님이라고 하자 조금 당황해했다.

"자! 식사가 끝났으면 그만 출발하세. 오늘 음식 값은 장 동생을 만난 기념으로 내가 사지."

"고맙습니다, 형님!"

장불사는 이왕 신세지려고 마음먹었기에 말리지 않았다. 그리고 낙양까지의 지리도 잘 몰랐는데 이렇게 동행이 생겼으니 나쁘지 않았던 것이다. 소씨 형제들은 등에 짐을 하나씩 메고는 일어섰는데 허리춤에는 장검이 하나씩 매달려 있었다.

회안을 떠난 장불사와 소삼인 형제들은 개봉으로 가는 지름길만으로 가고 있었다. 마차가 다니는 대로는 빙 돌아서 가기 때문에 소로와 산길을 주로 이용하며 가는 중이었다.

길을 가면서 소삼인이 주로 장불사에게 질문을 하였고 장불사는 대답만 하는 상태였다. 소중소와 소삼정은 뒤따르면서 둘의 이야기를 듣고 있었다.

소삼인은 장불사가 낙양에서 의원을 하고 있는 가족들을 만나려 간다는 것을 알았고, 장불사 또한 소삼인 형제가 개인적인 표국 일을 하고 있는 사람이라는 것을 알았다.

자신들이 몸담고 있던 표국이 표물을 운송 중 문제가 발생하여 엄청난 배상금을 물게 되면서 현재는 표국을 운영할 처치가 못 되어 청산하는 바람에 개인적인 표물을 운송 중이라는 것이었다.

"그래, 장 동생은 지금까지 그 어촌에서만 계속 살았는가?"

"예! 사실은 어촌에서 조금 떨어진 조그마한 무인도에서 할아버지와 살았습니다."

"그럼 장 동생의 아버님과 같이 살지 않았단 말인가?"

"그런 셈이죠!"

"허허! 부모님께서 장 동생을 상당히 보고 싶어하겠군."

"예! 저도 마음 같으면 한걸음에 달려가고 싶습니다."

장불사는 소삼인과 대화하던 중 가족들에 대한 말이 나오자 흑벽도에 혼자 계신 정 의원이 생각났다.

'할아버지는 잘 계실까? 혼자서 외로우실 텐데. 우선은 할아버지의 소망을 위해 노력해야겠지!'

장불사는 정 의원의 소망이 이루어지도록 최선을 다하겠다고 생각했다.

"저… 삼인 형님, 강호무림에 대한 이야기 좀 해주세요. 제가 섬에서 나온 지 얼마 되지 않아 그쪽으로는 아는 게 없어서요."

"음……! 강호무림에 대한 이야기라… 그런데 구체적으로 어떤 것이 알고 싶은가?"

"예! 우선은 세상에서 가장 강한 무공이 무엇인지 알고 싶습니다."

장불사는 세상에서 제일 강한 무공을 배우라는 정 의원의 당부가 생각나서 무공에 관한 것을 물었다. 소삼인은 장불사의 물음에 잠시 생각해 보더니 말문을 열었다.

"세상에서 가장 강한 무공이라……! 나도 깊이 생각해 보지 않아서 잘 모르겠네만… 아마도 소림사(少林寺)의 무공이 아닐까 생각하네! 그 렇지만 그것은 절대적인 것이 아니네. 세상에는 창과 방패처럼 서로 상극(相剋)이 되는 무공이 있듯 소림사의 무공이 세상에서 제일 강한 무공이라는 말에도 어폐(語弊)가 있네."

소삼인은 동생들을 보면서 자신의 말에 동의를 구하는 듯했다.

"중소와 삼정, 너희들은 어떻게 생각하나?"

"글쎄요! 저도 그 문제에 대해 깊이 생각해 보지 않았지만 아마도 형 님의 말이 맞는 것 같군요. 백여 년 전에 전진교(全眞敎)의 왕중양(王重 陽)이 최고의 무학을 지녔다는 말을 들었는데 그의 제자인 전진칠진인(全 眞七眞人) 이후로는 이렇다 할 무학의 대가가 나오지 않아서 현재는 그 명맥만 겨우 유지하고 있고, 현재 무당파(武當派)의 장삼봉(長三峯) 진인 이 최고의 무학 대가라고는 하나 그의 뿌리가 소림사라는 말이 무림에 떠돌고 있으니 삼인 형님의 말씀대로 소림사의 무공이 최고가 아닐까 생 각합니다. 그런데 이에 맞설 수 있는 무공이 명교(明敎)의 건곤대나이심 법(乾坤大那移心法)이 아닌가 생각됩니다."

소삼정의 말에 소삼인이 긍정을 한다는 듯이 머리를 끄떡였다.

"삼정의 말처럼 소림사의 무공과 쌍벽을 이루는 무공이 명교의 건곤 대나이라고 할 수 있네. 아니, 어쩌면 건곤대나이가 현재 최강의 무공 이라고 볼 수도 있지!"

"저는 다르게 생각합니다."

뒤따르며 가만히 듣고 있던 소중소가 반발하듯 말을 꺼냈다.

"건곤대나이가 최강의 무공이라고는 하나 무당 조사인 장삼봉 진인 에게 명교의 광명우사가 패했다는 이야기를 들었습니다. 그리고 소림사에도 현재 장삼봉 진인의 무학을 따라올 자가 없습니다. 또한 최근엔 장삼봉 진인이 새로운 무학을 창안하였다고 하니 그 무공이 최강의 무공이 아니겠습니까?'

소중소는 자신의 생각을 나름대로 피력했다.

"음! 중소, 너의 말도 일리가 있다. 백여 년 전 전진교의 왕중양을 세상에서는 당할 자가 없었고 그의 제자인 전진칠진인 중 장춘 진인 또한 그 세대에서 당할 자가 없었다. 그렇게 보면 세상에서 가장 강한 무공이란 없다고도 말할 수 있겠구나. 아니, 자신이 배운 무공을 극성으로 익혀 자신을 이길 자가 없다면 자신의 무공이 세상에서 가장 강한 무공이라고 말할 수 있겠지."

소삼인의 말을 들은 장불사는 그의 말에 일리가 있다고 느꼈다. 싸워서 남에게 패하지 않게 된다면 그것이 최강의 무공이라고 할 수 있는 것이었다.

"음……! 삼인 형님의 말에 수긍이 가는군요."

"그래, 또 물어볼 것이 있으면 말해 보게."

"예! 다음에는 현재 가장 강한 무인이 누구인지 묻고 싶었는데 앞의 이야기를 듣고 나니 대충은 알 것 같고, 그 사람들의 무공 수위는 어떻게 되는지 알고 싶습니다."

장불사는 다음 질문을 위하여 현재 최강이라는 무인들에 대한 무공 수위를 물었던 것이다.

"으음! 이것 또한 어려운 질문인데, 나 나름대로의 정의를 내리자면 다음과 같네."

소삼인은 장불사의 질문에 대하여 한참을 생각하더니 무공 경지의 단계를 설명하기 시작했다.

"검을 예(例)로 들어 이야기하지. 검을 수련한 사람이 어느 정도 경지에 이르면 검기(劍氣)라는 것이 생기는데 이 검기라는 것은 눈에 잘 보이지는 않지만 아지랑이처럼 실재(實在)하는 것으로 검이 물체에 닿지 않아도 물체가 검기에 의해 잘라지네. 검기가 나오도록 하려면 내공의 수련과 더불어 내공을 검으로 보낼 수 있는 발출(發出)의 요결을 알아야겠지만 이 발출법 또한 각 문파나 무인마다 다르다네. 검기가 더욱 강해지고 내공이 증진되면 검강(劍罡)이라는 경지에 이르는데 검기가 유형화되어 검강이라는 덩어리를 만든다고 생각하면 되네. 검강은 눈에 보이는 것으로 내공이 높을수록 검강의 길이가 길어지고 날카로워지며 강해지네. 검강의 다음 단계는 심검(心劍)인데 무상검(無常劍), 또는 무형검(無形劍)이라고 하네. 심검의 경지에 이르면 검이 없이도 모든 검의 형태를 나타낼 수 있는데 이 심검의 경지에 대해선 내가 설명할 수가 없네. 심검의 경지에 이른 사람을 보지도 못했을뿐더러 어떤 형태로 나타나는지 듣지도 못했네. 추측컨대 기를 유형화한 검강의 상태로 만들어 자신이 원하는 곳으로 보낼 수 있지 않을까 생각하네. 무공의 경지는 이렇게 크게 세 단계로 나눌 수 있는데 검기와 검강사이에도 검사나 검화, 검망, 검막 등 여러 단계가 있고 검강과 심검의 사이에도 검환, 어검술, 이기어검 등의 여러 단계가 존재하지만 그 사이의 단계는 무시하여도 될 것으로 생각하네. 검강과 심검의 사이에 이기어검이라는 것이 있지만 이기어검을 시전하는 자가 꼭 이긴다는 것은 아니네. 검강을 시전하는 자가 검강의 길이를 십 장이든 이십 장이든 뻗어낼 수 있다면 이기어검을 시전하는 자가 검을 날리기도 전에 죽고 말 것이네. 그러니 세 단계 사이에 있는 여러 단계는 별로 중요하지 않다고 나는 보고 있네. 이런 세 단계의 경지를 무림에서는 흔히 화경(化境), 현경(玄境), 생사경(生死境)이라고도 하지. 이만하면 대충은 알 수 있겠지, 장 동생?"

"예, 잘 들었습니다. 그런데 무공을 하는 사람은 모두가 그런 단계의 경지에 이르는 것입니까?"

"하하하! 아니네. 무공을 배운다고 해서 모두가 그처럼 된다면 세상에서 무공을 배우지 않을 사람이 어디 있겠나. 으음……! 그러니까 일반적으로 십 세를 전후하여 무가에서는 내공심법과 무공을 전수하는데 십오 년에서 이십 년간 내공 수련을 하면 내공에 의하여 태양혈이 솟아오르게 된다네. 이때가 되어야 검기를 사용할 수 있는 수준이 된다네. 다시 내공이 증진되어 삼화취정(三花聚頂)이나 오기조원(五氣朝元)의 경지에 이르면 태양혈은 자연히 원래의 상태로 돌아가고 검강을 펼칠 수 있는 경지가 된다네. 무림의 고수들이나 고인들이 모두가 무공을 익히지 않은 것처럼 보이는 것도 이 같은 이유이지. 내공심법이 특별하다거나 영약, 영물에 의한 내공 증진, 또는 임독양맥을 타통하여 높은 경지에 이른 내공의 고수가 자신의 내력을 전수하는 등의 기연으로 인한 내공 증진을 제외하고는 보통의 무인들이 이 같은 절차를 밟기 마련이네."

장불사는 소삼인의 말을 듣고는 한참 동안을 생각하였다. 자신이 호흡법을 수련할 땐 태양혈이 솟아오르는 일이 없었고, 소삼인의 말대로라면 임독양맥이 타통된 사람은 이미 검강의 경지를 넘어서고 있다는 말이 되었기에 이미 열네 살에 임독양맥을 타통한 장불사로서는 의문점이 생긴 것이다.

"삼인 형님! 그러면 혹시 임독양맥이 타통되어 내공을 수련한 사람이 기경팔맥과 십이경락까지 내공이 꽉 차 있고 그 주위의 세맥들까지 내공이 흐른다면 어떤 경지입니까?”

“허허허! 장 동생! 나는 무림사에 그런 무인이 있었다는 말은 들어본 적도 없거니와 만일 그런 경지에 오른 사람이 있다면 그는 사람이 아니라 신(神)이라고 해야 옳을 것이네. 아니지, 그와 비슷한 경지에 이른 사람이 하나 있지. 자네도 알 것이네, 소림사를 세운 달마 대사라고……. 그러나 달마 대사도 그 정도까지의 경지엔 이르지 못했을 것이네.”

소삼인의 이야기를 들은 장불사는 자신의 수준이 대충 어느 정도인지 알 수 있을 것 같았다.

“음! 삼인 형님의 이야기는 잘 들었습니다. 그러면 현재 삼인 형님은 어느 정도의 경지에 이르렀습니까?”

“허허! 자네는 정말 무림이라는 세계에 대해선 전혀 모르는구먼. 사실 무림에선 자신이 직접 밝히지 않는다면 상대편의 사문(師門)이며 어떤 무공을 쓰고 있는지 묻지 않는 것이 불문율이네.”

“죄송합니다, 저는 그런 줄은 몰랐습니다.”

“하하하, 괜찮네. 하지만 자네의 할아버지가 어떤 사람인지 정말 궁금하구먼. 그런 것조차 가르치지 않고 험난한 강호무림에 자네를 내보내다니!”

“아, 아니, 저의 할아버지는 무공을 할 줄 아는 무림인이 아닙니다. 평생을 의원으로 살았을 뿐입니다.”

“하하! 장 동생, 내 말에 너무 신경 쓰지 말게. 이제라도 알았지 않은가. 혹여 다른 사람을 만나더라도 먼저 묻지 말게나. 실례되는 일이니까. 무림에는 자신의 실력을 삼 푼쯤 숨기라는 말이 있듯이 상대방이 하는 말은 모두 믿을 것이 못 된다네. 이것은 상대방을 속이려는 것이 아니라 그만큼 무림이라는 세계가 험난하고 어떤 일이 벌어질지 모르는 곳으로 서로의 은원 관계가 얽히고설킨 까닭이라네."

소삼인은 장불사가 정말로 강호무림에 대해선 전혀 알지 못하는 무림 초출의 애송이라는 것을 느꼈다.

"장 동생! 나의 무공 수위를 알고 싶다고 했지? 내가 조금 전에 말한 세 단계의 경지 중 이제 겨우 검강의 경지에 가까워졌다네. 검기의 경지를 넘어 겨우 검강의 형태를 만들 수 있는 수준이라네. 그래, 더 묻고 싶은 것은 없는가?"

"그러면 형님 정도의 무공 수위를 가진 사람이 무림에서는 얼마나 됩니까?"

"허허허! 갈수록 태산이로구먼. 그래, 알고 싶은 것은 알아야겠지. 나 정도의 무공 수위라… 으음! 먼저 생사경의 경지에 오른 사람부터 알아야겠구먼."

소삼인이 말한 내용은 대충 이러했다.

먼저 생사경의 경지에 다다른 사람은 무당파의 장삼봉 진인과 소림 방장 현청 대사(玄淸大師), 그리고 명교의 교주인 건곤수(乾坤手) 이세민(李世民)이며, 현경의 경지에 있는 사람은 소림과 무당을 제외한 육대문파의 장문인과 개방의 방주, 그리고 오대세가의 가주들이라는 것이었다. 그런데 그 사람들도 현경의 경지를 넘어 거의 생사경의 경지에 다다랐다는 말도 덧붙였다.

또한 오왕(五王)과 오절(五絶)이 있는데 이들은 소림방장과 명교의 교주에 버금가는 각각 한 개의 절기들로 이름을 날리고 있다고 했다. 그 외에도 사파나 정파의 각 문파의 수장들이 현경의 경지에 이른 사람들이라는 것이었다.

그리고 각 문파의 장로급이나 모습을 나타내지 않는 기인이사들까지 합하면 자신은 명함도 못 내민다는 이야기를 하였고, 같은 현경의 수준이라도 각기 나름대로의 독특한 무공으로 인하여 서로 우열을 가리기 어렵다는 말도 덧붙였다.

소삼인의 긴 이야기를 들은 장불사는 대충 무림에 대한 정보를 알 수 있었고 소삼인의 무공도 어떤 위치인지 알 수 있었다. 장불사는 자신의 궁금증을 이번 기회에 모두 물어보기로 작정하고 다시 의문점을 소삼인에게 물었다. 이것이 아마도 장불사가 알고 싶어하는 가장 궁금한 것이었다.

"삼인 형님! 한 가지만 더 여쭤보겠습니다."

"말하게, 장 동생! 내가 알고 있는 것이라면 대답해 주겠네."

"그렇게 말씀하시니 염치 불구하고 묻겠습니다. 형님의 무공으로 금강불괴의 신체를 가진 사람을 파괴하거나 죽일 수 있겠습니까?"

"허~! 장 동생의 질문이 더욱 난해해지는군. 음! 금강불괴지체라도 외공으로 연마한 사람은 상대할 수 있겠으나 내외공을 겸한 내외활금강지체는 나로선 신체에 흠집도 못 낼 것이네. 그리고 외공으로 연마한 금강불괴지체라도 경공과 무공이 나의 동생들 수준만 되면 나는 얼마 견디지 못할 것 같네."

소삼인의 말을 들은 장불사는 한 가지 결론을 내릴 수 있었다. 이들 소삼인 형제는 자신에게 위험이 될 수 없다는 것이다. 자신은 이미 내외활금강의 경지에 가까웠고, 경공이라는 것을 모르고 있는 장불사지만 마음만 먹는다면 소삼인보다 빨리 달릴 수 있을 것 같았기에 위험에 처하면 도망갈 수 있다는 생각이 들었던 것이다.

"어이구! 날이 저물어가는구먼. 빨리들 가세. 십여 리만 가면 작은 마을이 나오니 오늘은 그곳에서 하룻밤을 지내야 되겠군."

긴 대화(?)를 나누던 장불사 일행은 어둠이 밀려오자 발걸음을 재촉했다.

객점에 여장을 푼 장불사와 소삼인 형제는 간단한 저녁을 먹고 각자 방으로 갔다. 객점엔 손님도 없고 하여 장불사가 낮에 소삼인이 친절하게 대답해 준 보답으로 자신이 방 값을 지불한다며 네 개의 방을 잡으려고 하는데, 노잣돈은 아껴야 된다며 소삼인 형제는 굳이 한 방에서 잔다는 것이었다. 장불사는 할 수 없이 두 개의 방 값만 지불하고 자신의 방으로 갔다.

방으로 들어간 장불사는 마땅히 할 일이 없었다. 이런 조용한 상태라면 호흡법이라도 수련할 만한데 이미 자신은 숨을 쉴 때마다 자연스런 진기 운행이 되었기에 이젠 따로 호흡법 수련을 할 필요가 없었다. 자연스런 호흡이 되면서 선천진기는 급속도로 쌓여 이젠 더 이상 선천진기가 쌓일 곳도 없었다. 방 안에서 잠시 뒹굴던 장불사는 외공십팔형이나 연습하자는 생각으로 객점의 뒷마당으로 나갔다.

뒷마당으로 나간 장불사는 외공십팔형의 자세를 하나하나 잡아가며 수련을 하였다. 요즘은 신체의 힘만이 아닌 각 형(形)을 수련할 때마다 근육들과 세맥들이 움직이는 곳으로 선천진기를 보내며 수련하고 있었다.

진기를 사용하지 않고 수련할 때 근육과 세맥들이 어떻게 움직이는지 파악하고 있었고, 인체에 대한 의술 또한 정 의원으로부터 배워 알고 있기 때문에 선천진기를 어디로 보낼지 알고 수련하는 것이었다.

지금도 장불사는 외공이형인 팔굽혀펴기를 하면서 진기가 가려고 하는 곳과 이형의 수련 시 근육과 세맥들이 움직이는 곳으로 선천진기를 보내고 있었다.

'불사비전의 의공편에 보면 신체와 진기가 마음에 따라 자연스럽게 움직일 수 있도록 정기신(精氣身)이 일체가 되는 정신 수련을 해야 된다고 하는데… 지금 나는 나의 의지대로 진기를 보내고 있으니…… 으음! 마음이 움직이면 몸과 진기가 바로 반응해야 된다는 말 같은데 이것 또한 피부를 통한 호흡이 되면 가능하지 않을까!'

장불사가 또 피부 호흡이라는 결론을 내리며 생각하고 있을 때 소삼인이 옆에서 불렀다.

"장 동생! 야밤에 무슨 운동을 그렇게 열심히 하는가?"

"아! 삼인 형님이시군요. 방에 계시지 않고 여기는 어떻게……."

"장 동생과 이야기나 할까 하여 방으로 갔더니만 장 동생이 없기에 여기로 와보았지. 그런데 장 동생이 하고 있는 자세를 보니 상당히 오랫동안 해왔던 것 같은데……. 손가락 하나로 땀 한 방울 흘리지 않고 오랜 시간을 계속하는 것이 보니 말일세."

"예? 아~ 예! 제가 열네 살이 되던 해부터 체력 단련 삼아 해온 것이니 거의 십 년이나 된 셈이죠. 하하!"

"그래도 장 동생처럼 반 시진 동안 땀 한 방울 흘리지 않고 하는 것은 나도 어렵겠는데……."

장불사는 소삼인이 오랫동안 자신을 보고 있었다는 것을 지금의 말로 알 수 있었다. 비록 다른 생각을 하느라고 주위를 신경 쓰지 않은 이유도 있지만 청각도 여러 가지 수련으로 인하여 밝은 편이었는데 소삼인이 가까이 있었다는 것을 몰랐다는 것은 소삼인의 무공도 그만큼 높은 경지에 있다는 말과 같았다.

"하하하! 형님도, 무슨 그런 말씀을……. 저처럼 십 년간 꾸준히 한
다면 누구나 할 수 있는 것입니다."

"으음! 장 동생, 그렇게까지 변명을 할 필요는 없네. 사실 내가 장
동생의 방으로 간 것도 장 동생에게 물어보고 싶은 것이 있어서이네."

"저에게 묻고 싶은 것이 있었다니… 어떤 것입니까?"

"지금 장 동생을 보니까 묻지 않아도 알 것 같네."

"무슨 말인지……."

"그동안 장 동생과 동행하면서 여러 가지 살펴본 결과 장 동생이 높
은 경지의 무공을 익혔다고 판단했네."

"아니… 무슨 이유로 그렇게 생각하십니까?"

소삼인은 자신의 생각을 정리하는 듯 잠시 있더니만 말을 했다.

"내가 장 동생이 높은 경지의 무공을 익혔다고 생각한 이유는 세 가
지가 있네. 물론 세 가지 이유가 모두 일맥상통하는 것이지만… 첫째
는 자네의 호흡이 늘 일정했다는 것이지. 우리가 걸어온 길이 평탄한
곳만은 아니었네. 오르막도 있었고 개울을 건널 때면 건너뛰기도 했는
데 장 동생의 숨소리는 전혀 가쁜 기색도 없고 일정했네. 둘째로 장 동
생의 보폭과 속도 또한 일정했네. 웬만한 고수들도 의식하지 않고는
자네처럼 할 수가 없지. 설사 의식적으로 행동한다 하더라도 그처럼
오랫동안 할 수 없네. 어느 정도 시간이 지나면 보폭과 속도가 조금씩
차이가 나게 마련이니까. 셋째는 장 동생의 몸 자체였네. 중추절이 지
났다고는 하지만 아직 날씨가 더운데 자네는 땀 한 방울 흘리지 않았
거든……. 지금도 그렇게 어려운 자세로 반 시진 동안 계속해도 자네
의 얼굴에는 땀 한 방울 흘린 흔적이 없지 않나."

"……."

장불사는 소삼인을 빤히 바라보았다.

'음! 삼인 형님은 보기보다 참 세심하구나! 나는 전혀 의식하지 못하고 있었는데……!'

사실 소삼인은 덩치가 좋은 이웃집 아저씨처럼 호방형의 좋은 인상을 가지고 있어 겉으로 보기엔 세심하다는 느낌이 들지 않는 얼굴이었다.

'사람은 겉모습만 보고 판단해서는 안 되는구나!'

소삼인은 자신을 빤히 쳐다보고 있는 장불사를 보고 씨익 한 번 웃음 짓더니 다시 말을 이었다.

"그래서 나는 장 동생이 무공을 익혔다고 단정 지을 수 있었네. 그런데 여기서 한 가지 더 의문이 생기더군. 장 동생의 근처에 있으면 시원하다는 느낌을 받아서 장 동생의 손을 잡아보았는데 따뜻한 게 아니라 역시 시원하였지. 그래서 난 장 동생의 맥문(脈門)을 슬쩍 잡고 내공 수위를 알아보았는데, 장 동생은 전혀 내공을 가지고 있는 사람 같지가 않았네. 다만 맥이 힘차고 일정하게 뛴다는 느낌을 받았을 뿐이네. 그런데 분명 장 동생은 내공을 가지고 있는 것 같은데 어떻게 된 현상인지 모르겠으니… 그것이 궁금해지는군!"

소삼인의 말을 들은 장불사는 뭔가 한마디를 해야 한다는 것을 느꼈다. 소삼인이 이렇게 장황하게 이야기를 하는 것은 자신에게 뭔가 듣고 싶은 얘기가 있다고 판단되었기 때문이다.

"음! 삼인 형님은 보기보단 세심한 면이 있군요."

"하하하! 장 동생, 너무 그렇게만 생각 말게. 무림인은 항상 주위를 살피는 버릇이 있다네. 특히 생전 모르는 사람을 만나면 더욱 세심하게 살피는 경향이 있지. 그러니 너무 그런 눈으로 보지 말게. 서운하구먼."

"아, 아니, 저는 그런 뜻으로 말한 것이 아닙니다."

"하하! 농담이네. 신경 쓰지 말게나."

"예! 알겠습니다. 그런데 형님이 알고 싶은 것이 저의 무공에 대한 것입니까?"

장불사는 직접적으로 물었다.

"흠, 흠. 뭐, 꼭 알고 싶다기보다… 아니, 솔직히 말하면 자네의 무공이 어떤 것인지 알고 싶네."

"삼인 형님께서는 제가 높은 무공을 익혔을 거라고 생각하시는데, 사실 제가 배운 것은 무공이라 하기에는 조금 거리가 있습니다. 방금 제가 하는 행동을 본 것과 같이 저는 신체 단련과 내부의 기운을 조양할 수 있는 이름도 없는 호흡법을 배웠을 뿐입니다. 제가 하고 있는 신체 단련이라는 것은 무림에서 말하는 외공과 같은 것으로 저의 피부를 단련시키는 것입니다. 그리고 내공이 무엇인지 잘 모르겠지만 제가 배운 호흡법은 신체 단련을 하면서도 기를 조양할 수 있기에 땀도 흘리지 않게 된 것입니다. 또한 검법이나 권법이니 하는 것들은 배워보지 못해서 무공이라는 것을 사용할 줄도 모릅니다. 제가 얼마 전에 말했듯이 저희 할아버지는 무공을 전혀 모르는 의원입니다."

"……."

"그러나 저의 할아버지는 무공에 대한 열망이 있었는지 제가 태어나자마자 몸이라도 튼튼해야 된다며 무림에서 말하는 외공과 비슷한 것을 가르쳐 주셨습니다. 따지고 보면 이십 년간 이런 짓(?)을 해왔으니 삼인 형님이 보기에 제가 무공을 익힌 것처럼 보였던 것 같습니다. 물론 제가 배운 것이 외공과 비슷한 거라서 무공이 아니라고 말하기도 어렵지만… 또한 낮에 삼인 형님에게 많은 것을 물어본 이유도 할아버지의 당부가 있었기 때문입니다. 밖으로 나가면 자신의 몸을 지킬 수 있는 무공이라도 하나 배워야 한다고 당부하셨는데, 제가 무공에 대해 아는 것이 있어야지요. 그래서 삼인 형님에게 실례인 줄도 모르고 물었던 것입니다.”

장불사는 낮에 소삼인이 말했던 자신을 삼 푼쯤 숨기라는 말을 잘 따르면서(?) 말을 마쳤다. 장불사의 긴 이야기를 들은 소삼인은 어느 정도 장불사에 대하여 이해가 갔다. 그러나 마음 한구석에는 조금 미심적인 것이 남아 있었다. 그러나 자신이 반 시진 이상을 옆에서 지켜보고 있었는데도 장불사가 모르고 있었다는 점을 보아 믿지 않을 수도 없었다.

“음! 장 동생의 말을 들으니 대충 이해가 가는군. 그런데 장 동생이 배웠다는 호흡법은 참 특이하군!”

“저도 잘 모르지만 저희 할아버지의 선조들 때부터 전해 내려져 온 것입니다. 저희 할아버지의 선조들이 모두 의원을 하셨기에 자신이 건강해야 환자들도 돌볼 수 있다며 기를 조양하고 정신 통일을 위해서 하는 호흡법이라 들었습니다.”

장불사는 자신의 이야기를 조리있게 잘도 둘러대고 있었다. 하지만 자신이 두 가지 외에 배운 것이 없다는 것은 사실이었다.

“그럼 장 동생이 배운 것이 외공과 그 호흡법밖에 없다는 말인가?”

“예! 그런 셈이죠.”

“으음! 미안한 질문이지만 자네의 외공 수준은 지금 어디까지 왔는가?”

“저도 제 수준을 잘 모르지만 아마 무공을 익히지 않은 사람들의 도

검 따위는 문제없을 것 같습니다."

"호오! 지금 자네 나이에 그 정도의 경지이면 대단한 수준이구먼."

"그렇습니까? 저는 제가 어떤 수준인지 알지도 못하는데……."

장불사는 쑥스러운 듯 머리를 긁적거렸다.

"그래, 장 동생은 앞으로 어떤 무공을 배우고 싶은가?"

소삼인이 뜬금없이 물었다.

"예? 음……! 사실 아는 것이 없어 꼭 무엇을 배워야겠다고 생각해 본 적이 없습니다."

"음! 장 동생에게 어떤 무공이 좋은지 내가 한번 의견을 말해 봐도 되겠는가?"

"물론입니다. 제가 어떤 것을 배우면 좋겠습니까?"

"장 동생의 이야기를 들어보니 외공을 좀 더 수련하면 좋은 결과가 있을 것 같은데… 외공 수련에 맞는 무공을 배우는 것이 좋겠군. 으음! 장 동생의 몸이 외공 수련으로 단단해진다면 상대방과 가까이에서 붙어 싸울 수 있는 권각술이 좋겠는데…… 장 동생의 생각은 어떤가?"

"제가 뭘 알겠습니까! 한데 형님의 얘기를 들어보니 그것이 좋을 것 같다는 생각이 드는군요. 그런데 권각술은 어디 가면 배울 수 있습니까?"

"허허허! 이 사람아, 어느 누가 생판 모르는 사람에게 무공을 가르친다던가. 물론 중원에는 수많은 무관이 있어 사람들에게 약간의 수고비(?)를 받고 무공을 가르치지만, 그런 곳의 무공이래야 배워봤자 쓸모도 없는 것들이니……. 으음! 내가 조금 알고 있는 권각술이 있긴 한데… 한번 배워보겠는가?"

소삼인은 장불사에게 의향을 넌지시 물었다.

"형님! 정말 저에게 가르쳐 주시겠습니까?"

"장 동생이 원한다면 가르쳐 주겠네."

"정말이십니까? 고맙습니다, 형님!"

장불사는 소삼인의 손을 잡고 좋아서 어쩔 줄 몰라 했다. 어떻게 무공을 배울 것인지 앞이 캄캄했었는데 의외로 쉽게 해결된 것 같았기 때문이었다. 처음부터 최고의 무공을 배운다는 것도 무리였고, 소삼인의 말처럼 누가 그런 무공을 가르쳐 주지도 않을 것이 뻔하기에 이렇게 기뻐했던 것이다.

자신이 지금껏 수련했던 것처럼 무공도 작은 것부터 하나하나 배워 가자는 마음을 먹었던 후라 지금 소삼인이 한 말은 장불사에게 있어 가뭄에 단비와 같았다.

"하하! 장 동생, 너무 그렇게 고마워하지 말게. 내가 장 동생에게 전수하고자 하는 권각술도 사실은 남에게 배운 것이라네."

"그야 무슨 상관입니까? 저는 형님의 그 마음이 고마운 것입니다. 따지고 보면 형님과 제가 만난 지도 얼마 되지 않았는데 저에게 이렇게 신경 써주시는 것만 해도 고마울 따름입니다."

"장 동생이 그렇게 생각하니 마음 편안히 가르쳐 주겠네."

"예! 고맙습니다."

장불사가 좋아 어쩔 줄 몰라 하자 소삼인의 입가엔 흐뭇한 웃음이 걸렸다.

"그럼 지금부터 당장 배워보겠는가?"

"저는 이미 마음의 준비가 되어 있습니다. 삼인 형님 좋으실 대로 하십시오."

"음! 먼저 장 동생이 배워야 할 무술의 유래부터 알아야겠지. 앞에서도 밝혔듯이 이 권각술은 나도 남에게서 배운 것인데, 동이족의 고려라는 나라에서 배운 것이라네. 내가 표국 일을 하면서 고려에 간 적이 있었는데 그때 사소한 시비가 있어 어떤 사람과 싸우게 되었다네. 그런데 알고 보니 그 사람이 표물의 수령자였네. 그때 싸우면서 우리는 서로의 무공에 대해 흠모하게 되었고, 그런 인연으로 한 달간 머물면서 서로의 무공을 비교하며 배운 것이 수박권(手搏拳)이라는 권각술이네. 나와 싸웠던 사람은 고려에서 병사들을 가르치는 무관이었는데, 이 권각술이 동이족 고대로부터 내려온 무술이라면서 지금은 자신의 집안만 그 명맥을 유지하고 있다더군."

장불사는 고려에서 배웠다는 말에 괜히 가슴이 뛰었다. 자신이 동이족의 고구려에서 온 후손이라는 것을 알았기에 왠지 설레면서도 수박이라는 무술에 기대가 되었던 것이다.

"자, 이만하면 이 무술에 대한 유례는 대충 된 것 같고, 수박권(手搏拳)의 기본 원리와 동작에 대해서 간단히 얘기하고 실전을 해볼 테니 잘 듣고 보도록 하게."

"예!"

"수박권의 기본 원리와 동작은 십삼품세(十三品勢)와 삼공법(三功法)에 기초를 두고 있고, 삼공법에는 수기(手技), 족기(足技), 대련(對鍊)을 중심으로 하는 외공과 고른 호흡을 통해 익히는 내공, 즉 심공이 있는데 이 심공은 신체 내부 기관의 기능을 단련해 준다네. 십삼품세는 오행(五行)과 팔괘(八卦)에 기초를 둔 것으로 체중과 거리, 속도, 인체의 각도, 작용과 반작용의 원리를 이용한 권각술로 허리의 힘과 무게 중심을 강조하고 있다네. 그럼 각 품세와 수기, 족기법을 시전해 볼 테니 보고 따라 해보게."

소삼인은 수박권의 품세와 수기, 족기를 천천히 세 번씩 전개하고 나서 다시 빠르게 세 번을 전개하였다. 천천히 할 때는 몰랐는데 빠르게 전개하자 품세와 기술들이 절도가 있으면서도 유려해 보이며 힘이 있는 것이었다. 장불사는 처음 보는 무술에 입만 벌린 채 감탄을 하고 있었다.

"장 동생! 지금 내가 전개했던 것을 따라 해보게나. 잘못된 점이 있다면 지적해 줄 테니까!"

"예? 아~ 예! 알겠습니다."

장불사는 소삼인이 방금 전개했던 품세와 기술들을 하나하나 따라 하였다.

"호오! 장 동생은 무공의 습득 능력이 대단하군. 한 번 본 것만으로 그렇게 비슷하게 하니… 정말 놀랍네!"

소삼인은 장불사가 자신이 전개했던 품세와 기술들을 거의 비슷하게 하자 놀랐다. 품세와 기술 하나하나에는 힘의 강약과 무게 중심이 각각 달랐기에 겉으로 보는 것만으로는 알 수 없는 것이었다. 그런데 장불사가 핵심의 요지를 파악하고 있는 듯 비슷하게 따라 하고 있으니 놀랐던 것이다.

하지만 장불사는 이미 근육의 움직임과 몸놀림을 보면서 무게 중심을 어디에 두어야 할지 알고 있었다. 자신이 고통스럽게 수련한 외공 십팔형으로 모든 신체의 움직임과 어떤 동작을 할 때 무게 중심을 어디에 두어야 할지 꿰뚫고 있기에 가능한 것이었다. 그러나 이런 사실을 모르는 소삼인은 놀랄 수밖에 없었다.

그날 밤 장불사와 소삼인은 두어 시진 동안 묻고 가르치기를 반복한 후에야 잠자리에 들었다.

회안을 떠난 지 보름이 지나서야 장불사와 소삼인 형제는 개봉에 다다를 수 있었다. 조금만 가면 개봉이 나온다는 말에 장불사는 들떠 있었다. 소삼인 형제로부터 개봉이 아주 큰 성이며 볼거리도 많다고 들었기에 어린아이처럼 마음이 설레었던 것이다.

소삼인에게 수박권이라는 권각술을 배운 다음날 장불사와 소삼인 형제는 의형제를 맺었고 장불사와 소삼인은 개봉으로 오는 동안 시간이 나는 대로 수박권의 권각술을 전수하며 수련한 결과 현재는 서로 대련하며 실전을 배우고 있는 중이었다.

소삼인이 수박권의 호흡법 또한 가르쳐 주었지만 장불사는 지금 자신이 하고 있는 호흡법이 있다는 이유로 정중히 사절하였다. 소삼인도 한 사람이 두 개의 심법을 배우는 것이 바람직하지 않다는 것을 알기에 장불사의 뜻을 받아들였다.

소삼인의 세심한 수련 지도로 권각(拳脚)의 정확한 힘의 분배와 강약, 그리고 속도와 무게 중심을 자세히 알고부터 장불사는 혼자서 수련을 하였고, 간혹 모르는 것이 있으면 소삼인에게 묻고 지도를 부탁하였다. 또한 소삼인으로부터 수박권의 수련 시 기(氣)를 보내는 방법과 조절 방법을 배우면서 장불사의 권각술은 급속도로 증진되었다.

이미 팔과 다리에 있는 세맥을 제외하고 거의 모든 세맥을 뚫은 장불사로서는 기가 어디를 거쳐 가는지 알고 있었기에 수박권의 기를 보내는 방법과 조절법을 알면서 수련의 성취가 일취월장했던 것이다.

개봉이 가까워지면서 장불사와 소삼인 형제 일행은 대로(大路)로 접어들었다. 개봉이 번창한 곳임을 반증하듯 길을 오가는 사람들도 많았고 각기 다른 마차들도 다니고 있었다.

"삼정 형님! 개봉에 이젠 거의 다 왔는가 봅니다. 이렇게 사람들이 많이 오가는 것을 보니 말입니다."

장불사는 며칠 동안 소로와 산길을 이용하면서 야숙(野宿)을 했던 관계로 지나가는 사람들을 보며 말했다.

"하하, 아직 반 시진은 가야만 된다네."

"아니… 이렇게 사람이 많이 오고 가는데 그렇게나 많이 남았습니까?"

"개봉이 워낙 문물이 발달하고 명승지가 많은 곳이며, 대평야의 중심지에 위치해 있고 교통과 상업이 발달하여 상인들이 많이 왕래하는 곳이기에 그렇다네."

장불사와 소삼정이 이렇게 말을 주고받고 있을 때 삼십여 장의 뒤에서 사두마차가 빠른 속도로 달려오고 있었다. 마차가 달려오는 소리를 들은 장불사 일행은 한쪽 옆으로 비켜서며 잠시 걸음을 멈추었다.

"허어! 이렇게 사람이 많이 오가는데 뭐가 급하다고 저렇게 빨리 달려오는지 원……."

소삼인이 못마땅한 듯 한소리를 했다. 사두마차는 장불사 일행을 지나 십여 장을 가더니만 갑자기 멈추었다. 장불사는 달리던 마차가 갑자기 멈추자 무슨 일인가 싶어 마차 쪽을 바라보았는데 마차에서는 오십 대의 중년 남자와 이십 대로 보이는 남녀가 내리고 있었다.

"이보게! 소 총표두가 아닌가?"

마차에서 내린 중년의 남자가 소삼인을 보며 하는 말이었다.

"아니……. 남궁 가주님이 아니십니까! 여기서 가주님을 뵙다니… 그동안 별일없으셨는지요?"

소삼인이 남궁 가주라는 중년인에게 다가가선 포권을 하며 인사하였다.

"허허허! 나야 별일이야 있겠나. 이렇게 소 총표두를 만나다니 정말 반갑구먼."

"그러게 말입니다. 가주님을 뵌 지가 삼 년은 넘은 것 같습니다. 이렇게 또 보게 되니 정말 반갑습니다. 삼정, 중소야, 이리 와서 인사드려라. 남궁세가의 가주이신 고현검(高賢劍) 남궁수(南宮修) 가주님이시다."

소삼인과 남궁수가 알게 된 것은 소삼인이 금룡표국의 총표두로 있으며 남궁가의 표물을 몇 번 운송하면서다. 소삼인의 일 처리가 깨끗하고 세심하였기에 남궁수가 금룡표국에 일을 의뢰할 땐 꼭 소삼인이 맡도록 하여 알게 된 것이다.

"소삼정이 남궁 가주님을 뵙습니다."

"소중소가 남궁 가주님을 뵙습니다."

소중소와 소삼정은 남궁수의 앞으로 가서 인사를 하였다.

"반갑네. 오늘 금룡삼협을 모두 보게 되니 기쁘구먼. 그런데 하마터면 소 총표두를 못 알아볼 뻔했네. 금룡삼협은 세 사람인데 네 사람이 있기에 혹시나 하여 다시 보니 소 총표두가 아닌가! 한데 총표두 옆의 키가 훤칠한 젊은이는 누구인가?"

"아! 죄송합니다. 얼마 전에 의형제를 맺은 동생입니다. 장 동생! 인사드리게."

"반갑습니다. 장불사라고 합니다."

장불사는 포권으로 가볍게 인사하며 남궁수를 보았다. 오십이 조금 넘어 보이고 자신의 키만했으며 인자한 성품의 소유자로 보였다.

"나는 남궁수라고 하네. 이렇게 만나서 반갑네."

남궁수도 포권으로 장불사에게 답했다.

"너희들도 이리 와서 소 총표두께 인사 올려라. 나의 자식들이네!"

남궁수가 자신의 뒤에 서 있는 남녀에게 말했다.

"운형검(雲形劍) 남궁기(南宮期)입니다."

"안녕하세요. 저는 동생 남궁화(南宮花)예요."

남궁수의 자녀들인 남궁기와 남궁화는 장불사 일행과 서로 통성명을 하였다. 남궁기는 약간 차가운 인상을 풍겼고 남궁화는 뛰어난 미인은 아니지만 청순미가 있어 보였다.

"그런데… 남궁 가주님께서는 어디를 그리 급히 가시는 겁니까?"

소삼인이 조금 전 급히 몰고 온 마차를 생각하며 물었다.

"아니, 총표두는 모르고 있었는가? 오늘 권왕(拳王) 진소백(陳昭伯)의 육십 번째 생일이지 않은가! 웬만한 이는 알고 있으리라 생각했는데……."

"아~! 알고는 있었는데… 오늘이 그날입니까?"

"허허! 이 사람! 표국 일에서 손을 놓았다고는 들었지만 세상일에 이렇게 무관심해서야……."

"하하! 제가 요즘 먹고사는 데 정신이 없다 보니 그런 것 같습니다. 이해해 주십시오."

"지금이라도 알았으니 같이 가지 않겠나? 무림의 여러 동도들과 교분도 쌓을 겸……."

"저도 그러고 싶지만 보시다시피 일행이 많은지라……."

"모두 같이 가면 되지, 뭘 그렇게 어렵게 생각하나. 여기 있는 마차가 보기보단 넓다네. 자, 다 같이 가세."

남궁수는 보기 좋은 웃음을 띠며 같이 가기를 종용했다.

"그렇게 말씀하시니 신세 좀 지겠습니다."

소삼인은 사양하지 않고 남궁수와 함께 마차에 올랐고, 장불사가 맨 마지막으로 마차에 오르자 출발하였다. 마차 안의 내부는 서로가 마주 보는 형태로 되어 있었는데 남궁수의 말대로 상당히 넓어 일곱 사람이 앉아도 좁아 보이지가 않았다.

남궁수의 양쪽으로 남궁기와 남궁화가 각자 앉았고 남궁화는 장불사와 마주 보고 있는 상태가 되었다. 남궁수와 소삼인은 그동안의 근황과 세상 돌아가는 일에 대해 말하며 서로의 의견을 나누고 있었다.

장불사는 두 사람의 대화가 자신은 도통 모르는 것뿐이어서 관심을 기울이지 않고 마차에 조그맣게 나 있는 창을 통하여 밖의 경치를 구경하고 있었다. 스쳐 지나가는 창밖의 경치를 보고 있던 장불사는 이상한 느낌이 들어 무심코 고개를 돌렸는데 남궁화와 눈이 마주쳤다. 순간 남궁화는 황급히 머리를 숙였지만 목덜미와 얼굴이 붉어져 있는 것을 감출 수는 없었다.

'아니, 저 소저는 왜 갑자기 얼굴을 붉히고 있지……!'

장불사는 속으로 남궁화의 얼굴이 붉어진 이유가 무엇인지 모르겠다는 생각을 하였다. 그 후로도 몇 번 눈이 마주쳤지만 그때마다 남궁화는 눈을 내리깔거나 고개를 숙였다. 그럴 때마다 장불사는 '참 이상한 소저도 다 있구나' 하며 속으로 중얼거렸다. 흑벽도에서 청춘을 다 보낸 장불사로서는 이성의 미묘한 감정을 이해하지 못하는 것이었다.

진가장(陳家莊).

권왕(拳王) 진소백(陳昭伯)의 육십 번째 생일을 맞은 진가장에는 많은 사람들로 북적이고 있었다. 평소엔 연무장으로 쓰이던 곳이 지금은 생일 잔치를 위한 연회장으로 바뀌어 있었고, 족히 오백 명 정도는 수용할 수 있을 정도로 넓었다. 권왕이란 별호에 걸맞는 성대한 잔치였다.

연회장은 세 군데로 구분되어 있었는데 권왕 등 무림명숙들이 앉을 수 있는 상석이 이십여 석 되었고, 그 아래엔 그들의 제자들이나 무림에서 활동하며 이름을 날린 사람들이 앉을 수 있는 좌석이 백여 석 준비되었으며 그 뒤로 일반 무림인들이 앉을 수 있게 자리 배치가 되어 있었다.

장불사는 백여 석이 되는 곳의 맨 끝에 앉아 있었다. 자신의 처지를 고려해 본다면 일반 무림인들이 있는 곳에 자신도 있어야 했으나 소삼인 형제와 남궁수의 배려로 이름있는 무림인들과 함께할 수 있었던 것이다.

옆에 앉아 있던 소삼인 형제는 오랜만에 만난 무림인사들과 인사를 나눈다며 정신없이 갔다 왔다 하였고, 장불사는 허기짐을 차츰 잊어가고 있는 상태라 앞에 있는 산해진미(山海珍味)의 음식에는 관심도 없이 시끌벅적하게 떠들고 있는 수많은 무림인들 구경하기에 여념이 없었다.

자신이 지금까지 이렇게 많은 무림인들을 본 건 처음이었기에 그들의 복장과 무기들 하나하나까지 신기해 보였던 것이다. 장불사가 한참 사람들 구경으로 정신이 없을 때 앞에 있는 남궁기와 남궁화의 곁으로 여러 사람이 와서 인사를 하였다. 이십 대로 보이는 네 명의 청년과 두 명의 여자였다.

"아니, 남궁 형! 왜 여기 있는 것입니까? 저기 앞으로 가시죠!"

"음, 관(冠) 소제! 오랜만이네."

관 소제라 불린 청년은 육 척이 넘는 키에 두 눈과 코가 부리부리한 게 전형적인 호방형의 남성상이었다.

"오랜만입니다, 남궁 소저."

"예! 안녕하세요, 황보(皇甫) 소협!"

남궁화와 인사를 나눈 황보관은 옆에 있는 사람들을 소개시켰다. 모두 오대세가(五大勢家)의 사람들로 무림에 이름 날리고 있는 후기지수들이었다. 무림의 육대문파와 개방과는 다른 의미로 오대세가는 서로가 모르는 가운데에서도 끈끈한 유대감을 형성해 왔으나 이들 오대세가의 사람들은 각자 멀리 떨어져 있었기에 이런 일이 아니면 좀처럼 만나기 힘들었다. 그러나 남궁기의 아버지인 남궁수와 황보관의 아버지인 벽력신권(霹靂神拳) 황보신위(皇甫晨圍)는 평소에 왕래가 있어 황보관과 남궁기 남매는 알고 있었던 것이다.

사천당가가 멀리 떨어져 있긴 하나 남궁세가를 제외한 사대세가는 서로 몇 번의 회합을 가진 상태라 황보관이 이들을 데리고 소개하러 온 것이다. 황보관이 소개한 세 명의 청년은 각각 사천당문의 당소기(唐素琦)와 하북팽가(河北彭家)의 팽호천(彭豪天), 그리고 진주언가(晉州彦家)의 언중걸(彦仲傑)로 모두가 차기 가주로 내정된 소가주(小家主)들이었으며 두 명의 낭자는 당소기의 여동생인 당인예(唐仁藝)와 언중걸의 누나인 언지이(彦芝梨)였다.

대충 자신들이 소개가 오고 가고 통성명을 하고 나자 황보관은 다시 남궁기에게 말을 건넸다.

"남궁 형님, 남궁 소저, 저기 앞으로 가시죠. 육파일방의 후기지수들이 모두 왔습니다. 이 기회에 우리의 견문도 넓히고 서로 교류도 하면 좋지 않겠습니까? 또한 저희들 오대세가의 결속력도 다지는 계기가 될 것입니다."

"으음, 나도 그러고 싶지만… 아버님의 지시가 있어서……."

남궁기는 황보관에게 말을 하면서 장불사를 보고 있었다.

'내참, 아무리 봐도 시골 촌뜨기 같은데 아버님은 무엇을 보고 같이 행동하라고 했는지 이해가 안 가는구나.'

남궁기는 장불사의 행동이나 모습을 보면서 심히 못마땅했다. 지금 장불사가 보이고 있는 행동은 천상 시골에서 처음 올라온 촌놈과 같았고 검게 그을린 피부와 투박해 보이는 살결은 그것을 증명이라도 하는 듯이 보였기 때문이다. 아버지인 남궁수의 말이 없었더라면 당장이라도 황보관의 말에 동조했을 것이다.

남궁수가 진가장에 도착하고 나서 상단의 무림명숙들에게 가면서 장불사와 같이 행동하며 있으라고 남궁기에게 말했기에 이러지도 저러지도 못하고 있는 것이었다. 신중하며 무공 또한 심오한 소삼인 같은 인물이 어린 장불사와 의형제까지 맺었다면 필히 그만한 이유가 있을 거라면서 같이 있으라는 말을 했던 것이다.

"남궁 형님, 저쪽을 보십시오. 육파일방의 사람들도 저희들을 보고 있습니다. 저들도 분명 교류를 원할 것이니 같이 갑시다."

남궁기가 황보관이 말한 곳을 보니 열 명쯤 되어 보이는 남녀가 이쪽을 보고 있었다.

'음, 오늘은 아버님의 생각이 틀린 것 같은데… 저런 촌뜨기보다 육파일방의 사람들과 친분을 나누는 것이 옳을 것이다.'

　남궁기는 자신의 생각이 옳다고 느끼며 이번 한 번은 아버지의 명을 어겨야겠다고 생각했다.

　"황보 소제! 우리도 저쪽으로 가세. 화아야! 너도 같이 가자!"

　"오라버니! 아버님이 여기에 있으라고 했잖아요!"

　"그건… 잔말 말고 같이 가기나 하자."

　"아니에요, 저는 여기에 있겠어요."

　"남궁 소저! 같이 가시지요. 여기서 혼자 뭐 하겠습니까?"

　황보관이 남궁기를 거들며 나섰다.

　"황보 소협! 저희들은 일행이 있습니다."

　"예? 여기 일행이 어디 있습니까?"

　"…앞에 게시는 장 소협이 저희 일행이에요."

　남궁화의 말에 사대세가의 남녀는 모두 장불사를 바라보았다. 장불사를 바라보는 그들의 생각은 남궁기와 다를 것이 없었다.

　"저기, 장 소협! 장 소협……."

　정신없이 구경을 하고 있던 장불사는 자신을 부르는 말에 남궁화를 보았다.

　"예? 아! 남궁 소저! 저를 불렀습니까?"

　"예……! 저기… 이분들과 인사하세요. 사대세가의 소협들과 소저들이에요."

　장불사는 남궁화의 말에 벌떡 일어서며 인사하였다.

　"반갑습니다. 장불사입니다."

　"아, 예! 황보세가의 황보관입니다."

　얼떨결에 사대세가의 사람들은 장불사와 일일이 인사를 하게 되었다.

"으음! 화아야! 정말 같이 가지 않겠느냐?"

"예! 저는 장 소협과 얘기나 하며 있겠어요, 오라버니."

남궁기는 자신의 동생이 하는 행동도 마땅치 않았다. 키가 크고 순진하게 생긴 것 외에는 볼품도 없는 장불사를 힐끔거리며 보는 것과 장불사 일행과 만나기 전까지 도란도란 얘기를 나누며 오던 것이 이후엔 말도 없이 앉아 있는 것에 이해가 되지 않았던 것이다.

"휴우! 알았다. 그럼 나 혼자 갔다 오마."

남궁기와 사대세가의 사람들이 인사를 끝내고 가타부타 말도 없이 가버리자 장불사는 멍청히 서 있었다.

"장 소협, 앉으세요."

"예? 예."

"그런데 뭘 좀 드시지 않고……. 약주라도 한잔하시겠어요? 제가 한 잔 올릴게요."

남궁화는 주위에 사람들이 없자 스스럼없이 장불사에게 말을 건넸다.

"괜찮습니다. 저는 소식 체질이라 많이 먹지 않고… 술은 못 먹습니다."

"네, 그렇군요."

잠시 어색한 침묵이 흐르고 말이 없어지자 두 사람은 서먹서먹하였다.

"저기……."

"저……."

두 사람은 분위기가 이상하여지자 말을 꺼낸다는 것이 동시에 말을 하게 되었다.

"험! 남궁 소저! 먼저 얘기하십시오."

"훗! 아니에요. 장 소협이 먼저 얘기하세요."

"흠흠! 그럼 먼저… 저기, 조금 전에 왜 같이 가지 않았습니까?"

남궁화는 장불사의 말에 가슴이 콩닥거렸다. 내심을 들켰나 생각되었기에 얼굴 표정도 관리가 되지 않았다. 남궁화는 처음 장불사를 봤을 때 참 괜찮은 사람이구나 하고 생각하였다. 뭔가를 초월한 것 같은 느낌을 받았던 것이다. 그리고 마차 안에서와 지금까지의 행동을 보면서 세상에 때 묻지 않은 순진한 사람이라는 것을 알고 은근히 관심이 갔던 것이다.

이런 생각을 가지고 있었는데 장불사가 왜 잘 모르는 자신과 있냐는 투로 말을 하자 가슴이 콩닥거리며 어쩔 줄 몰라 했던 것이다. 그러나 장불사는 어색한 분위기가 연출되자 할 말도 없고 하여 말을 한 것인데 남궁화가 오해하고 있는 것이었다.

"네! 저기… 아버님의 말씀도 있고, 또한 많은 사람과 어울리는 것을 좋아하지 않기 때문이에요."

남궁화는 떨리는 마음을 숨긴 채 돌려서 말했다.

"아! 그렇군요."

"저기, 장 소협은 무림에 처음 나오신 건가요?"

"예! 아버님을 만나기 위해 낙양으로 가는 중입니다."

"네!"

정불사와 남궁화가 이런저런 얘기를 나누고 있는데 단상에서 내공이 실린 중후한 음성이 장내에 울렸다. 그러자 시끌벅적하던 연회장이 조용해졌다.

"무림동도 여러분! 미천한 저의 생일을 축하하고자 먼 길을 마다 않고 이렇게 참석해 주셔서 감사합니다. 아무쪼록 좋은 시간이 되길 바라며 여러분의 앞날에 축복이 있길 바랍니다."

권왕의 짧은 인사말이 끝나자 장내는 권왕에 대한 환호로 떠나갈 듯했다.

"와~아!"

"권왕 진소백이다."

"권왕의 절기를 한수 보여주시오!"

장내의 무림인들은 권왕의 말이 끝나기 무섭게 저마다 한마디씩 하며 권왕의 절기를 구경하고자 하였다. 장불사도 권왕의 말에 시선을 돌려 권왕 진소백을 바라보았다. 권왕이 무림인들을 향해 포권한 손을 보니 보통 사람들의 두 배에 가까웠고, 나이에 걸맞지 않은 동안(童顔)의 소유자로 검붉고 각진 얼굴이 강한 인상을 주었다.

"여러분! 잠시만 조용히 해주십시오. 저는 파천권(破天拳) 진기주(陳琦州)입니다. 오늘 저희 아버님의 생신을 축하하기 위해 오신 여러 무림명숙님들을 소개하겠으니 진심으로 환영해 주시고, 오늘 간단하게나마 비무대회를 마련하여 흥을 돋우고자 하오니 무림동도 여러분의 많은 참여 바랍니다. 다만 이번 비무는 권각술로만 제한을 하겠으니 권각술에 자신이 있는 분만 참여하여 주시기 바라며 비무대회에서 우승하시는 분에게는 저희 아버님의 절기를 한수 전수받을 수 있는 기회를 드리겠습니다. 앞으로 한 시진 후에 비무대회를 개최하겠으니 많은 참여 바라며 무림동도 여러분의 시야를 넓혀주시기 바랍니다."

진기주가 말을 끝내자 무림인들은 다시 떠날갈 듯 환호성을 질렀다.

"와~아! 오늘 권왕의 절기를 한수 배워보자!"

“빨리 명숙들을 인사시켜 주시오!”

진기주는 소란스럽던 장내가 다소 조용하여지자 무림명숙들을 하나
하나 소개하였다.

제4장

비무초전(比武初戰)

비무초전(比武初戰)

둥~!

큰 북소리와 함께 권왕 진소백 생일의 여흥을 돋우기 위한 비무대회
가 시작됨을 알렸다. 연회장 옆에 세 개의 비무장이 마련되어 있었고
각 비무장에는 비무의 승패를 판단하기 위한 참관인들의 단상이 놓여
있었으며 각 단상에는 무림명숙들이 여섯 명씩 자리를 하였다.

장불사와 소삼인 형제들은 비무장 앞에 자리를 잡아 앉고 남궁기와
남궁화는 사대세가의 사람들과 함께 십여 장 떨어진 곳에 자리를 잡고
있었다. 사실 남궁화는 은근슬쩍 장불사의 옆으로 가서 앉으려고 하였
으나 남궁기의 서슬 시퍼런 눈에 어쩔 수 없이 사대세가가 있는 곳으
로 갈 수밖에 없었다.

"오늘의 비무 규칙을 잠시 말씀드리겠습니다. 앞에서 말씀드린 바와
같이 이번 비무대회는 저희 아버님 생일의 여흥을 돋우기 위한 비무대

회라는 점을 상기하여 주시고, 서로의 은원 관계를 해결하기 위한 자리가 되지 않길 바랍니다. 그리고 비무 시 되도록이면 심한 상처나 살생이 일어나지 않도록 손속에 사정을 두시기 바라며 정도가 지나치다고 생각될 경우 참관인으로 계신 무림명숙 여러분이 제재(制裁)를 가할 것입니다. 그리고 승패가 가늠키 어려운 경우에는 참관인으로 계신 무림명숙님들이 판정을 할 것입니다. 보시는 것과 같이 여기엔 세 개의 비무대가 마련되어 있습니다. 권각술에 조예가 있으신 분은 세 곳 중 어느 곳이든 도전하시면 됩니다. 비무대에 올라 다섯 분을 차례로 이기거나 일각 동안 도전자가 없으면 다음 비무를 위하여 승자전에 진출하게 되니 참고하시기 바라며 지금부터 비무대회를 시작하겠습니다. 그럼 무림동도 여러분의 실력을 마음껏 발휘하시어 여흥을 북돋아주시면 감사하겠습니다.”

진기주는 비무에 대한 간단한 규칙과 내용을 말하고는 무림인들을 향해 포권을 취한 후 내려갔다.

진기주가 내려가자 소삼인은 장불사의 귀에 대고 작은 소리로 물었다.

“장 소제도 한번 도전해 보지 않겠나? 실전 경험도 쌓고 자신의 무공도 측정해 볼 겸 말일세.”

“어이쿠! 형님도. 제가 무슨 실력이 있다고……. 아마 망신만 당할 것입니다.”

“아닐세. 장 소제 정도면 충분한 자격이 있지. 나와 같이 대련했을 때만큼만 한다면 승산은 있다네. 한번 도전해 보게.”

소삼인은 장불사가 이미 수박권의 요체를 파악하고 있고 지금까지 자신과의 대련으로 보아 충분한 실력이 된다고 생각하였다.

“참, 형님도. 알다시피 제가 무공을 배운 지 얼마나 되었다고… 몇 십 년씩 무공을 배운 사람들과 상대가 되겠습니까?”

장불사는 자신이 배운 무공에 대한 자신감이 없었을뿐더러 사백여 명이나 되는 많은 무림인들을 보자 기가 죽어 있었던 것이다.

“음! 일단 구경이나 하세.”

세 개의 비무대에는 진기주가 내려오자 벌써 한 사람씩 올라가 있었다. 장불사의 앞에 있는 비무대에도 백색 무복에 태극 문양이 수놓아져 있는 옷을 입은 이십 대의 청년이 올라와 자신의 소개를 하고 있었다.

“무림의 형제 여러분! 무당파 이대제자인 태극신권(太極神拳) 유지태(柳知太)입니다. 여러분의 많은 지도를 부탁드립니다.”

유지태는 비무대 앞의 무림인들과 참관인을 향해 인사를 하였다.

“호오! 무당칠협(武當七俠)의 호절수(虎絶手) 유연주(柳淵珠)의 아들이다!”

유지태가 소개를 끝내자 무림인들 중에는 유지태를 알아보는 사람이 꽤 있었다. 현재 무림에서 가장 명성이 높은 무당 조사 장삼봉 진인의 일곱 제자 중 호절수 유연주의 아들임을 알아보았던 것이다. 그만큼 무당(武當)이라는 이름의 무게가 가지는 의미가 크다는 것을 반증하는 하는 것이었다.

“장 소제! 단상 위의 참관인들 중 유지태와 같은 옷을 입은 사람이 무당칠협의 둘째인 호절수 유연주이네! 당금(當今) 무림에서 최고의 명성을 떨치고 있는 사람 중에 하나이지!”

장불사는 소삼인의 말을 들으며 단상을 바라보았다. 백색 무복이 기품있어 보이며 위엄이 넘치는 얼굴의 중년인이었다. 유지태와 번갈아

보니 금방 부자지간이라는 것을 알 만큼 닮아 있었다. 유지태가 비무대에 오른 지 일여 각이 다 되어가도록 도전자는 나타나지 않고 있었다. 참관인의 한 사람인 화산파의 장문 사제인 태을검(太乙劍) 송오 도장(松悟道長)이 막 유지태의 승자 진출을 말하려는 찰나 한 사람이 비무대로 오르며 도전을 청하였다.

휘이익~

"잠깐! 광동 출신의 광풍권(狂風拳) 냉한수(冷寒叟)라 하오. 오늘 무당의 태극권을 견식하고자 하니 한수 부탁드리오."

광풍권 냉한수는 가벼운 포권과 동시에 유지태를 향해 질풍 같은 권을 뻗었다.

쉬익~

갑작스런 냉한수의 권풍에 잠시 허둥대던 유지태는 이내 침착함을 되찾고는 여유롭게 대응하였다. 느리면서도 빠른 듯하고 빠르면서도 느리게 보이는 유지태의 신형은 물 흐르듯 자연스러운 동작이었으며, 가볍게 밀고 당기고 하는 동작이 마치 한바탕의 춤사위 같아 보였다. 눈에 보이지도 않을 만큼 빠른 냉한수의 권각을 너무도 쉽게 피하고 있었던 것이다.

장불사는 유지태의 몸놀림을 보며 자신이 혼자 수련하였던 '큰 파도에 견디기' 와 비슷하다는 느낌을 받고 있었다. 자신이 파도의 힘에 부딪치지 않고 이리저리 흔들린 것처럼 유지태의 지금 모습이 그와 비슷했던 것이다. 그런데 장불사가 유지태의 이런 행동에 이해를 못하는 것이 있었다.

태극권을 펼치며 피하고 있는 유지태의 몸동작이 너무 크며 지나치게 화려해 보인다는 것과 자신이 보기에도 냉한수의 공격에는 빈틈이 너무 많았고, 또한 모든 공격의 투로가 눈에 보였는데 일여 각이 지난 지금에도 유지태는 한 번의 공격도 하지 않고 있다는 것이었다. 유지태가 지금 자신이 배운 무공을 냉한수에게 실전 경험 삼아 대결하고 있다는 것을 장불사로서는 모르고 있는 것이었다.

일여 각 동안 두 사람이 대결을 하고 있었지만 단 한 번도 권각이 부딪치는 소리가 없고 오직 냉한수가 뻗어내고 있는 권각의 파공음만이 들릴 뿐이었다. 다시 일여 각이 흐르자 유지태의 몸놀림에 변화가 생겼다.

이미 냉한수가 똑같은 투로(套路)를 세 번이나 시전하였기에 더 이상의 시간을 보낸다는 것은 무의미하다고 판단된 모양이었다. 유지태는 냉한수의 왼쪽 발이 자신의 턱 쪽을 향해 날아오는 것을 피하며 거의 동시에 명치 쪽으로 뻗어온 오른손을 잡고는 냉한수의 가슴에 어깨를 기대는 것과 같은 동작을 취하였다.

꽝!

어깨에 가볍게 부딪쳤다고 생각되는 순간 냉한수는 삼여 장을 날아가 땅바닥을 뒹굴었다.

"억! 쿨럭, 쿨럭……."

힘겹게 일어서는 냉한수는 입에서 핏물이 흐르고 있었다. 심한 내상을 입은 것처럼 보였다. 하지만 유지태의 얼굴에는 기쁜 기색이라고는 보이지 않았다.

'으음… 기의 조절이 아직까지 미숙하구나.'

유지태는 힘겹게 일어서는 냉한수를 부축하였다.

"냉 대협! 소신의 무공이 아직 미천하여 크게 부상을 입혔던 것 같습니다. 고의는 아니었으니 용서 바랍니다."

"으윽! 아니오. 여, 역시 무당의 무공은 명불허전(名不虛傳)이오. 다음에 다시 한 번 도전할 기회를 주시오."

"물론입니다, 냉 대협! 언제든지 저희 무당으로 찾아오십시오. 기꺼이 받아들이겠습니다."

광풍권 냉한수는 비틀거리는 몸을 이끌고 장내를 벗어났다. 참관인으로 있던 무당칠협의 유연주는 유지태의 행동을 보며 흐뭇한 웃음을 짓고 있었다.

냉한수의 도전 이후로 두 명이 다시 도전하였으나 두 명의 도전자역시 냉한수와 마찬가지가 되어 떠나갔다. 다만 냉한수보다 가벼운 상처를 입었다는 것 외에는 별반 다를 게 없었다. 유지태는 세 명의 도전자 외에 다시 도전자가 없자 일각이 흐른 후 자동 승자조에 진출하게되었다.

장불사는 유지태와 도전자들의 권각술을 보면서 중원의 무공이 자신이 배운 동이족의 무공인 수박권과는 확연히 다르다는 것을 느끼고있었다. 중원의 무공이 권각술의 초식이나 동작, 또는 보법에 의한 화려한 기술에 무게를 둔다면 동이족의 무공인 수박권은 형(形)과 초식이존재하지 않는 자연스런 무공이었던 것이다.

물론 수박권에도 품세와 수기, 족기 등의 동작이 있었지만 이것은다만 응용을 하기 위한 기초적인 품세였고, 이런 품세와 동작들은 실전에서는 쓰지 않는 것이었다. 몸이 움직이는 각도와 속도를 변화하여응용하기 위한 하나의 도구였고, 작용과 반작용의 원리를 이용한다는것처럼 상대편의 변화에 따른 적절한 공격과 방어를 위한 수단이었던것이다. 보법 또한 간단명료하여 이형환위(移形換位)와 이정제동(以靜制動)의 원리를 바탕에 두고 있었으므로 빠르게 움직이면 전혀 움직이지 않는 것처럼 보이는 것이었다.

그런데 유지태가 보여준 태극권과 수박권이 한 가지 비슷한 것은 기를 발출하는 방법이었다. 쓸데없는 곳에 힘을 소비하지 않고 중요한 순간에 기를 한곳에 모아 발출하는 것이 비슷했던 것이다.

장불사가 이런 생각을 하고 있는 동안 비무대에서는 또다시 격전이 벌어지고 있었다.

"장 소제! 태극신권 유지태의 무공을 보면서 뭐 좀 느낀 것이 없는가?"

소삼인은 생각에 잠긴 장불사를 보며 슬쩍 물었다.

"……."

장불사는 딱히 대답할 말을 찾지 못하고 침묵을 지켰다.

"유지태가 펼쳤던 무공이 최근에 장삼봉 진인께서 창안하였다는 태극권이라는 말이 무림에 나돌고 있네. 장 소제도 본 것과 같이 여타 중원의 무학과는 다른 면이 있지 않은가?"

"음! 제가 아는 것이 별로 없지만… 그런 것 같습니다."

장불사는 조금 전 자신이 생각했던 것처럼 태극권은 확실히 여타 무공과는 다른 면이 있었다.

"그래~? 장 소제가 광풍권 냉한수와 비무를 했다면 결과가 어떻게 나오겠는가?"

"아마… 제가 패하지는 않을 것 같습니다."

"그 보게. 장 소제의 실력이면 충분하다네. 한번 출전해 보게나. 실전 경험을 쌓는다는 것은 이런 기회가 아니면 힘들다네."

"……."

"장 소제! 한번 출전해 보게나. 권각술에 능한 사람이 무림에서 그리 많은 것도 아니네. 이제 남은 사람도 얼마 남지 않은 것 같은데……."

"그럼… 경험 삼아 한번 도전해 보겠습니다."

장불사는 머쓱한 듯 주위를 한번 둘러보고는 비무대를 향해 걸어나갔다. 십여 장 거리에 떨어져 있던 남궁화는 장불사가 비무대를 향해 걸어나가자 의아한 듯 바라보았다.

"산동 출신의 장불사입니다."

장불사는 간단히 자신을 소개하며 무림인들을 향해 포권을 했다. 잠시 후 장불사보다 머리 하나는 더 큰 사람이 비무대로 올라왔다. 장불사는 비무대로 올라온 사람의 크기를 보며 깜짝 놀랐다. 자신도 작은 키가 아니었는데 이 사람은 자신이 올려다볼 정도 컸을뿐더러 덩치도 장난이 아니었다. 또한 목소리도 덩치에 걸맞게 우렁찼다.

"하하하! 나는 운남에서 온 패권마도(敗拳魔刀) 심옥(沈鈺)이네. 나의 별호에서 알듯이 권과 도를 장기로 삼고 있네. 오늘은 권각술만으로 승부를 가리니 이 도는 필요없겠지."

그러면서 패권마도 심옥은 거대한 도를 비무대 아래에 내려놓고 말하였다.

"장 형! 한판 멋지게 어울려 봅시다."

덩치만큼 시원시원한 성격의 소유자로 보였으나 워낙 큰 덩치와 텁수룩한 수염으로 인하여 나이를 짐작할 수가 없었다.

"예! 심 형! 한수 부탁합니다."

장불사도 심 형이라 부르며 심호흡을 한 번 하였다. 소삼인과의 대련이외에는 대전 경험이 전무한 장불사로선 이렇게 많은 사람들이 운집해 있는 가운데서 비무를 하려니 약간 긴장이 되었던 것이다.

"준비하시오. 자, 그럼 먼저 출수합니다."

심옥은 덩치와 어울리지 않는 빠른 동작으로 장불사의 전면으로 파고들며 앞면을 향해 발길질을 하였다.

부~웅!

귓가를 스치는 심옥의 발에서는 엄청난 파공음이 들렸다. 그만큼 무게감과 속도가 있다는 증거였다. 몇 번의 발길질과 권이 날아들었지만 장불사는 한 발자국 내에서 모두 피하고 있었다. 일반인이 장불사를 보았다면 몸을 움직이지도 않은 채 어떻게 피할 수 있을까 하는 생각이 들 정도로 빠르게 움직이고 있었다.

허리를 좌우로 흔들며 피하기도 하였고, 양 발을 번갈아가며 전후좌우로 한 발씩 물러났다가 다시 제자리로 움직이면서 최소한의 차이로 피하고 있는 것이었다. 수박권의 보법으로 이형환위의 수법과 비슷한 것이었다.

심옥은 한 대 맞을 것 같으면서도 간발의 차이로 장불사가 피하자 내심 약이 올라 있었다. 한참을 혼자서 발광하듯 공격을 한 심옥은 지금의 방법으로는 장불사를 이길 수 없다는 것을 알고 다른 방법을 강구하였다. 자신보다 작은 장불사를 일단은 잡고 움직이지 못하게 해야겠다는 생각을 하게 된 것이다.

심옥은 장불사의 어깨나 허리를 잡으려고 온몸을 던져 장불사를 덮쳤다. 하지만 이미 장불사는 이런 심옥의 행동을 간파하고 있었다. 심옥이 덩치에 맞지 않게 빠르게 공격하던 것을 간발의 차이로 피한 것도 이미 심옥의 움직임을 사전에 알았기에 가능했던 것이다. 심옥의 자랑스런(?) 근육들이 사전에 친절히 장불사에게 알려주었던 것이다.

수박권의 보법이 아니더라도 신체의 근육이 움직이면 팔과 발이 어

떤 각도로 어떻게 움직인다는 것을 외공의 수련과 의술로 알고 있는
장불사로선 속도와 거리만 안다면 식은 죽 먹기보다 쉽게 피할 수 있
었던 것이다. 이런 사실을 모르는 심옥은 장불사를 잡기에서도 실패했
을뿐더러 오히려 장불사의 이화접목(移花接木)의 수법에 의하여 등에
강한 충격을 받고 쓰러졌다.

달려드는 심옥의 양손을 안쪽에서 바깥쪽으로 손등을 이용하여 처
냄과 동시에 씨름과 택견의 한 가지인 바깥다리걸기로 중심을 무너뜨
리면서 등 뒤를 양손으로 가격했던 것이다. 이 모든 동작은 한순간에
이루어져서 웬만한 사람은 심옥이 혼자서 자기 발에 걸려 넘어진 것으
로 오해할 정도였다.

'음! 이 사람도 외공 계열의 무공을 익혔구나!'

장불사는 심옥의 등을 후려칠 때 쇠를 두드리는 듯한 손바닥의 진동
을 느꼈다.

"하하, 장 형! 그 정도로 쓰러지겠습니까? 좀 더 힘을 써야 될 것 같
습니다."

심옥이 재빨리 일어서고는 아무 일 없다는 듯 말을 건네었다.

"정말 그래야 되겠군요."

장불사는 말을 하면서 심옥의 약점이 대충 어디인지 짐작을 하였다.
심옥은 자신이 단련한 신체의 단단함을 굳게 믿고 있었지만 장불사 앞
에서는 번데기 앞에서 주름을 잡는 꼴이었다. 심옥은 다시 한 번 장불
사를 잡으려고 달려들었다. 장불사는 달려드는 심옥의 한 손만을 손등
으로 올려치며 막은 뒤 다른 한 손으로는 심옥의 겨드랑이를 정확하고
빠르게 가격했다.

퍽!

"으윽……!"

심옥은 겨드랑이에 가해지는 통증을 느끼며 한쪽 손을 겨드랑이 속으로 집어넣고는 놀란 눈으로 장불사를 바라보았다. 장불사는 놀란 심옥의 눈을 보면서 희미한 미소를 보냈다.

"저는 심 형의 약점이 어디인지 잘 알고 있습니다. 저도 같은 수련을 하였기에 어디가 단련하기 힘든지 알고 있지요. 물론 그곳보다 수련하기 어려운 곳이 있긴 하지만……."

친절하게(?) 말을 하면서 장불사는 심옥의 아랫도리를 향해 눈길을 주었다.

심옥은 장불사의 말을 들으면서 놀란 가슴을 주체할 수가 없었다. 자신이 배운 이 외공 계열의 무공은 가전의 무공으로 조문이 거의 없는 것이나 마찬가지였다. 다만 겨드랑이 쪽을 단련하기가 가장 힘들어 조문 아닌 조문이 되었던 것이다. 장불사도 신체 중 겨드랑이 쪽을 단련하기가 가장 힘들다는 것을 알고 있었기에 심옥의 약점이 어디인지 짐작했던 것이다.

"장 형……! 그대의 승리요."

심옥은 두말할 필요가 없다는 듯이 비무대를 내려갔다.

장불사는 네 번의 도전을 받고는 승자조에 진출하게 되었다. 장불사에게 도전한 사람들은 삼류 수준을 벗어난 이류에 가까운 무림인들로 심옥만한 실력의 소유자가 없었기에 쉽게 승자조에 진출하게 된 것이다. 장불사가 수박권을 마음껏 펼쳐 보지도 못할 만큼 소삼인의 말대로 권각술에 능한 사람이 무림에 많지 않다는 것은 사실이었다.

장불사는 약간 허무한 표정으로 비무대를 내려왔다. 자신의 생각과는 달리 무림인들의 무공이 대단치 않다고 판단되었기 때문이다. 소삼인은 그런 장불사의 마음을 알기나 한 듯 한마디를 건넸다.

"장 소제! 축하하네. 하지만 너무 자만은 하지 말게. 전에 장 소제가 무공의 경지에 대해 물은 적이 있었지. 장 소제가 상대한 사람들은 검기 정도의 수준에 이른 사람들이라네. 또한 권과 검의 무공 경지는 상당한 차이가 있다는 것을 명심하게나."

진가장은 연무장의 크기로 보아 이미 짐작을 했듯 상당히 큰 규모였다. 개봉에서의 진가장은 일종의 무관과 같았다. 권왕의 명성을 모르는 사람이 없었기에 그의 무공을 배우고자 하는 사람들이 거의 매일같이 찾아오며 소란을 피우자 어쩔 수 없이 한두 사람씩 받아들였던 것이 이제는 무관 형태의 규모가 큰 진가장이 되었던 것이다.

장불사와 소삼인 형제들은 내일 있을 승자전의 비무대회를 위해 진가장의 여러 객방들 중 한곳에 머물게 되었는데, 객방은 삼십여 개나 되어 무림명숙들과 그들의 자제나 제자들 또한 이곳 객방에 머물고 있었다.

저녁 시간이 되어 권왕 진소백은 승자전에 진출한 사람들을 축하한다는 의미로 만찬을 마련했다. 장불사는 허기짐을 거의 잊은 상태라 식욕도 별로 없고 하여 객방에 머물고 있었다. 소삼인은 무림에 명성이 자자한 사람들과 안면이라도 익혀야 된다며 설득을 하였지만 혼자서 생각할 게 있다며 한사코 거절하는 바람에 장불사를 남겨두고 남궁수와 함께 만찬의 자리로 갔다.

'아마 승자전에 진출한 사람들은 오늘 내가 상대한 사람들과는 확연히 다르겠지. 내가 상대방의 움직임을 미리 파악하고 있다고는 하지만 나보다 빠르게 움직이며 권기와 권강 같은 것을 사용한다면 당해낼 수 있을까?

장불사는 소삼인이 의미있게 던진 말을 곱씹고 있었다. 내일 있을 승자전의 대결이 걱정되는 것은 아니었지만 자신이 배운 수박권에 대해 조금 더 연구를 해야겠다는 생각이 들었던 것이다.

'삼인 형님으로부터 수박권의 기에 대한 사용 방법과 조절법을 알고부터 팔과 다리의 뚫리지 않았던 세맥들도 어느 정도 뚫었고 권을 통하여 어떻게 기를 발출하는지도 알았으나 권기를 사용하는 것이 쉽지가 않구나!'

객방에 홀로 앉아 있는 장불사는 권기에 대한 생각에 골몰하고 있었으나 뾰족한 방법이 떠오르지 않았다. 호신강기를 부분적이나마 사용할 수 있는 것처럼 권기를 발출할 수는 있었지만 검기처럼 지속적으로 이어지지가 않았고 강도 또한 약했던 것이다.

소삼인 형제들과 동행하면서 그들이 가끔씩 수련하는 장면을 보면 검기가 끊어지지 않고 계속해서 검에서 뻗어 나왔기에 권기와 검기가 어떤 차이점이 있는가에 대해 생각해 보았다. 자신의 내공에 비해 소삼인 형제들의 내공은 하늘과 땅 차이인데도 자신은 권기를 끊이지 않고 사용할 수 없으니 이상하게 생각되었던 것이다. 한참을 생각하던 장불사는 뭔가를 알았다는 듯 자신의 이마를 쳤다.

"아! 그렇지. 검기는 검이라는 매개물을 통하여 나오기에 가능할 것이다."

장불사는 방을 나가더니만 나무 막대기를 하나 들고 들어와 이리저리 만지작거리면서 생각을 하였다.

'분명히 팔과 발의 경로는 일방통행이기에 기의 순환이 되지 않는다. 물론 피부 호흡이 되면 가능해질지 모르지만… 그런데도 검기가 끊이지 않는다는 것은 검 자체를 통한 기의 순환이 되게 하기 때문일 것이다. 검에 충분한 진기를 불어넣고 그런 다음에 검 자체에서 기의 순환이 이루어지게 하며 검기를 발출할 것이다.'

장불사는 생각이 정리되자 나무 막대기에 천천히 기를 주입하였다.

퍽!

작은 소리와 함께 기가 주입되던 나무 막대기의 손잡이 부분이 부서져 버렸다.

"엇! 내가 잘못 생각한 것인가?"

장불사는 자신의 생각과 달리 나무 막대기가 부서져 버리자 다시 생각을 정리했다.

'으음! 왜 사람들이 이런 나무 막대기가 아닌 청강검이나 보검을 쓰는지 이해가 가는군. 기를 주입하자마자 부서져 버리기 때문에 기의 주입에도 견딜 수 있는 검을 쓰는 것이구나! 그런데 이런 검도 진기에 견디는 한도가 있을 텐데… 음! 그렇군. 진기를 주입하기 전에 검이 부서지지 않게 기로써 검을 먼저 보호하는 것이구나!'

장불사는 다시 나무 막대기에 기를 보냈다. 그런데 자신의 생각처럼 기로써 먼저 나무 막대기가 부서지지 않게 보호한다는 것이 쉽지가 않았다. 기를 주입할 때마다 나무 막대기는 모두 부서져 버렸던 것이다. 방문을 몇 번인가 들락거리던 장불사는 도저히 안 되겠는지 한 아름의 나무 막대기를 들고 방으로 들어왔다.

장불사가 앉아 있는 객방의 바닥에는 부서진 나무 막대기가 수북히 쌓여 있었고 온전한 막대기는 몇 개 남지 않아 보였다.

"휴우! 이제야 겨우 나무 막대기를 보호할 수 있겠구나!"

겨우 나무 막대기를 보호할 수 있게 된 장불사는 시간이 많이 지난 것을 깨닫고 소삼인 형제가 만찬을 마치고 올 시간이 되었다는 것을 알았다. 장불사가 바닥에 쌓인 부서진 나무 막대기를 다 치우자 소삼인 형제가 방으로 돌아왔다. 소삼정과 소중소는 오랜만에 많이 먹은 술로 인하여 인사불성이 되어 방으로 돌아오자마자 곯아떨어졌다.

"장 소제! 혼자서 심심하였지!"

소삼인이 동생들의 잠자리를 돌본 후 장불사에게 물었다.

"아닙니다. 한데 한 가지 궁금한 게 있는데 형님께 여쭤봐도 되겠습니까?"

"물론이네. 궁금한 건 풀어야지. 뭔가, 장 소제?"

소삼인도 약간의 취기가 도는지 기분이 좋아 보였다.

"예! 그럼 하나만 묻겠습니다. 전에 말씀하신 검기의 발출법은 어떻게 하는 것입니까?"

장불사는 자신의 생각과 지금까지 실행했던 것이 맞는지 알고 싶어서 물었던 것이다.

"호오! 장 소제! 내일 있을 대결이 걱정이 되는 모양이구먼!"

"아니, 그런 것이 아니라……."

"내가 한 말에 신경이 쓰인 모양이군. 으음! 장 동생이 진정 알고 싶은 것은 검기에 관한 것이 아니라 권기에 관한 것이겠지. 안 그런가?"

"예! 따지고 보면 그런 셈이죠."

장불사는 소삼인을 보면 볼수록 새롭다는 생각을 하게 되었다. 너무도 자신의 마음을 잘 꿰뚫고 있었기 때문에 혹시 독심술이나 관상법(觀相法) 같은 것을 알고 있지 않나 생각이 들 정도였다.

"으음……! 검기의 발출법이라. 내가 전에도 얘기했듯이 발출법은 각 문파나 검법에 따라 조금씩 다르다네. 하지만 일반적으로 검기를 발출하는 방법의 원리(原理)는 모두가 같다네. 일단은 내력으로 검을 보호하며 그런 다음 검에 내력을 주입하고, 검에 주입된 내력을 검 내부에서 순환시키며 검에 끊임없이 내력을 주입하여야 하지. 이렇게 끊임없이 내력을 주입하며 검에서 순환되는 내력을 검끝으로 내어보내면 검기가 발출되는 것이라네."

소삼인의 말은 장불사의 생각과 거의 동일했다.

"이렇게 검이라는 매개물을 통해 뻗어 나온 검기는 또 다른 검의 연장선이라고 할 수 있지 않겠나. 그러니 그만큼 공격의 범위가 넓어지며 위협적인 공격이 될 수 있는 것이네. 또한 뻗어 나온 검기를 끊어서 상대방에게 날릴 수도 있네. 그런데 권기는 검기와는 다르지. 검기는 내력이 뒷받침되면 끊임없이 발출할 수 있지만 권기는 기를 순환시킬 수 있는 매개물이 없기에 오랜 시간 동안 펼칠 수가 없네. 그렇기에 권기는 응집한 강한 기를 순간적으로 한 번씩 발출하는 것이라네. 백일창, 천일도, 만일검이라 하며 검을 배우기가 어렵고 힘들며 무공 중 검법이 최고라고 하면서 많은 사람들이 무공에 입문을 할 때 검을 배우길 원하지만 나는 그렇게 생각하지 않는다네. 나는 권법이 더욱 배우기 힘들고 진정한 경지에 이르면 검에 못지않은 무공이 된다고 생각하지. 특히 장 소제가 배운 수박권은 중원의 무공과는 달리 몸으로 할 수 있는 모든 무공을 하지 않나. 중원의 무공은 권법 외에도 장법, 지법, 조법 등 여러 갈래로 나누어져 있기에 한 사람이 여러 무공을 배운다는 것이 쉽지가 않다네."

장불사는 소삼인의 말을 듣자 검기와 권기의 차이점에 대한 이해가 되었고, 지금 당장이라도 밖에 나가 자신이 배운 수박권을 통해 실전을 해보고 싶었다.

"형님의 이야기를 들으니 어느 정도는 이해가 갑니다."

"이해가 간다니 다행이네. 장 소제! 그런데 이 검기나 검강을 오래 시전하며 격전을 치른 사람이 왜 지쳐 보이며 다시 운기행공을 하는지 아는가?"

"소제는 잘 모르겠습니다."

"으음, 검기나 검강은 검이라는 매개물을 통하여 시전할 수 있다고 하였네. 그런데 검은 자신의 신체가 아니기에 검으로 주입한 내력 중 일부는 허공으로 흩어져 버린다네. 그리고 검기나 검강을 오랫동안 발출하려면 검을 부서지지 않게 하며 유지해야 하기 때문에 그만큼 내력의 소모가 심하여진다네. 이렇게 검기나 검강을 시전한 후 중단하면 검에 주입되었던 진기가 다시 본신(本身)으로 돌아오지만 검에 주입된 내력의 전부가 돌아오는 것도 아니네. 또한 검기나 검강을 날리는 것은 자신의 내력을 밖으로 쏟아 붓는 것과 같은 이치이므로 더욱더 내공의 소모가 심하여지기에 다시 운기행공으로 내력을 되찾는 것이라네. 이런 검기나 검강과는 달리 권기나 권강은 내력 소모가 적다고 볼 수 있지."

"음! 그런 이유가 있었군요."

"장 소제! 내가 왜 이런 얘기를 하는지 알겠는가?"

"예? 무슨 말씀인지……."

"으음! 장 소제는 근접전(近接戰)을 할 수 있는 권각술을 익히고 있네. 물론 권기나 권강의 경지에 이르면 거리 따위는 문제가 안 되겠지만… 어쨌든 검기나 검강을 사용하던 사람이 서로 검이 부딪치게 되면 내부 또한 충격을 받게 되지. 검에는 이미 자신의 주입한 내력이 순환되고 있으므로 자신의 일부라고 할 수 있으니까. 그런데 이런 검이 부서지거나 부러진다면 어떻게 되겠는가?”

“아~! 진기의 흐름이 끊어짐과 동시에 검에 주입되었던 진기도 모두 사라지겠군요.”

“맞추었네. 검이 부러진다면 진기의 운행이 끊어지면서 내부에도 엄청난 충격이 오겠지. 또한 검에 주입되었던 많은 진기도 사라질 것이네. 자, 그럼 검을 들고 있는 사람과 싸울 때 어떻게 해야 된다는 것을 알겠지, 장 소제?”

“아! 잘 알겠습니다. 그리고 고맙습니다, 형님!”

장불사는 소삼인의 세심한 배려에 다시 한 번 고마움을 느꼈다.

“하하하! 고맙기는… 어쨌든 내일 시합은 잘하길 바라네.”

“이왕 시작한 것 최선을 다해보겠습니다.”

장불사는 여전히 새벽의 같은 시간에 일어나 수련을 하고 있었다. 진가장의 객방이 있는 곳에도 꽤 넓은 뒤뜰이 있었기에 새벽 수련을 하기엔 적당한 곳이었다. 십칠형과 십팔형을 제외한 나머지의 외공십팔형을 한 시진쯤 반복 수련하고 있을 때 객방에 있던 사람들이 한두 명씩 나오며 각자의 절기에 맞는 간단한 몸 풀기를 하였다.

타인이 있는 곳에서 자신이 배우고 있는 무공을 수련한다는 것은 있을 수 없는 일이었기에 간단히 몸만 풀고 있는 것이었다. 그에 비해 장불사는 자신이 배운 것을 거리낌없이 펼치며 수련하고 있었다.

“남궁 형님! 저 장불사라는 사람은 어떤 사람입니까? 어제의 만찬에도 오지 않고……. 남들은 권왕과 한마디라도 하고 싶어 애쓰는데, 좀 이상한 사람입니다.”

“음! 나도 잘 모른다네. 금릉삼협과 의형제를 맺었다는 것 외엔 나도 아는 것이 없다네, 황보 소제."

남궁기와 황보관이 장불사의 수련 모습을 보며 이야기를 나누고 있었다.

"아니, 지금 저 사람이 하고 있는 것이 무엇입니까?"

"허어! 글쎄… 뭘 하는 것인지 모르겠군."

장불사는 외공십팔형 중 손 대신 머리로 재주넘기를 하는 십육형을 하고 있는 중이었다.

"으음! 제가 들은 것인데, 외공의 무공에서 머리와 목을 수련할 때 저런 방법을 쓴다고 합니다."

진주언가의 언중걸이 다가와 말을 하였다. 하지만 외공에 대해서 잘 모르는 그들은 십육형 외의 다른 것들은 체력 단련으로밖에 보이지 않았다. 객방의 뒤뜰에 있는 다른 사람들도 장불사의 이런 행동을 힐끔거리며 보고 있었다. 자신들이 보기엔 장불사가 하고 있는 짓(?)들이 생소하였던 것이다.

장불사가 주위의 시선에도 아랑곳하지 않고 수련하고 있을 때 소삼인과 남궁수가 뒤뜰로 나오고 있었다. 소삼인이 장불사를 부르려고 하는데 남궁수가 잠시 말렸다. 장불사의 수련 장면을 한참 보던 남궁수가 소삼인에게 경직된 목소리로 물었다.

"소 총표두! 자네의 의형제는 외공 계열의 무공을 익히고 있는가?"

"예……? 예! 그렇다고 들었습니다."

"음……!"

"저… 남궁 가주님! 혹시 저의 소제가 무슨 잘못이라도……."

"하하하! 그런 것이 아니네. 저기 있는 장 소협을 보고 놀라워서 하는 말이네."

"무… 슨 말씀인지……."

"음! 저기 장 소협은 외공으로 인한 금강불괴의 몸을 뛰어넘은 것 같아서 하는 말일세."

"옛! 잘못 알고 계신 게 아닙니까?"

그러면서 소삼인은 며칠 전 자신과 장불사가 나누었던 말을 남궁수에게 들려주었다.

"음! 그렇게 얘기했단 말인가?"

"예! 저도 장 소제의 얘기를 듣고서야 수긍이 갔었습니다."

"…어쨌든 소 총표두는 대단한 동생을 둔 것 같구먼."

소삼인에게 이렇게 말을 하며 장불사를 바라보는 남궁수의 눈엔 의혹이 어려 있었다.

진시(辰時:7시~9시)가 되자 진가장에는 어제보다 많은 사람이 연무장에 운집해 있었다. 진가장에서 승자전에 진출한 사람들의 비무대회가 있다는 사실을 개봉의 많은 사람들이 듣고는 진가장으로 몰려들었던 것이다. 세 개의 비무대 뒤에는 승자전에 진출한 사람들의 대전표가 그려져 있었는데 승자전에 진출한 사람이 열다섯 명인 관계로 한 명은 부전승으로 자동 진출하게 되어 있었다. 장불사 등 승자전에 진출한 사람들은 추첨을 통하여 대전표의 결과를 기다리고 있었다.

"오늘 비무대회의 대전표 추첨 결과가 나왔습니다. 어제 승자전에 진출한 분들이 열다섯 분인 관계로 방금 추첨한 결과 소림사 사대금강(四大金剛)의 한 분인 공도(空度) 스님이 자동으로 승자전에 진출하게 되었습니다. 그럼 오늘의 비무대회를 대전표에 따라 진행하겠습니다."

"와~아!"

"빨리 시작하시오!"

진기주의 말이 끝나자 장내는 환호 소리로 떠나갈 듯했다.

"대전표에 명시된 차례대로 여섯 분은 각자 비무대로 오르시길 바랍니다."

장불사는 진기주의 말을 듣고 비무대 뒤의 대전표를 보았다. 자신의 이름이 열네 번째에 별호와 함께 명시되어 있었다.

수박권(手搏拳) 장불사(張不死).

장불사는 자신의 이름 앞에 붙은 별호가 어떻게 된 것인지 궁금하여 옆에 있는 소삼인에게 물었다.

"삼인 형님! 저의 별호가 어떻게 수박권이 되었습니까?"

"하하! 어제저녁 만찬에 장 소제가 오지 않아서 모르고 있었구먼. 음! 어제 만찬에서 오늘의 비무대회에 관한 것을 논하게 되었는데 오늘의 대전 형식으로 비무를 하기로 결정이 되었다네. 그런데 장 소제가 그 자리에 없었고 또한 별호가 없는 관계로 내가 대신하여 수박권이라고 얘기해 주었다네. 흠흠! 기분 나쁜 건 아니겠지, 장 소제?"

"아닙니다, 형님! 그런 뜻에서 물은 것이 아닙니다. 음! 제가 배우고 있는 무공의 이름과 같으니 좋군요."

"그렇다면 다행이네. 아무튼 오늘 비무대회에서 많은 것을 배우기 바라겠네."

"예! 저도 그럴 생각입니다."

세 개의 비무대에는 각자 비무할 사람들이 올라와서 자신을 소개하고 있었다. 왼쪽의 비무대에는 황보세가의 황보관과 화산파 장문인의 아들이자 매화검수인 비룡낙매(飛龍落梅) 악천수(岳泉修)가 올라와 있었고, 가운데의 비무대에는 권왕 진소백의 손자인 소권왕(小拳王) 진건일(陳乾一)과 아미파 장문 멸절 사태의 속가제자인 아미일봉(峨嵋一鳳) 화예린(嬅霓璘)이 올라와 있었으며, 오른쪽 비무대에는 진주언가의 언중걸과 마협(麻俠) 강유주(姜流洲)라는 사람이 올라와 있었다.

소삼인은 비무대에 올라온 사람들에 대해서 장불사에게 하나하나 설명하여 주었다. 황보관은 무존일권이라는 별호가 말하듯 권법에 뛰어나며, 화산파가 오악검파의 수장이라고 불리듯 악천수가 검법에 조예가 깊고, 진건일이 권왕의 모든 진전을 이어받아 소권왕이라는 별호가 붙었으며, 화예린이 멸절 사태에게 직접 무공을 사사받은 것으로 알려져 있고 강호사미의 한 사람이라는 것도 설명하였다. 언가권으로 유명한 진주언가의 언중걸 또한 가전의 무공을 거의 완벽하게 전수받았다는 것을 이야기하였고, 이들이 앞으로 강호를 이끌어 나갈 후기지수들이라는 것이었다. 그리고 마지막으로 마협 강유주라는 사람에 대해서는 아는 것이 없다는 소삼인의 설명이었다.

장불사는 비무대 위에 오른 여섯 명을 소삼인의 설명과 더불어 한 사람씩 보며 나름대로 판단을 하고 있었다.

'음……! 각자가 익힌 무공에 따라 그 기운과 몸매의 형태도 어느 정도 다르게 나타나는구나!'

장불사는 검법과 권법을 익힌 사람들의 몸이 약간씩 다르다는 것을 느낄 수 있었다. 검법을 익힌 사람은 약간 왜소해 보이며 풍기는 기운이 날카롭다는 것을 알 수 있었고, 권법을 익힌 사람은 하체가 튼튼하며 몸의 균형이 잘 잡혀져 있다는 것을 느꼈던 것이다.

"장 소제! 다른 비무는 볼 필요가 없네. 가운데 비무대의 소권왕 진건일과 아미일봉 화예린의 비무대결만을 유심히 보게나. 자네의 수박권 수련에 많은 도움이 될 것일세."

"알겠습니다, 형님!"

장불사도 소권왕이라는 칭호가 붙을 정도로 권법이 뛰어나다는 진건일의 무공을 견식하고 싶었기에 소삼인의 말에 바로 대답을 하였다.

"진건일이 권왕의 무학을 모두 이어받았다지만 아미일봉 화예린도 만만치 않을 것이네. 아미파가 검파의 문파로 분류되지만 권법과 장법에도 조예가 남다르고 비록 속가제자라고 하지만 장문인 멸절 사태에게 직접 사사(師事)했으니 권법에도 일가견이 있을 것이네."

소삼인은 비무대 위의 두 사람을 보며 장불사에게 자신의 생각을 얘기했다. 비무대 위의 두 사람은 운집해 있는 군중에게 각자 인사를 한후 서로 가볍게 포권지례를 했다.

"화 소저! 오늘 아미의 무공으로 저의 시야를 넓혀주시길 바랍니다."

"천만의 말씀이에요. 저야말로 진 소협과 이렇게 손속을 겨루게 되어 영광이에요."

"화 소저! 먼저 출수하시지요."

"예! 그럼 사양하지 않겠어요."

화예린은 진건일에게 말함과 동시에 선제공격을 하며 장법을 펼쳤다. 장불사는 화예린의 신법이 유연하면서도 표홀(飄忽)한 것이 눈이 날리는 것 같다는 생각이 들었다. 느린 것 같았으나 이미 진건일의 코앞에 당도한 화예린의 장력이 가슴에 닿고 있었던 것이다. 진건일은 미동도 않고 있다가 화예린의 장(掌)이 가슴을 쳐오자 뒤로 물러섬과 동시에 벼락같이 양손의 권을 뻗었다.

퍽!

미세하지만 장불사의 귀에는 장과 권이 부딪치는 소리가 또렷하게 들렸다. 두 사람은 잠시 멈칫하는 것 같았지만 이내 눈에 보이지도 않을 정도로 장과 권을 교환하며 비무대를 누비고 있었다. 한 마리의 용과 한 마리의 봉황이 어울려 신비한 자태를 뽐내고 있는 것 같았다.

화예린은 자신의 미종보(迷踪步)와 표설천운장(飄雪穿雲掌)이면 어느 정도 소권왕과 자웅을 겨룰 수 있다고 생각하였지만 지금의 상태가 보는 것과는 다르다는 것을 느낄 수 있었다. 자신이 최선을 다하고 있는데 반해 소권왕 진건일은 시종 여유있는 모습으로 자신을 상대하였다. 권과 장이 부딪치며 요란하게 싸우고 있는 것처럼 보였지만 진건일은 아직 본신의 실력을 발휘하고 있는 것이 아니었다. 화예린은 이런 상태로 가다간 자신이 먼저 지쳐 쓰러지는 우스운 꼴이 될 것 같다는 생각이 들자 얼마 전에 전수받은 사상장(四象掌)을 쓰기로 마음먹었다.

'음! 이 사상장은 나의 내력으론 여러 번 쓸 수가 없으니 사 초 내에 끝을 봐야 한다.'

화예린은 신형을 멈추고 진건일을 바라보았다.

"조심하세요, 진 소협!"

화예린은 사부인 멸절 사태에게서 들은 사상장의 위력을 알기에 혹시나 있을 불상사를 대비하여 먼저 진건일에게 경고하였다.

"하하! 걱정하지 마시고 화 소저의 진정한 실력을 보여주십시오."

진건일은 말은 이렇게 했지만 화예린이 싸우는 도중 신형을 멈추고 경고를 하자 내심 긴장하며 자신의 내력을 끌어올려 대비를 하였다.

"한 방울의 물이 바위를 뚫는다."

화예린은 뜻 모를 말을 내뱉고는 양 손바닥을 합장하듯 모았다 천천

히 손바닥을 떼고 있었는데 그 사이에는 백색의 구슬만한 구체가 형성
되어 있었다. 화예린은 이 백색의 구체를 가슴 쪽으로 끌어안듯 하더
니만 진건일을 향해 쏘아 보냈다.

핑~!

이 광경을 보고 있던 진건일은 위험하다는 것을 직감적으로 느끼며
날아오는 구체를 향하여 앞으로 달려감과 동시에 왼손으로 권을 날렸
다.

"선권(先拳)!"

과앙~!

두 사람의 장과 권이 부딪치며 굉음을 내었다. 화예린이 날린 백색
구체의 강기를 왼손으로 고스란히 느낀 진건일은 달려가는 기세를 멈
추지 않고 오른손으로 장을 날렸는데 오른손이 기형처럼 늘어나는 것
같은 모양이었다.

"후장(後掌)!"

자신의 강구를 권으로 막고 무서운 기세로 달려오며 장을 날리는 진
건일을 보며 화예린은 다급함을 느끼며 사상장을 다시 시전하였다.

'부처님의 손바닥이 하늘을 가리니 천지가 암흑에 잠긴다.'

화예린은 말을 내뱉을 겨를도 없이 속으로 생각하며 기형처럼 늘어
나 보이는 장력과 진건일을 향해 장을 뻗었다. 그러자 화예린의 작은
손바닥에서 나온 장력이 사람만한 크기로 변하며 진건일의 장력과 부
딪쳤다.

쿠~웅!

"윽……!"

비무대가 흔들릴 정도의 묵직한 소리와 함께 화예린의 입에서 짧은

신음 소리가 났다. 진건일도 방금 장력의 교환으로 내부가 진탕되는 것을 느꼈지만 화예린이 흘린 신음 소리를 들으며 결말을 지어야 한다는 생각에 다음 초식을 전개하였다.

"결지(結指)!"

화예린은 두 번째 격돌로 인하여 잠시 주춤하는 것 같던 진건일의 보폭이 갑자기 두 배로 늘어나는가 싶더니만 어느새 지척으로 다가오자 방비할 틈이 없었다. 이미 두 번째 격돌로 내상을 입은 상태라 사상장의 나머지 두 초식을 펼칠 겨를이 없었던 것이다. 다급함을 느낀 화예린이 막 세 번째 초식을 시전하려 할 때는 이미 진건일의 검지가 어깨 쪽 견정혈(肩井穴)에 닿아 있었다. 화예린의 견정혈에 닿은 진건일의 검지에서는 기의 덩어리가 흘러나와 아롱거리고 있었다.

"화 소저! 저에게 양보를 해주어 감사합니다."

"흥!"

화예린은 자신이 사상장을 조금 더 수련하였고 내공이 깊었더라면 소권왕 진건일과 충분히 자웅을 겨룰 수 있다고 생각되었지만 현실은 엄연히 자신의 패배였기에 가벼운 코웃음을 날리며 비무대를 내려갔다.

"와~ 아! 역시 권왕의 손자답다!"

"소권왕 만~세~"

"소권왕~"

"소권왕……!"

화예린이 비무대를 내려가자 숨죽이며 보던 관중들은 소권왕을 연신 환호하며 괴성을 질러댔다. 개봉에 있는 일반인들이 진가장의 비무대회를 보기 위하여 많이 와 있었기에 그 사람들이 환호하는 소리였다.

진건일을 이런 관중을 향하여 감사의 표시로 포권지례를 하곤 비무대를 내려갔다.

두 사람의 대결을 지켜보던 장불사는 속으로 놀라움을 금치 못했다. 두 번의 격돌이 눈 깜빡할 사이에 진행되었을 뿐만 아니라 정확성과 빠르기가 자신은 짐작조차 할 수 없었던 것이다. 또한 두 사람이 날리는 권강과 장력은 처음 보는 것이기에 더욱 놀랐다. 어제 자신이 싸운 상대가 지금 화예린과 진건일에 비해 조족지혈에 불과했다는 것을 느끼며 소삼인이 한 말이 가슴에 와 닿았다.

'음! 방금 두 사람이 사용한 무공이 권강 종류의 것이겠지. 그런데 화예린이 처음 발출한 구체덩어리는 무엇인지 모르겠구나. 그것 또한 일종의 강기일 것 같은데…….'

장불사는 방금 두 사람이 보여주었던 놀라운 무공을 잊어버린 채 화예린이 처음 펼친 백색 강구에 관심을 보였다. 어떻게 그런 현상이 일어나는지 듣지도 보지도 못했기에 호기심이 생겼던 것이다. 장불사는 옆에 있는 소삼인에게 궁금증을 참지 못하고 슬쩍 물어보았다.

"삼인 형님……! 저기 화 소저가 처음 날린 백색의 강구는 무엇입니까?"

"으음! 나도 지금 그것을 생각하고 있던 중이네. 아미파의 멸절 사태가 무공을 창안하였다는 이야기를 듣기는 했는데 그것이 무엇인지 알 수가 없으니……. 아마도 오늘 화예린이 보여준 무공이 그것이 아닌가 생각되네."

"그런데 저런 백색 강구를 날리는 무공도 있습니까?"

"아니, 나도 오늘 처음 보는 것이라네. 저런 류의 무공은 듣지도 못했다네."

소삼인의 말을 들으며 장불사는 새로운 무공이라는 것에 호기심이 더욱 커져 갔다.

"삼인 형님! 어떻게 하면 저런 백색 강구가 생길까요?"

"글쎄……. 조금 전 화예린의 동작으로 보아 양 손바닥에서 나오는 기를 모아 백색 강구를 만드는 것 같은데… 장 소제도 보았는가?"

"예! 너무 빠른 동작이라 자세히는 보지 못했지만 두 손을 합장하듯 하더니만 갑자기 백색 강구가 나오는 것을 보았습니다."

장불사와 소삼인이 화예린의 무공에 대해서 이야기하고 있을 때 가운데의 비무대 위로 진기주가 다시 올라왔다.

"이번 비무의 승자는 황보세가의 무존일권 황보관 소협과 저의 아들인 소권왕 진건일, 그리고 마협 강유주입니다. 다음 대전표의 비무자는 비무대 위로 오르시기 바랍니다."

진기주는 이번 승자의 명호를 호명하며 다음 비무자들을 비무대 위로 청했다.

장불사는 다음 사람들이 비무대로 올라와 비무대결을 어떻게 하는지도 모른 채 혼자 골똘히 생각에 잠겨 있었다. 아무래도 화예린이 날린 백색 강구에 대한 생각을 접을 수가 없었던 것이다. 양 손바닥으로 나온 기를 합쳐서는 구체를 만드는 것 같았는데 도저히 어떤 식으로 구체가 형성되는지는 알 길이 없기에 혼자 생각 중에 있는 것이었다.

'권기나 장력은 모두가 손바닥의 노궁혈로 나온 기를 다른 형태로 만들어 쏘아 보내는 것이다. 따지고 보면 권기와 장력을 구분할 필요도 없을 것이나 권기는 응집된 기를 순간적으로 끊으며 쏟아내는 반면 장력은 자신의 본신 내력을 상대방이나 다른 사물에 닿을 때까지 어느 정도 지속될 정도로 내보낸다는 것이 다를 뿐일 것이다. 음! 화예린이 두 번째 시전한 커다란 손바닥 모양도 다만 크기가 크다는 것만이 아니라 그 크기만큼의 위력도 있을 것이다. 그러려면 그만큼의 내력이 뒷받침되어야 한다는 결론이 나오는데……. 음! 진건일에게 패한 이유도 내력이 뒷받침이 안 되었기 때문이구나. 그런데 처음 시전했던 백색 강구를 계속적으로 사용했다면 더 나았을 것 같았는데 왜 연속적으로 사용하지 않았을까? 백색 강구를 만드는 데도 깊은 내력이 있어야 하나?

자신의 내공은 전무후무하다는 것을 소삼인으로부터 간접적으로 알게 된 장불사는 주위에 사람들만 없으면 화예린이 시전한 백색 강구를 만들어보고 싶은지 손을 쥐었다 폈다 했다. 장불사는 이런 자신을 주체하지 못하고 주위를 둘러보더니, 자신을 주목하며 신경 쓰는 사람이 없다는 것을 파악하자 자연스런 동작으로 양 손바닥을 모으고 기를 뭉쳐 보았다. 옆에 있는 소삼인도 이런 장불사의 행동을 의식하지 못한 듯 비무대 위의 대결만 지켜보고 있었다. 장불사는 이미 자연스런 호흡만으로도 진기의 순환이 되므로 소삼인도 알 수가 없었던 것이다.

장불사는 앉은자리에서 양 손바닥의 노궁혈을 통하여 약하면서도 천천히 기를 내보냈다. 그러자 양 손바닥을 통해 나온 기는 서로 밀며 손바닥의 간격을 벌어지게 하였다. 장불사는 양손에 힘을 주면서 다시 기를 모았으나 처음과 마찬가지로 기는 서로 밀치는 것이었다. 몇 번을 시도하여 보았지만 다른 변화는 일어나지 않고 여전히 같은 상태의 현상만이 이루어질 뿐이었다. 이렇게 계속 실패를 하자 장불사는 지금 자신이 하고 있는 방법으로는 백색 강구를 만든다는 것이 틀렸다는 생각을 하였다.

분명 백색 강구를 만드는 방법이 있지만 멸절 사태나 화예린이 알려

줄 리가 만무했고, 또 그들 외에는 아는 사람도 없었기에 다른 누구에게 물어볼 곳도 없었다. 이렇게 장불사가 백색 강구의 생각에 골몰해 있을 때 소삼인이 장불사를 흔들며 그의 생각을 끊었다.

"장 소제! 뭘 그렇게 생각하는가? 빨리 비무대 위로 오르게나. 자네 차례이네."

"예? 아……! 벌써 제 차례입니까?"

장불사가 시간 가는 줄도 모르고 백색 강구에 골몰해 있는 사이 어느새 장불사의 비무 차례가 온 것이다. 장불사는 아직도 상황 파악을 못한 사람처럼 꺼벙한 표정으로 비무대에 올랐다. 가운데의 비무대에는 이미 자신이 상대하여야 할 사람이 올라와 있었는데 하얀 피부의 잘생긴 이십 대 초반의 청년으로 고고한 인상을 풍기는 것이 귀공자형이었다.

"하하하! 저는 곤륜파의 분광일검(分光一劍) 초일(礎一)이라고 합니다. 저의 명호가 말하듯 검이 주류 무공이지만 한 가지 배운 수공이 있어 장 소협과 논해볼까 합니다."

장불사는 초일이라는 청년이 생긴 것처럼 여유자적하며 품위있게 말한다는 것을 느낄 수 있었다.

"예, 저는 장불… 수박권 장불사입니다. 많은 가르침 바랍니다."

장불사도 초일에게 정중하게 말하며 포권을 하곤 백색 강구의 생각을 떨쳐 버리려는 듯 한차례 심호흡을 하면서 수박권의 자세를 잡았다. 이런 장불사와 달리 초일은 뒷짐을 진 채 장불사의 눈만을 바라보며 전혀 준비되지 않은 듯한 허점투성이의 자세를 보였다. 초일의 이런 자세를 보며 초일이 먼저 공격할 의사가 없다는 것을 안 장불사는 선제공격을 하였다.

초일은 장불사의 위력적인 각술에 식은땀을 흘려야 했다. 오늘 아침 장불사의 특이한 행동으로 장불사가 외공 계열의 무공을 익혔다는 것을 알고 있었기에 대수롭지 않게 생각하고 있었고, 외공 계열의 하급무공은 자신이 익힌 삼음수(三陰手)가 아니더라도 내력이 담긴 간단한 격공장으로 충분하다고 생각하였다. 이런 이유로 장불사에게 선제공격을 할 수 있도록 배려(?)하며 여유롭게 행동하였던 것이었다.

그런데 장불사가 한순간에 일 장 이상을 허공으로 도약하며 엄청난 기세로 자신의 머리 위로 떨어지면서 연환각을 펼치자 기세가 심상치 않은 것을 느낀 초일은 이 장이나 뒤로 물러서면서 장불사의 연환각을 내력이 깃든 양손으로 막았는데도 손이 부서지는 것 같은 고통이 따랐다.

처음 자신의 생각대로 대수롭지 않게 막았다면 이번 일초로 손목이 부서지는 불상사와 함께 자신의 패배를 인정해야 할 뻔했기에 등 뒤로 식은땀이 흘렀던 것이다.

장불사는 초일이 반격할 틈을 주지 않으려는 듯 쉴 새 없이 초일을 몰아붙이고 있었다.

휘이익—

탁!

푸웅~!

텅~!

장불사의 연속적인 공격에 초일은 내력을 끌어올려 장불사의 권각을 하나하나 막았지만 여전히 방어하는 자신의 신체 부위들에 고통이 뒤따랐기에 영준한 얼굴은 찡그려져 있었다.

초일은 어떻게 이런 현상이 일어나는지 이해가 되지 않았다. 자신의 내력을 담아 막고 있는 손발이 외공을 익힌 장불사에게 고통을 느낀다는 것을 이해할 수가 없었던 것이다. 고통을 느낄 사람은 자신이 아니라 오히려 장불사가 되어야 당연했는데도 장불사는 아무런 고통도 느끼지 못하는 듯했기 때문이다.

아무리 좋은 외공을 익혔더라도 자신의 내력이 담긴 손발과 부딪치면 파괴되어야 하는 것이 당연한데 장불사는 그렇지가 않았던 것이다. 그렇다고 장불사가 내력으로 몸을 보호하며 공격하고 있는 것도 아니었고, 또 그런 기운을 느낄 수도 없었기에 더욱 이해가 되지 않는 것이었다.

장불사의 권각을 막고 있는 초일은 이 상태로 가다간 자신의 신체 중 어느 한곳이 탈이 날 것 같은 예감이 들자 생각을 바꾸었다. 미련하게 장불사의 공격만 막을 것이 아니라 몸을 빼어 반격을 시도하자는 생각이었다.

하지만 초일은 자신의 뜻대로 되지 않는다는 것을 곧 깨달았다. 자신의 용행보(龍行步)의 보법이면 충분히 몸을 뺄 수 있을 것이라 생각했는데 장불사를 떨쳐 버릴 수가 없었던 것이다. 그러나 용행보를 시전하면서 장불사의 권각을 막지 않고 피할 수는 있게 되었다.

이후로 장불사와 초일은 권각의 부딪침도 없이 일각여 동안 술래잡기라도 하는 듯 쫓고 쫓기고 있었다.

장불사는 초일의 신묘한 보법 때문에 그의 옷깃조차 잡을 수가 없었다. 물론 초일의 움직임을 그가 취한 사전의 준비 동작으로 알고 있었기에 따라잡을 수는 있었지만 초일이 펼치고 있는 보법의 오묘한 원리를 몰랐던 장불사로서는 이렇게 일각여 동안을 쫓고만 있는 것이었다.

'음! 이 상태로 가다간 끝이 날 것 같지가 않은데… 선천진기를 사

용하여 따라잡아야 하나! 음! 일단은 초일의 공격을 기다렸다가 맞부딪
쳐 보자.'

장불사는 더 이상의 공격은 소용없다는 생각에 초일을 따라 공격하
던 신형을 멈추고 뒤로 물러서는 초일을 보았다. 장불사의 공격이 갑
자기 멈추자 초일도 의아한 표정으로 장불사를 보고 있었다.

"장 소협……! 왜 출수를 계속하지 않습니까?"

"……."

"지금… 저를 무시하는 겁니까?"

초일은 장불사가 말이 없자 자신을 무시한다는 생각에 미간을 찌푸
리며 물었다.

"아닙니다, 오해하지 마십시오. 제가 초 소협을 따라잡지 못하니 멈
춘 것뿐입니다."

"……."

초일은 가만 생각해 보니 일견 장불사의 지금 행동이 옳다고 느껴졌
다. 장불사가 출수를 멈추지 않았다면 둘 중 한 사람이 지쳐 쓰러질 때
까지 비무대 위를 빙빙 돌아야만 했기 때문이다.

초일은 지금까지 장불사가 보여준 무공 수위를 보며 아침에 가졌던
장불사에 대한 고정관념을 버리지 않을 수 없었다.

"……."

"……."

두 사람은 한동안 아무 말 없이 서로를 보기만 하였고 초일은 이런
상태가 계속되자 참지 못하고 입을 열었다.

"장 소협! 어떻게 하자는 겁니까?"

"초 소협! 조금 전에는 제가 먼저 선제공격을 하였으니 이번에는 초

소협이 먼저 출수를 하십시오.”

초일은 장불사의 말에 내키지는 않았으나 또다시 선제공격을 내어 준다면 전과 같은 상황이 반복될 것 같았기에 장불사의 말을 따를 수밖에 없었다. 또한 자신은 아직 이렇다 할 무공도 펼쳐 보지 못한 상태였고, 자신의 절학으로 선제공격을 한다면 승산이 있을 것이라 생각했다.

“장 소협의 뜻이 그러하다면 염치 불구하고 이번엔 제가 먼저 출수하겠습니다.”

초일은 말을 하고는 내력을 끌어올리며 온몸으로 보내곤 장불사를 향해 빛살같이 다가가며 수공(手功)을 전개하였다. 곤륜파가 자랑하는 비룡축전(飛龍逐電)에 이은 삼음수라는 수공이었다. 초일은 비룡이 번개를 쫓는다는 신법의 이름처럼 엄청난 빠르기로 다가오며 음유내력의 수공을 장불사에게 시전하였다.

“헛!”

짧게 헛바람을 들이킨 장불사는 초일의 번개와 같은 빠른 신법에 놀라며 피하고는, 왜 조금 전에는 자신을 떨쳐 버리지 못했는지 이해가 되지 않는 듯 고개를 갸웃거렸다. 보법과 신법의 차이점을 모르는 장불사로서는 이해가 되지 않는 게 당연했을지도 몰랐다.

장불사에게 가까이 다가선 초일은 눈이 현란할 정도로 수공을 뿌리고 있었다.

텅~!

탕~!

장불사가 초일의 움직임을 보며 음유한 수공을 막으려 하였지만 초일의 손은 장불사의 권각에 부딪치지 않고 이상한 각도로 꺾이며 장불사의 전신을 때렸다. 하지만 충격을 받은 쪽은 오히려 초일이었다. 장불사의 공격을 받을 때와 마찬가지로 때리는 초일의 손에 충격이 왔던 것이다.

'헉……! 혹시 금강불괴……!'

초일은 곤륜파에서 비전으로 전해지는 삼음수라는 수공을 사용하는데도 자신의 손에 전해져 오는 고통을 느끼며 장불사가 이미 외공의 수련으로 인한 금강불괴는 뛰어넘은 것이 아닌가 생각하였다.

자신의 내력과 수련이 짧아 완벽하지는 않지만 조금 전에 생각했던 것처럼 외공으로 인한 금강불괴는 충분히 파괴할 수 있었고, 장불사의 전신을 때릴 때마다 쇠 소리가 나는 것으로 보아 단순히 외공으로 단련된 금강불괴는 아니라고 생각되었던 것이다.

'음! 어떤 외공을 수련하였기에 금강불괴지체처럼 되었을까! 지금의 공격으로는 장불사를 이길 수가 없다. 아직까지 완벽한 수강을 이루지는 못했지만… 어쩔 수가 없구나.'

초일은 연신 공격을 하면서 생각을 하더니만 빠르게 뒤로 삼여 장을 물러난 뒤 허공으로 도약을 하였다.

"앗!"

"오! 운룡대구식(雲龍大九式)이다!"

초일이 허공으로 신형을 날리며 신법을 펼치자 참관인석과 군중 속에서는 놀라움의 목소리가 여기저기서 터져 나왔다. 곤륜파의 가장 대표할 수 있는 무학이 운룡대구식이었는데, 이 무학이 어떤 이유에서인지 몰라도 백여 년 전에 실전되어 지금까지 전해지지 않고 있다는 것을 알고 있는 무림인들이기에 놀라고 있었던 것이다. 또한 운룡대구식은 허공에서 몸을 가누는 신법 중 중원 최고의 무학이라고 할 수 있었기에 아무나 볼 수 있고 펼칠 수 있는 무공이 아니었다.

장불사도 초일이 펼치고 있는 운룡대구식이라는 신법의 놀라움에 입을 다물지 못하고 있었다. 허공에서 신형을 이리저리 비틀며 떠 있는 초일의 모습은 정말 구름 속을 노니는 한 마리의 용과 같아 보였다.

하늘을 나는 새와 같이 허공에 떠 있던 초일은 아래에 있는 장불사를 향해 빠른 속도로 하강하며 삼음수의 수강을 연속적으로 날린 뒤 다시 허공으로 치솟아올랐다.

쉬이익!

쾅앙~!

초일이 운룡대구식의 신법을 펼치며 한 번씩 수강을 뿌릴 때마다 비무대에는 커다란 구멍이 생겨났다.

슈욱~!

쿠우웅!

장불사는 위에서 무서운 기세로 쏟아지는 초일의 수강들을 이형환위의 일종인 수박권의 보법으로 피하고 있었지만 모든 수강들을 피하지 못하고 몇 대를 몸에 맞고 말았다.

쿵! 쿵! 쿵!

초일의 수강을 맞은 장불사는 속이 울렁거리고 갑갑해지는 것을 느끼며 수강의 여파를 이기지 못하고 삼여 장을 비틀거리며 뒷걸음치더니만 엉덩방아를 찧었다. 그러나 서너 번의 호흡이 이루어지며 선천진기가 순환이 되자 내부의 울렁거림과 갑갑함은 없어졌다.

'음! 초일의 수강 같은 것들을 연속적으로 계속 맞는다면 내부가 견디기 힘들겠구나. 한 대를 맞으니 호흡하기가 곤란해지면서 선천진기의 순환이 어려워지니까 내부를 보호하던 선천진기의 흐름도 불안해져 충격이 오는구나. 으음! 내가 호흡을 할 때마다 진기의 순환이 이루어 지기 때문에 호흡이 잠시 멈추면 진기의 순환도 이루어지지 않기 때문 이구나. 무의식 중인 상태에도 진기의 순환이 이루어지기 전까지는 이 런 대결의 상황이 오면 자연적인 호흡으로 인한 진기의 순환이 아니라 의식적으로 계속해서 진기를 순환시켜야겠다. 한데 외부의 신체에는 아무런 외상이 없는 것 같은데 수강 정도는 선천진기를 사용하지 않아 도 막을 수 있단 말인가! 음! 물론 나의 몸을 감싸고 있는 현철이 일차 적으로 수강의 위력을 감소시켰겠지만…….'

초일의 수강을 맞고 엉덩방아를 찧었던 장불사는 자신이 처한 상태 를 이해하면서 아무 일 없는 듯 일어섰다.

"엇, 금강불괴다!"

"앗!"

초일의 공격을 받은 장불사가 아무 이상 없이 일어서자 또다시 참관 인석과 군중들의 입에서는 놀라움의 목소리가 터져 나왔다.

장불사의 대결을 유심히 지켜보고 있던 소삼인도 이런 광경에 넋을 잃고 바라보기만 할 뿐이었다. 만일 자신이 저런 공격을 맨몸으로 받 았다면 엄청난 중상을 입고 쓰러졌을 것이라 생각되었기에 장불사가 보여준 행동에 할 말을 잃고 있었던 것이다.

'허어! 어느 정도 짐작은 하고 있었지만 정말로 금강불괴일 줄이야! 휴우! 남궁 가주님은 이미 짐작하고 있었던 것 같은데 어떻게 알았을 까!'

소삼인은 장불사를 보면서 한편으로 서운한 감도 있었지만 저런 의 동생을 두었다는 것에 대한 자부심도 느꼈다. 자신이 가르친 수박권을 자신보다 더 능숙하게 펼치는 장불사가 대견스럽게 생각되었던 것이다.

허공에서 신형을 띄우고 있는 초일도 자신의 공격을 아무 이상 없이 받아낸 장불사를 보며 놀라움을 넘어 경악에 가까운 심정이 되었다. 자신이 펼친 운룡대구식을 겸한 삼음수는 자파의 장로들도 쉽게 막을 수 있는 성질의 무공이 아니었고, 장문인조차 함부로 펼치지 말라는 당부가 있을 정도로 위력이 있는 무공이었기에 지금의 현실에 경악하고 있었던 것이다.

물론 자신이 펼친 삼음수가 아직 미숙하고 완벽한 수강도 못 이루는 경지이지만 한 파의 수장과 자웅을 겨루기엔 충분한 수준의 무공이었기에 장불사를 제압할 수 있다고 생각하였던 것이다.

쉬이익!

꽝~!

초일은 일어서는 장불사를 향해 다시 수강의 강기를 날렸다. 하지만 조금 전과 같은 상황은 이루어지지 않았다. 이미 장불사가 의식적으로 선천진기를 순환시켰기에 내부에 충격을 줄 수 없었을뿐더러, 수박권의 이형환위 보법으로 대부분의 강기를 피하고 단 한 대의 강기만이 적중했을 뿐이었다. 다만 강기의 여파로 인하여 한두 발자국만 뒤로 물러서는 것이 고작이었다.

이런 초일의 공격이 서너 차례 더 있었지만 장불사는 무난히 피하며 안정을 찾아갔다. 이젠 초일의 공격이 더 이상 먹혀들지 않고 있는 것이었다. 운룡대구식이라는 최상의 신법과 여러 차례 수강의 강기를 사용한 초일은 내력이 급격히 떨어짐을 느끼며 마지막 일초를 위하여 남은 내력을 끌어올렸다.

이번 일초로도 장불사를 어쩔 수 없다는 것을 알고 있었지만 무인의 자존심이 걸린 문제였기에 최선을 다하려는 생각이었다. 아래로 하강하며 삼음수의 강기를 날린 초일은 내력이 소진됨에 따라 다시 신형을 허공으로 치솟지 못하고 장불사의 머리 위로 몸을 회전하면서 지나고는 비무대 위로 내려섰다.

"후욱! 헉, 헉!"

초일의 강기는 헛되이 비무대의 바닥만을 때렸고 비무대 위로 내려선 초일의 입에서는 연신 가쁜 숨소리가 흘러나왔다. 너무도 많은 내력이 소모된 초일은 비무대에 서 있을 기운조차 없었다. 장불사가 살짝만 밀어도 넘어질 정도가 된 것이었다.

사실 자신의 내력과 무공 수위로 운룡대구식과 삼음수를 펼치기엔 무리라는 것을 알면서도 이 두 무공을 함께 사용하면 장불사를 삼사 초 내에 제압하여 이길 수 있을 것이라 생각하여 사용하였기에 지금의 상태가 된 것이다.

장불사를 바라보는 초일의 표정은 의외로 담담하였다.

'세상엔 기인이사들이 바다의 모래알과 같이 많다더니… 저 장 소협을 두고 하는 말이구나. 음! 나는 정말로 어리석었구나. 장 소협과 같은 최강의 고수를 못 알아보고 삼류무인으로 취급했으니……. 삼성 수준의 운룡대구식과 오성 수준의 삼음수면 어느 누구라도 상대할 수 있을 것이라 생각했건만, 나의 자만심이 오늘의 수치를 가져왔구나. 음! 앞으로 무공 수련에 더욱 정진해야겠군.'

가쁜 숨을 내쉬며 기이한 눈초리로 바라보고 있는 초일의 앞으로 다가간 장불사는 포권을 취하며 말했다.

"초 소협의 놀라운 무공을 견식하게 되어 정말 기쁩니다. 언제 다시 한 번 겨룰 기회를 주시겠습니까?"

장불사는 진정으로 마음에 있는 말을 하고 있었다. 자신의 무공으로 초일을 이긴 것이 아니라는 것을 알고 있었기 때문이다.

"장 소협이 그렇게 말을 하니 한결 마음이 편안합니다. 제가 하고 싶은 말이었는데……. 어쨌든 오늘은 저의 완벽한 패배입니다. 장 소협의 승리를 축하드립니다."

초일은 패배에 마음이 쓰라렸지만 인정하지 않을 수 없었다. 초일은 장불사에게 축하의 말을 하고는 무거운 몸을 이끌고 비무대를 내려갔다. 초일이 내려간 후에도 참관인석과 군중들은 조용하기만 하였다.

초일이 보여준 신묘하며 위력적인 무공과 그에 맞서고도 아무 이상이 없는 장불사를 보며 모두들 할 말을 잊었던 것이다. 잠시 후 진기주가 비무대 위로 올라와 장불사의 승리를 얘기하자 군중들의 환호 소리가 들렸다.

"이번 수박권 장불사 소협과 분광일검 초일 소협의 대결에서는 수박권 장불사 소협의 승리입니다. 이상으로 여덟 분의 승자가 결정되었으니 중식 후 미시(未時:1시~3시)에 다시 비무대회를 시작하겠습니다. 여러분의 많은 관심과 호응을 부탁드립니다."

"와~ 아!"

장불사는 환호하는 소리를 들으며 비무대를 내려오고 있었지만 마음 한곳이 무거워짐은 어쩔 수 없었다.

황보세가 무존일권 황보관.

진가장 소권왕 진건일.

마협 강유주.

공동파 칠상권 양상준.

무당파 태극신권 유지태.

개방 주유개 홍성.

수박권 장불사.

소림사 사대금강 공도.

이상의 여덟 사람이 다시 승자전에 진출한 사람들로 대전표에 올라
있었고 미시에 다시 비무대회를 열기로 결정되었다.

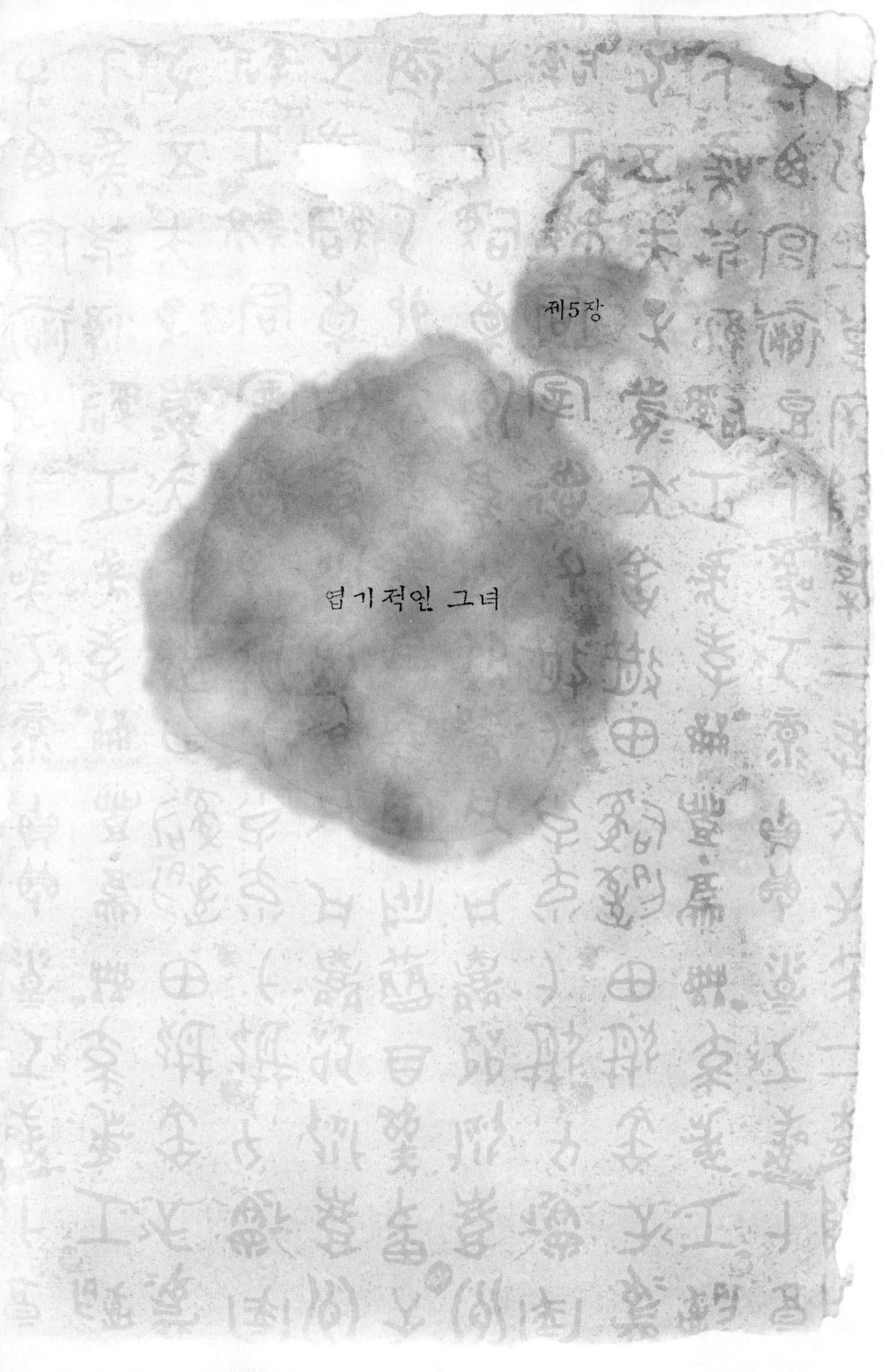

제5장

엽기적인 그녀

　　장불사는 점심을 먹는 자리에 같이 하였지만 여간 불편한 것이 아니었다. 배가 고파서 자리를 같이 한 것이 아니라 소삼인 형제에게 무슨 말이라도 해야겠는데 그들이 도저히 입을 열지 않고 식사에만 열중하고 있었기에 안절부절못하며 불편해하고 있었다.

　　분명 이번 대결로 인하여 자신에 대한 의구심을 품었을 텐데 소삼인 형제는 아무 말도 없었다. 장불사는 장내에 흐르는 무거운 분위기를 이기지 못하고 슬며시 자리를 피했다.

　　장불사가 자리를 피하고 나오자 점심 식사 내내 장불사를 힐끔거리며 보고 있던 남궁화가 수저를 놓으며 따라 나왔다.

　　"저기… 장 소협! 축하해요."

　　"아! 남궁 소저이시군요. 고맙습니다."

　　"그런데 무슨 고민이라도 있으세요?"

“아, 아닙니다.”

장불사는 소삼인에게 무슨 말을 해야 할지 사실 고민이 되었다. 소삼인이 자신에게 수박권을 가르치며 의형제까지 맺고 성심성의를 다한 반면 자신은 소삼인을 기만한 것밖에 되지 않았기에 더욱 마음이 무거워졌던 것이다.

그 당시의 상황으로는 소삼인에게 그렇게 말할 수밖에 없었고, 시간이 지나서 자신에 대한 얘기를 털어놓으려고 하였지만 여건이 여의치 않아 지금의 상태까지 오게 된 것이다.

“장 소협! 저와 얘기 좀 나눌래요?”

남궁화가 수줍어하는 표정으로 장불사에게 물었다.

“예? 저에게 뭐 하실 말씀이라도 있습니까?”

장불사가 어리둥절한 얼굴로 되묻자 남궁화는 딱히 할 말이 없어졌다.

“아니, 그것이 아니라… 그냥 담소나 나누었으면 해서요.”

남궁화는 장불사의 무뚝뚝한 말에 서운한 감이 없지는 않았으나 마음 한편으로는 가슴이 두근거리는 것을 어쩔 수 없었다.

“아! 남궁 소저! 저의 부탁 하나만 들어주십시오.”

장불사가 뭔가 생각이 난 듯 불쑥 한마디를 하였다.

“예? 무슨 일인데요?”

“일단 저의 객방으로 가시죠.”

“예? 예……!”

남궁화는 장불사가 자신의 객방으로 가자는 말에 엉뚱한(?) 생각으로 맥박이 빨라지며 얼굴이 화끈 달아올랐다.

‘어머! 내가 무슨 생각을 하고 있는 것이지…….’

남궁화는 앞서 가는 장불사를 바라보며 자신의 속마음이 혹시 들키지는 않았을까 하는 불안한 마음에 뛰는 가슴을 진정시켰다.

객방으로 들어선 장불사는 지필묵을 꺼내 들고는 무언가를 열심히 적었다. 장불사가 이리저리 골몰하며 이각 동안을 쓰고 있을 때까지 남궁화는 옆에서 조용히 지켜보기만 할 뿐이었다. 장불사는 붓을 놓고 먹물이 마르기를 잠시 기다리더니만 자신이 쓴 글을 다시 한 번 읽어 보고는 고개를 끄덕였다.

"남궁 소저! 이 편지를 삼인 형님께 전해주십시오. 부탁합니다."

"아니, 왜… 직접 전하시지 않고요?"

"저는 지금 이곳을 떠날까 합니다. 그러니 남궁 소저께서 수고를 해주시면 감사하겠습니다."

"어머! 장 소협! 떠나다니요? 비무대회도 아직 남아 있는데요."

남궁화는 장불사가 떠난다는 말에 화들짝 놀라며 물었다.

"예! 그럴 사정이 있습니다. 그래서 삼인 형님께 이 편지도 직접 전하지 못하고 남궁 소저께 부탁하는 겁니다."

장불사는 차마 자신의 고심을 남궁화에게 말하지는 못하고 재차 부탁을 하였다.

"하지만… 그런데 이렇게 급히 떠날 이유라도 있는 건가요?"

"휴우! 사실 제가 부모님을 뵌 적도 너무 오래되었고 삼인 형님께 잘못한 게 있어 얼굴을 대할 면목이 없기에 이렇게 청하는 겁니다. 남궁 소저! 다시 한 번 부탁드리겠습니다. 오후에 있을 비무대회에서 제 차례가 오면 그때 이 편지를 삼인 형님께 전해주시길 바랍니다."

"음……! 알겠어요. 그런데 지금 바로 떠나실 건가요?"

"예, 지금 떠날 생각입니다. 그럼 부탁하며, 다음에 다시 뵙겠습니다."

장불사는 남궁화에게 인사를 하곤 방문을 나섰다.

"저기… 잠깐만요, 장 소협!"

방문을 나서던 장불사는 남궁화가 부르는 소리에 고개를 돌렸다.

"예……! 무슨 할 말이라도……."

"장 소협! 지금 떠나면 낙양으로 가실 건가요?"

"예, 그렇습니다만……."

"그럼… 낙양 어디로 가면 장 소협을 다시 볼 수 있을까요?"

남궁화는 여자로서는 묻기 힘든 질문을 하고 있었지만 장불사는 전혀 알지 못한 채 친절(?)히 대답을 하였다.

"예, 저의 아버님이 낙양의 장가보(張家堡)라는 곳에서 의원을 개업하여 일을 하고 있으니 그곳으로 오시면 될 것입니다. 더 이상 할 말이 없으면 저는 이만 떠나겠습니다."

"예! 장 소협! 조심해서 가세요."

남궁화는 급히 떠나는 장불사를 한참 바라보면서 뭔가를 골똘히 생각하더니만 결심을 한 듯 아랫입술을 꼭 깨물곤 자신이 머무는 객방으로 달려갔다.

객방에 도착한 남궁화는 장불사처럼 지필묵을 꺼내어 몇 자 적더니만 장불사가 건네준 편지에 자신이 적은 글도 함께 넣고는 안절부절못하며 방 안을 갔다 왔다 하였다.

일여 각이 흐르고 남궁수와 남궁기가 방으로 들어오자 남궁화는 장불사가 건네준 편지를 남궁수에게 내밀었다.

"아버님! 이 편지를 소 총표두님께 전해주세요."

남궁수는 불쑥 내미는 남궁화의 편지에 어리둥절하였다.

"아니, 화아야! 이게 무슨 편지냐?"

"예! 저도 뭔지는 잘 모르겠어요. 다만 장 소협이 아버지를 통하여 소 총표두께 전하라는 말을 저에게 하였을 뿐이에요. 자신의 비무 차례가 오면 소 총표두님께 전하라는 말과 함께요."

남궁화도 의아하다는 표정으로 둘러대며 남궁수에게 말하였다.

"으음! 무슨 일이지……. 어쨌든 알았다. 다른 말을 없었느냐?"

"예! 다른 말은 없었어요. 그런데 아버지, 저는 잠시 저잣거리에 좀 다녀올게요."

"무슨 일로 그러는 것이냐?"

"예! 어머니 선물을 하나 살까 하고요. 얼마 전 이곳에 도착했을 때 예쁜 노리개를 보아두었거든요."

"허어! 우리 화아를 이젠 시집보낼 때가 된 것 같구나. 이렇게 어머니의 생각도 하는 것을 보니……. 그래, 너의 오빠와 같이 다녀오너라."

남궁수는 어머니를 생각하는 남궁화를 기특하게 생각하였다. 본래부터 말수가 적고 약간 소심한 성격의 남궁화였기에 항상 걱정이 따랐다. 그래서 이번 권왕의 생일을 핑계 삼아 강호 경험을 시키기 위해 데리고 나왔던 것이었다.

"아니에요, 아버지! 시간도 얼마 걸리지 않고 가까운 데 있으니 저 혼자 빨리 다녀올게요."

"으음, 그래……! 그럼 조심해서 갔다 오너라."

"예, 아버지!"

남궁화는 뭐가 그리 급한지 남궁수의 말이 끝나자마자 밖으로 달려 나갔다.

참관인석에서 비무대회를 보고 있는 남궁수는 남궁화가 걱정이 되어 비무를 하고 있는 사람들이 눈에 들어오지도 않았다. 남궁화가 밖으로 나간 지 이미 두 시진이 지났지만 돌아오지 않고 있었던 것이다.

남궁수는 남궁기를 객방으로 보내 남궁화가 왔는지 알아보고 오라는 지시를 한 상태였다. 워낙 남궁화가 타인과 어울리기 싫어하는 성격이라 혹시 객방에 혼자 있지 않나 해서였다. 남궁수가 남궁화에 대한 걱정으로 안절부절못하고 있을 때 객방으로 보낸 남궁기가 돌아왔다.

"그래, 기아야! 화아는 객방에 있더냐?"

"아닙니다, 아버님! 보이지가 않습니다."

"허어! 얘가 도대체 어디로 갔단 말이냐? 안 되겠다. 이 편지를 소 총표두에게 전하고 화아를 찾아봐야겠다."

남궁수는 참관인석을 내려와 소삼인에게로 갔다.

"소 총표두! 무슨 일이 있었는가? 영 표정이 어두워 보이는 것이 걱정거리라도 있는 겐가?"

"아! 남궁 가주님! 별일 아닙니다. 그런데 이곳엔 어쩐 일로……."

"소 총표두에게 건네줄 편지가 있어서 왔다네. 나의 여식이 장 소협에게서 부탁받은 거라며 나를 통해 소 총표두에게 전하라고 말하더군."

남궁수는 말을 하면서 품에서 꺼낸 편지를 소삼인에게 건넸다. 소삼인은 의아한 표정으로 편지를 건네받고는 봉합된 봉투를 개봉하였다. 그러자 그곳에는 두 개의 편지가 있었다. 소삼인은 머리를 갸웃거리며 편지를 읽었다.

"아버님 전상서……. 아니, 남궁 가주님, 이 편지는 남궁 소저가 가주님께 보낸 편지입니다.”

“뭣이라고요? 허~어! 어디 좀 봅시다.”

남궁수는 장불사의 편지에 남궁화의 글이 있다는 말에 놀라는 한편 어이가 없었다.

아버님 전상서.

아버지, 너무 걱정 마세요. 저는 먼저 낙양으로 떠납니다. 혹시 아버지가 너무 걱정을 하실까 봐 이렇게 글을 남기는 것이에요. 저는 장 소협을 따라갈 작정이에요. 그럼 낙양에서 다시 뵙겠어요.

불초여식 남궁화 올림.

추신:오라버니에게는 말하지 마세요.

남궁수는 남궁화의 짧은 편지를 읽고는 너털웃음을 터뜨렸다. 무엇이 그리 급한지 평소에 바른 마음가짐으로 쓰던 글이 휘갈겨져 있었고, 급히 밖으로 뛰어나가던 남궁화의 마음이 이해가 갔던 것이었다.

“허허허! 기아야, 너의 동생은 걱정하지 않아도 되겠구나. 최강의 고수가 지켜줄 것이다.”

“예? 무슨 말씀인지…….”

“허허! 별일 아니다. 우리는 느긋하게 비무대회나 구경하자꾸나. 허허! 올해에는 좋은 일이 있으려나.”

남궁수는 뭐가 그리 좋은지 연신 웃음을 흘리고 있었고, 그런 남궁수를 보는 남궁기는 평소와는 다른 아버지의 모습을 보면서 의아해했다.

소삼인도 장불사가 자신에게 전한 편지를 읽고 있었다.

삼인 형님, 그리고 중소, 삼정 형님, 먼저 죄송하다는 말 외엔 할 말이 없습니다. 이렇게 그냥 가버리는 것이 동생 된 도리가 아니라는 것을 알면서도 형님들을 뵐 면목이 없기에 글로써나마 용서를 구합니다.

저의 관한 모든 것을 솔직히 얘기했어야만 했는데 그러지 못한 저의 잘못이 큽니다. 하지만 형님들과 지내면서 그런 것은 문제가 되지 않는다고 생각하였습니다. 이미 삼인 형님은 저의 스승과 같은 분이었고 가족과 같은 정다움이 있었기에 마음으로 이미 하나라는 것을 느꼈기 때문입니다.

삼인 형님, 저에 대한 실망과 배신감이 크다는 것을 잘 압니다. 성심성의를 다해 저를 보살펴 주고 가르쳐 주신 형님께 실망을 드려 죄송할 따름입니다. 저는 부모님과 동생들도 너무 보고 싶고 하여 먼저 떠납니다. 부디 못난 아우를 용서하시고 아무쪼록 하시는 일 무사히 마치시고 낙양에서 건강한 얼굴로 뵈었으면 하는 것이 저의 소망입니다.

못난 의제 장불사 배상.

장불사의 편지를 읽은 소삼인은 마음이 착잡해짐을 느꼈다.

'허허! 장 소제의 마음을 내가 왜 모르겠는가? 정말 장 소제는 세상의 일에 욕심이 없는 순수한 사람이라는 것을 알고 있었다네. 장 소제에 대한 실망감이 없지는 않지만 그런 장 소제가 더욱 대견스럽다는 것을 왜 모르는가? 아무튼 다시 만나는 날까지 장 소제도 아무 일이 없기를 바랄 뿐이네. 오히려 이 형님은 너무 강호무림에 대하여 모르는 장 소제가 걱정된다네.'

소삼인은 오히려 세상 물정 모르는 장불사를 걱정하며 편지를 소중소와 소삼정에게 건네주었다.

"남궁 가주님! 어떻게 하실 생각입니까?"

소삼인은 남궁화의 글을 대충 보았기에 남궁수에게 물었던 것이다.

"소 총표두! 걱정할 게 뭐 있겠나. 자네도 보고 알다시피 장 소협이 충분히 지켜줄 것이네."

남궁수는 남궁기가 듣지 못할 정도로 소삼인에게 말하였다.

"하면 지금 당장 떠나지 않을 생각이십니까?"

"우린 그런 걱정 말고 비무대회가 끝날 때까지 구경하면서 같이 천천히 가세나!"

"예! 그렇게 하시지요."

소삼인은 장불사가 갑자기 훌쩍 떠나 버리자 가슴 한곳에 허전함을 느끼며 사심없는 장불사의 얼굴이 더욱 그리워졌다.

진가장에서의 비무대회는 장불사뿐만이 아니라 개방의 주유개 홍성 또한 나타나지 않아 흐지부지하여졌고, 다음날 소권왕 진건일과 태극신권 유지태의 결승에서 근소한 차이로 소권왕 진건일이 승리함으로써 막을 내렸다.

비무대회를 구경한 많은 사람들이 금강불괴가 된 수박권 장불사와 개방의 차기 방주로 꼽히는 주유개 홍성이 있었다면 더욱 볼 만했을 것이며 소권왕 진건일이 쉽게 우승하지 못했을 거라는 이야기를 하였지만 진가장에서의 비무대회는 권왕의 생일을 자축(?)이라도 하듯 소권왕 진건일의 우승으로 막을 내렸던 것이다.

진가장에서 비무대회를 끝까지 본 소삼인 형제와 남궁수 부자는 개봉에서 다시 하루를 더 보내고 함께 마차를 타고 낙양으로 향했다.

개봉을 떠난 장불사는 첫날을 제외하고는 벌써 삼 일째 노숙을 하고 있었다. 장불사는 자신의 옆에서 세상 모른 채 자고 있는 남궁화를 보니 절로 한숨이 나왔다. 아직 초저녁이었지만 하루 내내 산속을 헤매고 다닌 남궁화로서는 피곤해하던 상태였고, 그런 상태에서 장불사가 잡아와 구운 들짐승을 허겁지겁 먹고 나더니만 포만감에 잠이 들었던 것이다.

"드르릉~ 휘유우! 커~ 억! 흐훙."

남궁화는 여자가 자고 있다고는 보기 힘들 정도로 코를 골며 잠을 자고 있었다.

'휴우~! 내 어쩌다 저런 웬수(?)를 만나 가지고는 이 고생인지……'

장불사는 지난 삼 일을 생각하자 자신이 참으로도 한심스러웠다. 첫날은 조그만 객점의 방에서 잘 잤었는데 아침에 일어나 보니 남궁화가 객점에 있었던 것이다. 자신도 아버지의 일로 낙양에 가게 되었다면서 길을 잘 알고 있으니 같이 가자는 것이었다. 장불사는 그렇지 않아도 초행길이라 고민하고 있었는데 잘됐다 싶어 따라나섰었다. 그런데 길을 잘 안다는 남궁화의 말을 듣고 따라나선 결과 지금의 신세가 된 것이다.

첫날은 혹시 남궁화가 길을 잘못 들었나 생각하며 노숙을 하였지만 둘째 날도 마찬가지가 되자 장불사는 남궁화가 길을 모른다는 것을 알게 되었다. 그래서 셋째 날에는 자신이 앞장서겠다고 나섰지만 이쪽으로 가자면 저쪽으로 가자 하고, 저쪽으로 가자 하면 이쪽으로 가자 하는 남궁화의 고집(?)을 꺾을 수가 없어 지금까지 노숙을 하고 있는 것이었다.

장불사는 코를 골며 자고 있는 남궁화를 물끄러미 바라보더니만 자신의 장포를 벗어 덮어주었다. 시월의 밤기운이 쌀쌀했는지 남궁화가 몸을 움츠리며 잠을 청하는 것을 본 것이다.

"어이구! 아직 초저녁인데 혼자서 뭘 하나. 요즘엔 잠도 잘 오지 않고 내 몸이 점점 이상해져 가는데……. 모르겠다, 외공십팔형이나 수련하자."

장불사는 자리에서 일어서더니만 남궁화와 십여 장 떨어진 곳에서 선천진기를 이용한 수련을 하였다. 자신이 외공십팔형을 배우면서 지금까지 한 번도 쉬지 않고 아침저녁으로 하고 있는 것이지만 흑벽도를 떠나 지금까지 이렇게 조용한 곳에서 혼자 수련하는 것은 얼마 만인지 모를 정도였다. 새벽의 미명이 밝아오기까지 장불사는 선천진기를 사용한 외공십팔형의 수련에 모든 것을 잊고 전념하였다.

장불사는 요즘 선천진기를 사용하여 외형십팔형을 익히면서부터 자신의 신체가 변화하고 있다는 것을 느낄 수 있었다. 내부의 장기와 혈들이 최상의 상태가 되어졌고, 외공의 수련으로 인해 거칠고 모가 박혔던 피부는 허물이 벗겨지고 부드러워지면서도 더욱 단단해져 가는 것을 느꼈던 것이다. 또한 이런 신체의 변화와 더불어 자신이 호흡할 때마다 순환되는 선천진기로 인하여 잠과 허기짐이 점점 없어지는 현상들을 느끼면서 자신이 그토록 고민했던 피부 호흡의 실체에 어느 정도 접근하고 있다는 것을 알 수 있었다.

다음날 사시(巳時:9시~11시)가 될 때까지 남궁화는 잠에서 깨어날 기미를 보이지 않았다. 장불사가 외공십팔형을 끝내고 두 시진간이나 명상에 잠겨 있을 동안 잠에서 깨어나지 않았던 것이다.

'허! 피곤할 만도 하지. 삼 일 동안 길도 없는 산속을 혼자 앞장서서 헤쳐 나가더니만…….'

장불사는 남궁화의 상태를 이해 못하는 것은 아니었지만 벌써 삼 일이라는 시간을 허비하며 산속을 헤매고 다녔기에 남궁화를 깨우지 않을 수 없었다.

"남궁 소저! 남궁 소저……! 그만 일어나시지요."

"……."

"헉!"

남궁화를 깨우던 장불사는 남궁화가 잠결에 무심코 한 행동에 깜짝 놀라며 헛바람을 들이키더니 시선을 어디에 두어야 할지 몰라 했다. 자신이 덮어주었던 장포는 따듯한 햇살 때문인지 한쪽에 내팽개쳐 있었고 윗도리도 약간 풀어헤쳐져 있었던 것이다.

그런데 그런 윗도리의 옷 속으로 남궁화가 손을 집어넣으며 가슴이 가려운지 빡빡 긁는 것이었다. 그뿐이었다면 장불사가 헛바람을 들이킬 정도로 놀라지도 않았을 것이다. 가슴을 긁고 있던 손이 아래로 내려가더니만 자신의 중요 부분(?)이 있는 곳을 또다시 빡빡 긁고 있었기에 놀랐던 것이다.

여자에 관하여 별 관심이 없는 숙맥의 장불사였지만 남궁화의 이런 행동을 보자 낯이 뜨거워지며 시선을 어디에 두어야 할지 모른 채 어쩔 줄 몰라 했다.

'휴우! 무슨 여자가 저렇게 잠을 잔담……'

장불사는 도저히 다시 남궁화를 쳐다볼 수가 없자 나무 막대기를 하나 가지고 와선 뒤로 돌아 앉은 채 쿡쿡 찌르며 남궁화를 깨웠다.

"남궁 소저! 그만 일어나시지요."

그렇게 몇 번을 부르자 남궁화는 기지개를 켜며 일어났다.

"으음! 잘 잤네. 어머……! 장 공자님! 제가 얼마나 잔 것이죠?"

어느새 장불사를 부르는 호칭이 소협에서 공자로 바뀌어져 있었다.

"거의 하루의 반은 잤을 것이오."

장불사는 뒤를 돌아보지도 못한 채 남궁화의 말에 무뚝뚝하게 대답했다.

"캬아~ 악!"

"무, 무슨 일입니까, 남궁 소저?"

장불사가 남궁화의 놀라는 소리에 뒤를 돌아보자 남궁화는 자신의 윗옷과 치마를 부여잡고는 눈물을 글썽이며 자신을 보고 있는 것이었다.

"흐흐흑……! 장 공자님이 정말… 그런 분인 줄은 몰랐어요. 흐흑흑!"

남궁화는 다시 쪼그려 앉더니만 머리를 무릎에 파묻고는 흐느끼며 말했다.

"아, 아니… 무슨 말입니까?"

"엉엉……! 몰라요. 이젠 장 공자님이 책임(?)지세요. 엉엉엉."

흐느끼던 남궁화의 소리는 이제 울음소리로 바뀌어 대성통곡을 하고 있었다.

"이보시오, 남궁 소저! 도대체 내가 뭘 잘못했기에 책임지라는 말입니까?"

장불사는 영문을 모르겠다는 듯 물었다.

"엉어엉엉! 장 공자님은 본인이 한 일도 모른단 말이에요?"

"아니, 제가 뭘 어쨌다고 그러는 겁니까?"

"어쨌든… 책임지세요. 어엉엉!"

"그러니까 뭘 책임지라는 것인지 얘기를 해야 알 것 아닙니까?"

"흐흑! 장 공자님은 저의 윗옷 단추와 치마끈이 풀어진 것을 보고도 그런 말씀을 하세요? 이곳에 장 공자님과 나 외에 누가 있어 이렇게 되었겠어요. 흐흑!"

장불사는 남궁화의 말을 듣고 나니 어이가 없었다. 자기가 잠결에 한 일을 모르고 자신에게 덮어씌우고 있기 때문이었다.

"허어, 참내. 그까짓 일로 그렇게 울고불고 난리를 치며 책임지라는 말입니까?"

"뭐예요? 그까짓 일이라니요! 장 공자님은 한 여자의 순결을… 그런 짓을 하고도 죄책감이나 책임감을 못 느낀단 말씀이세요!"

남궁화는 장불사의 말에 울음을 그치고는 어이없다는 얼굴로 대들 듯 말했다.

"아니, 그게 제가 한 일입니까? 남궁 소저를 깨우려고 하는데 남궁 소저가 몸이 가려운지 가슴과 그곳(?)을 긁고 있기에 저는 뒤돌아보고만 있었습니다. 그런데도 제가 책임을 져야 합니까?"

"예? 어쨌든… 어쨌든 장 공자님이 책임지세요. 제 몸을 본 것은 사실이잖아요."

남궁화는 장불사의 말에 너무도 부끄러웠지만 억지를 부리며 자신의 치부를 가리고자 하였다.

"나는 아무것도 보지 못했으니 억지 부리지 마시오. 그만 길이나 떠납시다. 오늘은 내가 앞장을 설 테니 남궁 소저는 그저 저를 따라오기만 하십시오."

장불사는 남궁화의 말을 무시한 채 장포를 걸치고는 앞장서서 걸어갔다. 그런 장불사를 보며 남궁화는 무슨 할 말이 있는지 입술을 달싹거리며 머뭇거리더니만 끝내 말을 하지 못하고 장불사의 뒤를 따라갔다.

　장불사와 남궁화는 점심 끼니도 거른 채 산길을 헤맨 지 네 시진이 지나서야 평지의 길을 찾을 수 있었다. 뒤따라오던 남궁화가 배도 고프고 힘들다며 쉬어 가자고 하는 말을 무시한 채 길을 찾기에만 열중하며 한 귀로 듣고 한 귀로 흘려 버렸던 것이다. 자신은 허기짐을 몰랐기에 한번 고생해 보라는 식으로 지금까지 남궁화를 끌고 왔던 것이었다.

　"장 공자님, 조금 쉬었다가 가요. 이젠 더 이상 도저히 못 걷겠어요."

　평지의 제법 큰길이 나오자 남궁화는 맥이 풀리는지 주저앉으며 말했다.

　"……."

　장불사도 이쯤 했으면 고생 좀 했겠지 싶어 걸음을 멈추었다. 길바닥에 주저앉은 남궁화의 몰골은 말이 아니었다. 삼 일간 한 번도 씻지 못했을뿐더러 땀과 아침에 흘린 눈물로 인하여 얼굴에는 눈물 고랑이 새겨져 있는 것이 상거지가 따로 없었다. 장불사는 남궁화의 그런 얼굴을 보자 다시 마음이 약해졌다.

　"남궁 소저, 날도 어두워져 가는데… 조금만 더 갑시다. 오늘은 방 안에서 쉬어야 하지 않겠소."

　"흑흑! 저도 그러고 싶은데 더 이상 걸을 힘도 없어요. 오늘 아무것도 못 먹었잖아요."

　남궁화는 장불사가 다정하게 말하자 설움이 북받치는지 갑자기 흐느꼈다. 그런 남궁화를 보자 장불사는 다정하게 말한 것이 후회가 되었다. 하지만 남궁화의 입장을 생각해 본다면 그럴 만도 했다. 따지고 보면 남궁화는 장불사 하나만 믿고 지금까지 따라나섰는데 오늘 하루 내내 아무 말도 없이 걸었으니 답답하기도 했거니와 야속하게도 느껴졌을 것이다. 약 일각이 흐른 후 장불사는 다시 갈 길을 남궁화에게 재촉했다.

"남궁 소저! 이제 그만 갑시다. 이러고 있다간 오늘도 노숙을 해야 할 것입니다."

"예! 알겠어요."

남궁화는 대답하며 피곤한 몸을 억지로 일으키더니 다시 주저앉았다.

"아~ 아얏……!"

"아니, 왜 그러십니까, 남궁 소저?"

"아아! 다리가 너무 저려요. 그리고 오랫동안 걸어서인지 다리가 아파서 못 일어서겠어요."

장불사는 남궁화의 말을 듣고는 금방 어떤 상태인지 알 수 있었다. 자신도 처음 외공십팔형을 수련하면서 다음날 뭉친 근육들로 인하여 통증을 느꼈었다. 도인 체조술로 바로 풀어주기 않았다면 지금의 남궁화와 같은 상태가 됐을 것이었다.

무리한 운동 후에는 근육을 풀어야 되는데 산을 오르내리며 계속 움직이던 근육을 잠시 휴식을 취할 때 풀어주지 않고 그대로 있었기에 남궁화가 통증을 호소하며 걷지를 못하는 것이었다.

장불사는 이런 남궁화를 보며 난감해했다. 날은 벌써 저물어 어두워져 가는데 한시라도 빨리 쉴 곳을 찾아야 했기에 이러지도 저러지도 못하고 있는 것이었다.

'휴우! 업고라도 가야지 안 되겠다.'

남궁화의 주저앉아 있는 모습을 보고 장불사는 업고서라도 가야겠
다는 생각을 하며 등을 내밀었다.

"남궁 소저! 저에게 업히시지요."

"예……?"

"못 걷겠다면서요. 그러니 제가 업고 가겠습니다."

"어머! 그, 그래도 남녀가 유별한데 어찌……."

남궁화는 얼굴을 붉히며 내숭을 떨 듯 말했다.

"참내, 언제는 책임지라고 난리더니……."

"뭐라고요!"

장불사의 중얼거림에 남궁화가 발끈했다.

"업힐 겁니까, 안 업힐 겁니까? 안 업힌다면 나 혼자라도 갑니다."

"……."

"정말 안 업힐 겁니까?"

"아, 아니요. 업힐게요."

남궁화는 장불사가 혼자 간다는 말에 못 이기는 척 장불사의 등에
업혔다.

"우욱……."

"아니, 왜 그리세요, 장 공자님?"

"우욱! 아, 아니요. 괜찮으니 말하지 마시오."

"예……? 예!"

"우‥ 욱!"

장불사는 남궁화가 등에 업히자 남궁화에게서 나오는 엄청난 향기(?)
에 구역질이 치밀어 올랐던 것이다. 자신의 호흡으로 인한 선천진기의
순환이 아니었더라면 아마 기절하여 쓰러질 정도로 남궁화의 몸에서

풍기는 냄새는 고약했던 것이다. 그뿐만이 아니었다. 등에 업힌 채로 가까이에서 말을 하니 입에서 나는 냄새 또한 그에 못지않았던 것이다.

삼 일간 한 번도 씻지 않은 데다가 온 산을 헤매면서 흘린 땀이 남궁화가 뿌린 사향과 뒤섞이면서 이상한 향기가 되어 뿜어졌던 것이다. 정말 상거지에게서도 이런 냄새가 나지는 않을 것이란 생각이 들 정도였다.

장불사는 남궁화에게서 나는 이러한 향기에 몸서리가 쳐짐을 느끼며 어두워져 가는 밤길을 달렸다.

장불사는 오가는 사람이 없자 아무 거리낌 없이 속력을 내어 달렸다. 등에 업힌 남궁화의 무게는 아무런 지장을 주지 못했기에 그냥 혼자 달리는 것과 같은 속도로 달리고 있었다. 자신이 배운 외공십팔형의 마지막을 지금 유용(?)하게 써먹고 있는 것이다. 이런 상황이 아니라면 제대로 실력(?) 발휘할 기회도 없을 것이었기에 최대한의 속도로 달리고 있는 것이며 또한 남궁화의 향기(?)도 맡지 않을 수 있기 때문이었다. 이렇게 달린 지 한 시진이 지났을 무렵 멀리서 희미한 불빛이 보이기 시작했다.

"남궁 소저! 조그만 가면 될 것 같소. 저기 불빛이 보입니다."

"……."

장불사의 말에 등에 업힌 남궁화는 아무 대답이 없었다.

"남궁 소저! 불편한 데라도 있습니까?"

장불사는 불빛이 보이기 시작하면서부터 등에 업힌 남궁화가 어디가 불편한지 몸을 움찔거리며 자꾸 피식거리는 소리를 내자 물었던 것이다.

"아, 아니에요. 저기… 장 공자님! 잠시만 내려주시겠어요? 이젠 걸을 수 있겠는데……."

"아닙니다. 조금만 가면 될 것 같으니 너무 부담 갖지 마십시오."

장불사는 남궁화가 내려달라는 이유가 자신의 등에 업혀오는 것이 부담이 되어서 하는 말인 줄 알고 말하였지만 그것은 잘못된 생각이었다.

사실 남궁화는 불빛이 보이며 긴장이 풀어지자 생리적인 현상이 일어났던 것이다. 삼 일 동안 장불사와 같이 지내면서 참고 지내던 것이 이제는 더 이상 참을 수 없을 정도가 되었기에 식은땀을 흘리며 참고 있던 것이었다. 이것을 모르는 장불사가 부담 갖지 말라며 계속 달리고 있으니 죽을 맛이었다.

"자, 장 공자님, 저 좀 내려주세요."

"아니, 자꾸 왜 그러십니까? 조그만 가면 되는데……."

"그, 그게 아니라……. 제발 좀 내려주세요."

남궁화는 도저히 안 되겠는지 이제는 애원조로 말했다. 장불사는 남궁화의 말에 의아함을 느끼며 달리던 신형을 멈추고 남궁화를 내려주었다.

뿌우웅~!

장불사의 등에서 내리자마자 남궁화는 엄청난 생리적인 현상의 소리를 내며 얼굴을 새빨갛게 붉히면서 숲 속으로 달려갔다. 밤이었기에 망정이지 대낮에 보았더라면 사과보다 더 빨간 얼굴이 되었다는 것을 알 수 있었을 것이다.

뿌웅!

뿡~!

뿌붕!

숲 속으로 달려가는 남궁화는 발걸음을 옮길 때마다 계속해서 방귀를 뀌고 있었다.

"풉우웁! 하하! 핫핫핫!"

그런 모습을 보던 장불사는 웃음을 참지 못하고 대소하고 말았다. 아무리 참아보려고 하여도 터져 나오는 웃음을 삼킬 수가 없었던 것이다.

"허어! 한데 저렇게 가면 뒤처리(?)할 것이라도 있나!"

장불사는 급하게 뛰어가는 남궁화를 보며 그녀의 뒤처리 문제가 심히 걱정되었지만 그녀 자신이 잘 알아서 할 것이라고 생각하며 일(?) 마치기를 기다렸다.

그런데 장불사와 숲 속으로 들어간 남궁화의 거리가 얼마 되지 않았기에 청각이 발달한 장불사의 귀에는 생리적인 현상을 해결하는 미묘한 소리와 함께 남궁화의 지금 모습이 머리에 저절로 그려져 장불사 자신도 온몸에 힘이 들어가는 듯한 느낌이 들며 몸을 부르르 떨었다.

남궁화는 볼일을 보고 나니 난감하여졌다. 뒤처리할 것이 아무것도 없었기 때문이다. 그렇다고 장불사에게 부탁할 일도 아니고 하니 여간 당황스러운 것이 아니었다. 어쩔 수 없이 남궁화는 자신이 입고 있던 고쟁이를 벗어 뒷마무리를 할 수밖에 없었다.

일여 각이 지나자 볼일을 보러 간 남궁화가 숲에서 나왔다. 장불사는 그런 남궁화를 보며 뒤처리는 어떻게 했는지 묻고 싶은 마음이 굴뚝같았으나 차마 물어보지는 못하고 히죽거리기만 했다.

"흥! 뭘 그렇게 보며 웃는 것이에요! 쳇, 장 공자님은 이런 생리적인 현상을 해결하지도 않는 것처럼……. 어서 가기나 해요."

남궁화는 볼일 다 본 사람처럼 무슨 일 있었냐는 듯 앞장서서 걸어갔다. 그런 남궁화의 모습을 보며 뒤를 따라가던 장불사는 한줄기 불어오는 바람에 앞에서 풍겨오는 구수한(?) 냄새를 맡고는 쓴웃음을 지었다.

한 시진이 지나고서야 장불사와 남궁화는 제법 규모가 큰 마을에 도착할 수 있었다. 지나가는 행인에게 하룻밤 묵어갈 수 있는 객점이 어디인지를 묻고는 그 객점으로 들어갔다. 그렇게 큰 객점은 아니었으나 안에는 꽤 많은 사람들이 음식을 먹고 있었다. 장불사와 남궁화는 이층에 있는 객방을 하나 예약하며 자리를 잡고는 점소이를 불렀다.
"이보시오, 여기 주문 좀 받으시오."
장불사의 말에 바쁘게 손님들의 주문을 받고 음식을 나르던 점소이가 다가왔다.
"예! 어서… 우욱! 어서 오십시오. 뭘 드시겠습니까? 우욱!"
"아니, 왜 그러시오?"
"아, 아닙니다. 주문하지요. 우욱!"
"소면 한 그릇과 오리고기를 주십시오."
장불사는 이 점소이가 왜 그러는지 짐작하고는 빨리 주문을 하였다. 점소이도 주문을 받자마자 대답도 하지 않고 재빨리 주방 쪽으로 달려갔다. 아마 한바탕 토악질을 하고 있을 게 분명하였다.
"남궁 소저, 위에 올라가 씻고 난 다음 음식을 먹는 게 어떻겠습니까?"
장불사는 남궁화를 생각하여 한 말이었지만 남궁화는 장불사가 이렇게 말한 저의(底意)가 무엇인지 깨닫지 못했다.
"어머, 저는 오늘 한 끼도 못 먹었다고요. 너무 배가 고파서 안 되겠으니 우선 먹고 봐요.”

사실 남궁화는 하루 종일 굶은 데다가 삼 일간 쌓였던 체중(?)을 한 꺼번에 빼버렸으니 배가 고플 만도 했다.

장불사가 주문했던 음식이 나올 때쯤 한 사람이 장불사와 남궁화가 있는 곳으로 다가와 말을 걸었다.

“이보시오, 낭자! 정말 너무한 것이 아니오. 지금 이 객점 안에 음식을 먹고 있는 사람들을 좀 보시오. 낭자 때문에 모두가 음식을 들지 못하고 있는 것이 안 보인단 말입니까? 내가 아무리 거지라고는 하지만 낭자처럼 지독한 냄새를 풍기지는 않소이다. 얼굴은 그렇다 치더라도 몸에서 나는 냄새는 어떻게 좀 해야 하지 않겠소?”

이렇게 말을 하고 있는 사람은 자신의 말대로 완전 상거지였다. 남궁화는 거지의 말을 듣고는 객점을 둘러보더니만 장불사를 보며 말했다.

“어머, 어머, 제게서 무슨 냄새가 난다고……. 장 공자님! 말씀 좀 해보세요.”

“흠, 흠!”

남궁화의 물음에 장불사는 할 말이 없다는 듯 헛기침을 하였다. 그 때서야 남궁화는 오늘 아침에 장불사가 자신을 업을 때 하던 행동과 방금 점소이의 이상한 행동이 생각나 객점 안에 있는 사람들이 코를 막고 있는 것을 보았다.

그러자 남궁화는 상황 파악이 된 듯 얼굴을 가리며 이층의 객방으로 뛰어 올라갔다. 장불사는 뛰어 올라가는 남궁화의 뒷모습을 안쓰러운 눈으로 바라보았다.

“이보시오, 너무 심한 게 아닙니까? 남자도 아닌 여자에게… 본인에게 조용히 얘기하여도 될 것을 가지고……."

"뭐가 심하단 말입니까? 내가 조용히 얘기하였더라면 그 낭자는 거지인 나에게 냄새가 나는 것이라며 오히려 덮어씌웠을 것이오. 안 그렇소, 여러분?"

"옳소이다."

"맞는 말입니다."

객점의 이곳저곳에서 거지의 말에 맞장구를 치는 소리가 들렸다. 특히 거지와 같은 일행인 듯한 자리에서 더욱 큰 소리가 나왔다. 장불사는 이 거지의 말에 약간의 억지가 있다는 것을 느끼면서도 남궁화에게서 나는 냄새가 심하다는 것은 인정하지 않을 수 없었다.

"……."

"흥! 저런 낭자와 같이 동행한 소협의 몸에서도 지독한 냄새가 나는 것이 아닌지 모르겠소이다."

거지는 동료들과 객점 안 사람들의 호응에 힘입어서인지 장불사에게 한마디를 던졌다.

장불사는 거지가 던지는 말에 시비조의 어감이 서려 있다는 것을 느꼈다. 하지만 그런 말에 자신이 대응해 봐야 득 될 것도 없다 싶어 대꾸를 하지 않았다.

"……."

"쳇, 냄새 나는 계집을 데리고 다니면서 고고한 척하기는……."

거지가 다시 한 번 중얼거리며 자기의 자리로 돌아가려고 하였다. 하지만 그 말을 들은 장불사가 조용히 입을 열었다.

"잠깐만. 그 말은 취소하십시오."

"왜? 내 말에 걸리는 것이 있나 본데… 취소 못하겠다면 어쩔 것이냐?"

"으음! 내가 고고한 척한지는 모르겠으나 냄새 나는 계집이라는 말은 취소하십시오."

장불사의 표정으로 보아 속에서 끓어오르는 혈기를 참는 듯했다. 남궁화에 대해 이미 뭇사람에게 충분한 모욕을 준 것으로도 모자라 거지가 이렇게 말을 하니 참기가 힘들었던 모양이다.

"참내, 꼴에 사내라고 그런 냄새 나는 계집을 감싸고 돌기는……. 나는 내가 한 말을 취소할 의향이 없으니 어떻게 했으면 좋겠소?"

거지는 장불사를 무시하는 듯한 태도로 빈정거렸다.

꽝~!

"취소하시오."

"엇!"

장불사가 앞의 식탁을 내려치며 두 쪽을 내자 거지는 의외라는 듯 놀라며 두어 걸음을 물러섰다.

"호오! 뭔가 한수 숨겨둔 게 있는 모양인데……. 그렇게는 못… 으악!"

쿵!

거지는 채 말을 끝내지도 못하고 장불사의 빠른 발차기에 가슴을 맞고는 일 장여 떨어진 객점의 벽으로 날아가 처박혔다. 객점 안에 있는 사람들은 장불사가 언제 움직였는지도 모를 정도였다. 탁자를 내려칠 때의 모습 그대로 장불사가 서 있었기에 전혀 거지에게 손을 쓰지 않은 것처럼 보였기 때문이다.

장불사는 빈정거리듯 말하는 거지의 말에 자신도 모르게 욱하는 성질을 못 이겨 손을 쓰게 된 것이다.

"앗! 분타주님!"

"억! 상 분타주님……!"

갑작스런 비명 소리에 깜짝 놀란 십여 명의 동료들은 재빨리 상 분타주를 부축함과 동시에 일사불란하게 장불사를 에워쌌다.

장불사에게 맞은 거지는 개방의 호북(湖北)의 섬서(陝西) 분타주(分舵主)로 일도비개(一刀飛丐) 상천(桑川)이라는 자였다. 개봉 총단에서 분타주급 이상의 회합이 있어 참석하였는데 그곳에서 집법 장로와 사대호법 장로들에게서 자신의 지나친 독단과 방의 규율을 소홀히 하였다는 잔소리와 호통을 들은 터라 심히 기분이 울적해 있던 상태였다. 그래서 그리 좋지 않은 기분으로 분타의 방도들과 술잔을 기울이며 장로들을 안주 삼아 씹고 있었는데 장불사와 남궁화가 들어오게 된 것이다.

처음엔 그저 한 쌍의 남녀구나 생각하며 술을 기울이는데 갑자기 남궁화에게서 자신들도 흉내(?)조차 낼 수 없는 역겨운 냄새가 풍겨오자 심히 뒤틀려 있던 심사가 더욱 불쾌해졌다. 그렇지 않아도 어디 분풀이를 할 곳이 없어 속으로 삭이고 있던 차에 남궁화에게 역겨운 냄새가 풍겨오자 옳다구나 싶어 시비를 걸게 된 것이었다.

장불사는 허우대만 멀쩡해 보이는 촌놈 같았고 남궁화는 누가 보더라도 자신들 못지않은 거지꼴이었기에 자신의 화풀이 상대로 적당하다고 생각되었던 것이다.

"당신들은 물러서십시오. 나는 다만 저자가 한 말을 취소하기만 바랄 뿐입니다. 그러니 그만 물러서시지요."

장불사는 개방 방도들의 행동을 보며 낮게 깔리는 목소리로 정중히 충고하였다. 하지만 개방 방도들은 그런 장불사의 말에 씨알도 먹히지 않는 말은 하지도 말라는 듯 흉흉한 눈길로 바라볼 뿐이었다.

"으억! 네놈이 감히 나를 쳐……! 으으! 뭣들 하는 것이냐! 당장 저 놈을 요절내지 않고……!"

일도비개 상천은 자신이 방심한 사이에 장불사에게 맞았다고 생각 되자 분기탱천하여 외쳤다. 상천의 외침에 십여 명의 개방 방도들은 장불사에게 거의 무식하다 싶을 정도로 덤벼들었다.

휘이익—

우지직!

십여 명의 개방 방도들이 한꺼번에 움직이며 손발을 놀리자 객점 안 은 한순간에 아수라장으로 변했다.

휘익~

콰앙!

탁자들이 부서지는 소리와 함께 십여 명의 권각이 난무하였지만 장 불사가 보기엔 어린애들의 손장난 수준으로 보였다. 이미 진가장 비무 대회에서 지금의 개방 방도들과는 비교도 안 되는 고수들과 붙어본 경 험이 있었기에 수월하게 피하면서 상천만을 노려보았다.

한 발자국 내에서 움직이는 장불사의 신형은 하체는 고정된 채 상체 만이 바람에 이리저리 흔들리는 촛불처럼 보였다.

객점 안은 이미 난장판이 되었고 식사를 하던 사람들은 한쪽으로 물 러나 구경을 하고 있는 상태였다. 객점 주인과 점소이는 탁자와 의자 들이 부서질 때마다 몸을 움찔거리면서 안절부절못하며 어쩔 줄 몰라 했다. 이런 싸움이 있을 때마다 기물이 파손되어 손해 보는 것이 이만 저만한 것이 아니었기 때문이다.

개방 방도들의 권각을 피하며 상천만을 노려보고 있던 장불사가 상천에게 다시 말을 하였다.

"동료들을 물러나게 하시오."

장불사는 조금 전 자신의 성질을 이기지 못하고 순간적으로 상천에게 손을 쓴 것이 마음에 걸려 더 이상 다른 사람을 다치게 하고 싶지 않았기에 이렇게 말을 한 것이었다.

하지만 상천은 부하들의 권각을 너무 쉽게 피하며 말을 하는 장불사가 더욱 오만하게 보이자 자신이 입은 상처도 잊고서 같이 공격을 하였다.

"이익, 무슨 잔소리냐! 애들아, 더욱더 몰아붙여라!"

상천의 말에 개방 방도들은 한 대도 맞지 않은 장불사를 죽자 사자 물고 늘어졌다. 이런 상황이 되자 장불사가 도저히 말로는 안 되겠다 싶어 손을 쓸려는 찰나 속삭이는 듯한 소리가 귀에 들려왔다.

"손속에 사정을 두십시오, 장 소협!"

장불사는 자신의 귀에 들리는 소리에 잠시 멈칫하였지만 이내 빠르게 개방의 방도들을 제압하였다.

퍽!

"억!"

장불사가 손발을 놀릴 때마다 개방의 방도들은 하나둘씩 쓰러져 갔다.

점혈(點穴)은 아니었다.

장불사는 점혈이라는 것은 몰랐지만 이미 신체에 대한 혈들과 근육들에 대하여 속속들이 알고 있었던 까닭에 어떤 부위와 어떤 곳을 때리면 잠시 힘을 쓰지 못한다는 것을 알고 있어 그곳을 약하게 가격했던 것이다. 신체의 중요한 혈들은 조그만 힘에도 반응하여 즉사(卽死)

할 수도 있었기에 주로 근육들을 가격하였다. 자신의 귀에 들린 소리도 있고 하여 허벅지와 명치를 가볍게 친 것이었다.

허벅지를 맞은 사람은 한쪽 다리를 질질 끌면서 물러나고 있었고 명치를 맞은 사람은 그 자리에 엎어지며 한동안 숨을 쉬지 못하겠는지 컥컥거리고 있었다. 상천은 자신을 포함하여 부하들이 눈 깜짝할 사이에 모두 쓰러지자 그때서야 상황 파악이 된 듯 놀란 눈을 뜨고는 장불사를 바라보았다.

"조금 전에 했던 말은 취소하시오."

장불사는 그런 상천에게 다시 한 번 말하였다.

"이익……. 취, 취소하겠소… 대협!"

상천은 상황이 어쩔 수 없게 되자 결국은 노기를 속으로 삼킨 채 장불사에게 취소한다는 말을 하였다.

"좋소이다. 그 말이 진심이기를 바라겠소."

장불사는 상천이 하는 말에 진심이 깃들지 않았다는 것을 알았지만 모든 사람이 보는 앞에서 취소의 말을 들었기에 이 일을 마무리 짓고 싶었다. 상천은 잠시 장불사의 눈치를 살피더니만 부하들을 이끌고 객점 밖으로 도망치듯 나갔다.

"이렇게 식사 도중에 소란을 피워 죄송합니다. 여러분께 진심으로 사과드립니다."

장불사는 한쪽 구석에서 식사를 하다 말고 구경하고 있던 사람들에게 포권을 지어 보이며 사과의 말을 하였다. 그리고는 조금 전 자신의 귀에 들렸던 소리가 누구에게서 나온 것인지 몰라 두리번거렸다.

"하하하! 고맙습니다, 장 소협! 저희 방도들이 무례하게 굴었던 점은 제가 사과드리겠습니다."

“음……! 저를 알고 있습니까?”

장불사는 구경하던 사람들의 틈을 비집고 나오는 이십 대 후반의 또다른 거지를 보며 의아한 듯 물었다.

“하하! 알다 뿐이겠습니까. 장 소협의 무공도 얼마 전에 견식한 바가 있고, 잘못했으면 한바탕 손속을 겨룰 뻔도 했습니다. 어쨌든 저희 방도들에게 사정을 봐주어서 감사합니다. 차후 상 분타주는 제가 방규에 따라 처벌하겠습니다. 아하! 저는 주유개(酒儒丐) 홍성(洪成)이라고 합니다.”

“아~! 개방의 홍 대협이시군요. 반갑습니다.”

장불사는 홍성이 자신을 소개하자 그때서야 진가장 대전표에서 본 이름이 얼핏 기억이 났던 것이다.

“장 소협! 조금 전의 일은 마음에 두지 마시기를 바랍니다. 그리고 오늘 일에 대한 사과로 제가 한잔 대접하겠으니 거절하지 마십시오.”

“음! 홍 대협께서 사과까지 할 필요가 있겠습니까! 그리고 그 상 분타주라는 사람의 말도 틀린 것이 아니니……. 어쨌든 이렇게 만나게 되어 반갑습니다.”

홍성은 주인을 불러 주변을 정리하고 파손된 기물에 대하여 배상을 하고는 간단한 술안주와 죽엽청을 주문하였다. 잠시 후 객점은 다시 원상태로 되었고 홍성과 장불사는 술자리를 같이 하게 되었다.

“장 소협! 한데 진가장을 떠난 지 나흘이나 지났는데 아직 개봉 근처에 볼일이 있었던 것입니까? 금릉삼협의 형제 분들은 낙양 쪽으로 간다고 들었는데…….”

“예? 여기가 개봉에서 멀지 않은 곳입니까?”

장불사는 자신이 있는 곳이 개봉 근처라는 말에 깜짝 놀라며 되물었

다. 삼 일 동안 산길을 헤매었어도 꽤 멀리 갔다고 생각하였는데 홍성
의 말을 들으니 개봉에서 얼마 되지 않는 거리라고 생각됐기 때문이
다.

"예! 개봉에서 한 삼십여 리 떨어진 곳입니다. 그런데 왜 그렇게 놀
라는 것입니까?"

"아, 아닙니다. 술이나 한 잔 주십시오."

장불사는 측은하게 생각되었던 남궁화가 갑자기 미워지기 시작했
다. 남궁화만 아니었다면 한참을 가도 갔을 것이고, 이렇게까지 다른
사람들과 싸우지도 않았을 것이기에 남궁화가 원망스럽고 미워졌던 것
이다.

장불사는 한 번도 마시지 않았던 술을 홍성이 따라주자 단숨에 들이
켰다. 잠시 뱃속이 화끈거리며 취기가 올라왔지만 몇 호흡이 이루어지
자 진기의 순환으로 인하여 술의 탁기가 몸 밖으로 배출되면서 맨정신
이 되었다.

장불사는 자신의 그런 몸 상태를 보면서 한편으로 어이가 없었다.
모든 것을 잊고 싶어 술에 취해보려고 하였는데 그것마저 뜻대로 되지
않기에 슬슬 짜증이 나려고 하면서 모든 것이 남궁화 때문이라는 생각
까지 들었던 것이다.

장불사는 자신의 이런 기분을 잊기 위해 화제를 다른 곳으로 돌렸
다.

"홍 대협! 진가장에서의 승부는 어떻게 되었습니까?"

"하하! 저도 일단 한 잔 따라주십시오. 제 뱃속에서 술을 달라고 날
립니다."

"아! 죄송합니다. 한 잔 받으십시오."

홍성은 장불사가 따르는 술을 단숨에 비우더니만 말을 하였다.

"일단 호칭이나 바꿉시다. 소협이니 대협이니 하니까 영 껄끄러워서……. 뭐, 금릉삼협의 형제 분들에게도 형님이라고 하는 것 같던데… 우리도 호형호제(呼兄呼弟)합시다."

홍성의 말에 장불사는 흔쾌히 응하며 서로의 나이를 묻고는 형님 아우 하며 호형호제하는 사이가 되었다. 홍성은 몇 잔의 술을 다시 들이키고는 진가장에서 있었던 일을 얘기하였다.

"장 아우가 떠나고 난 뒤 사실은 나도 참석을 하지 않아 잘은 모르지만 들리는 얘기에 소권왕 진건일이 태극신권 유지태를 이겼다고 들었네."

"아니! 형님도 그만두었습니까?"

"그렇다네. 장 아우가 없어진 걸 알고 나는 그 비무대회에 흥미를 잃었네. 장 아우와 한번 겨루어보고 싶었는데… 당사자가 없어졌으니 흥미가 생겨야지. 그래서 나도 그만두었다네. 하하! 지금도 장 아우와 한번 겨루어보고 싶은 심정이네. 언제 장 아우의 진정한 실력을 볼 수 있는 기회를 주게나."

"아이고, 형님도. 제가 무슨 실력이 있다고……. 오히려 제가 형님에게 배워야죠."

홍성과 장불사는 이런저런 얘기를 나누며 시간 가는 줄도 모른 채 술을 마셨다. 객점에 있던 손님들도 어느새 한 명 두 명 떠나고 두 사람만이 남았을 무렵 이층에서 남궁화가 내려왔다.

"저기… 장 공자님……!"

한참 홍성과 얘기를 나누고 있던 장불사는 남궁화의 목소리에 흠칫하며 고개를 돌렸다. 홍성이 어떻게 남궁화와 같이 오게 되었는가를 묻기에 지금까지의 사연을 간단히 이야기하고 있던 참에 남궁화가 부르는 소리를 들었던 것이다. 그래서 혹시 자신들이 나누는 얘기를 남궁화가 듣지 않았나 싶어 장불사는 흠칫했던 것이다. 남궁화의 웃지 못할 사연(?)을 홍성에게 말하고 있었기 때문이다.

"흠흠! 아니, 남궁 소저, 밤도 깊었는데 자지 않고……."

"예……! 배가 고파서… 잠이 오지를 않네요."

남궁화는 사실 이미 오래전에 이층에서 서성거리고 있었다. 욕탕에서 삼 일 동안 씻지 못한 것을 분풀이라도 하듯 몸을 빡빡 밀며 깨끗이 씻고는 점소이가 사다 준 옷으로 갈아입었지만 차마 얼굴을 들고 다시 나타날 수가 없었던 것이다. 아직 객점 안에는 자신의 향기롭지 못한 냄새를 맡은 사람들이 남아 있기에 배고픔을 견디며 있다가 장불사와 홍성만이 남게 되자 지금에서야 내려오게 된 것이었다.

장불사는 남궁화의 배고픈 사정(?)을 알고 있었기에 점소이를 불러 오리고기를 시키고는 홍성을 소개하였다.

"남궁 소저! 이쪽은 개방의 주유개 홍성 형님입니다."

"반갑습니다, 남궁 소저! 남궁 가주님은 평안하신지요?"

"예! 홍 대협의 명성은 익히 들었습니다. 이렇게 만나게 되니 영광이에요."

남궁화는 홍성과 인사를 하면서 얼굴이 발갛게 변하였다. 분명 홍성도 얼마 전에 있었던 자신의 수치스러운 일을 알고 있다고 생각되었기에 얼굴을 들 수 없을 정도로 부끄러워졌던 것이다.

통성명을 나눈 후 세 사람은 한동안 할 말이 없어 침묵만을 지키고 있었다. 장불사와 홍성은 또다시 남궁화가 자존심에 상처받는 일이 생길까 싶어 말을 자제하였고, 남궁화는 자신의 사건으로 인하여 꿀 먹은 벙어리처럼 할 말이 없어졌던 것이다.

　잠시 후 점소이가 오리고기를 내어오자 남궁화는 두 사람의 눈치를 살피는가 싶더니만 누가 뺏어 먹기라도 하는 듯 허겁지겁 오리고기를 입으로 쑤셔 넣고는 씹지도 않은 채 삼키는 듯했다. 한마디로 게걸스럽게 먹는다는 표현이 딱 어울리는 장면이었다. 장불사와 홍성은 그런 남궁화의 모습을 보며 웃음을 참느라고 얼굴색이 변할 정도가 되었다.

　그날 밤 장불사는 남궁화가 방을 들락거리는 소리를 밤새도록 들어야 했다. 기름진 오리고기를 먹은 남궁화가 뒷간을 갔다 왔다 했기 때문이다. 정말 남궁화는 장불사가 보기엔 엽기적인 그녀였다.

　다음날 주유개 홍성은 개방 총타에서 급한 연락을 받고는 다음에 다시 만나면 꼭 한 번 겨루어보자는 말과 언제 수소문했는지 낙양의 길을 잘 알고 있는 마부를 마차와 함께 건네주고는 떠났다.

　마차를 타고 가는 장불사는 너무도 무료했다. 첫날은 중원 각처의 풍경과 명소에 대한 남궁화의 조잘거리는 소리를 들으며 그런대로 지낼 만하였는데 그 다음날부터는 남궁화의 그런 소리조차 시끄럽게만 느껴졌던 것이다.

　또한 갈 길은 먼데 이곳저곳을 구경하며 유람이나 나온 듯하는 남궁화의 태도도 못마땅한 것이었다. 그렇지 않아도 자신 때문에 사흘이라는 시간을 허비하였는데 유람 나온 사람처럼 한가로이 구경이나 하며 가자니 어처구니가 없었던 것이다.

　장불사는 그런 남궁화를 어르고 달래고 하였지만 그녀의 고집(?)엔 소 귀에 경 읽는 소리나 마찬가지였다. 끝내 남궁화의 고집을 꺾지 못한 장불사는 자신의 무료함을 달래기 위해 뭔가를 찾지 않으면 안 되었다.

　이런저런 생각을 하던 장불사는 달리던 마차를 잠시 세워달라 마부에게 말하고는 밖으로 나가더니만 한 아름의 나무 막대기를 안고 들어왔다.

　"어머, 장 공자님! 그 많은 나무 막대기는 무엇에 쓰려 가지고 온 것이에요?"

　남궁화는 장불사가 나무 막대기를 들고 마차 안으로 들어오자 의아한 듯 물었다. 하지만 장불사는 남궁화의 말에 대답도 않은 채 나무 막대기를 만지작거리면서 검기에 대한 생각에 잠겼다.

　'진기로 나무 막대기를 보호하는 데까지는 성공하였는데……. 일단은 다시 시작해 보자.'

　장불사는 진기를 나무 막대기로 보내어 외부를 보호하여 보았다. 덜컹거리는 마차 안에서 집중하기가 쉽지는 않았지만 그런대로 나무 막대기의 외부를 보호할 수 있었다. 나무 막대기의 외부를 보호하는 데 무리가 없자 그동안 미루어왔던 나무 막대기 내부에서의 진기 순환을 시도해 보려고 천천히 진기를 내부로 주입하였다.

　그러자 나무 막대기는 잠시 부르르 떨면서 약간의 진동을 보이더니만 '퍽' 하는 소리와 함께 앞쪽이 터지는 것이었다. 이런 현상에 장불사는 이상하다는 듯 고개를 갸웃거리면서 다시 시도해 보았지만 여전히 막대기의 앞부분이 터지는 것이었다. 이렇게 십여 차례를 계속하였지만 결과는 마찬가지였다.

　"쳇, 어디에서 들은 것은 있는 모양인데 자세한 방법은 모르는 모양이군요."

　남궁화가 자신의 말을 무시한 채 이상한 짓(?)을 하고 있는 장불사를 지켜보고 있다가 심술이 난 말투로 한마디를 던졌다.

"아! 남궁 소저! 무슨 말인지……."

"장 공자님이 지금 하고 있는 것이 검기를 발출하기 위한 것 같은데… 맞아요?"

"호오! 그걸 어떻게……."

장불사는 남궁화의 말에 뜻밖이라는 듯 물었다.

"흥! 제가 무공에 소질이 없어 얼마 배우지는 못했지만 우리 가문이 검으로 이름을 떨치고 있다는 사실은 알고 있겠죠?"

"물론입니다. 그런데 그것이 무슨 상관입니까?"

장불사는 소삼인으로부터 남궁세가에 대한 이야기를 대충 들은 적이 있기에 수긍을 하였지만 남궁화가 묻는 말의 저의가 무엇인지 몰랐기에 되물었다.

"차암! 제가 이렇게 말하는 이유가 뭔지 모르겠단 말씀이세요?"

"허어, 모르니까 묻는 게 아닙니까!"

장불사는 정말 영문을 모르겠다는 듯 말했다.

"어휴! 내가 말을 하지 말아야지……. 장 공자님! 지금 장 공자님이 하고 있는 방법으로는 백날 해봤자 소용없어요."

"예……? 다른 방법이 있습니까?"

"제가 무공을 깊이 배우지는 못했지만 이론상으로는 웬만한 고수들 못지않아요. 흥! 왜 제가 우리 가문의 이름까지 들먹였는지 정말 모르겠어요?"

장불사는 그때서야 남궁화가 왜 답답해하며 한숨까지 내쉬었는지 알 수가 있었다.

"아이고! 남궁 소저! 좋은 방법이 있으면 좀 가르쳐 주십시오."

장불사는 물에 빠진 사람이 지푸라기라도 잡는 것처럼 남궁화에게 사정을 하였다.

"흥! 세상에 공짜가 어디 있어요. 음……! 제가 부탁하는 것 한 가지만 들어주면 말해 줄 수도 있는데……."

"말씀하십시오, 남궁 소저! 어떤 부탁입니까? 제가 할 수 있는 일이라면 무엇이든 들어주겠습니다."

"좋아요. 그러면 제가 부탁하고 싶은 것은… 아니, 다음에 얘기할게요. 언제든지 한 번은 저의 부탁을 들어주어야 해요, 장 공자님!"

"좋습니다. 의(義)에 어긋나는 일만 아니라면 언제든지 좋습니다."

"남아일언(男兒一言)……."

"중천금(重千金)입니다."

장불사는 검기에 대한 거듭되는 실패로 고심을 하던 차에 남궁화가 잘 안다는 듯 말을 하자 사나이의 맹세까지 걸며 도움을 청하였다.

"호호! 장 공자님을 한번 믿어보죠. 그러면 어떤 부분이 잘 안 되는지 얘기해 보세요."

"음! 삼인 형님의 말을 빌리자면 일반적으로 검기를 발출하는 방법은 대동소이(大同小異)하다고 들었습니다. 즉, 먼저 진기로 검을 보호하고 그런 다음 검에 진기를 끊임없이 주입하여 순환시키면서 검끝으로 검기를 발출한다는 것입니다. 저도 그렇게 생각하여 일단은 진기로써 나무 막대기의 외부를 보호하는 데까지는 성공하였는데 나무 막대기 내부로 진기를 주입하여 순환시키고자 하니 이렇듯 계속 막대기의 앞부분이 터져 버리는 것입니다."

장불사는 자신의 발치에 널려 있는 나무 막대기를 가리키며 조금 전의 상황을 남궁화에게 말하였다. 장불사의 이야기를 들은 남궁화는 잠시 뭔가를 골똘히 생각하더니만 장불사를 보며 물었다.

"장 공자님! 혹시… 검법을 배웠나요?"

"아닙니다. 검이라는 것을 잡아보지도 못했습니다. 삼인 형님에게 배운 권각술이 제가 배운 무공의 전부입니다."

"아! 그렇군요. 그런데 검법도 배우지 않았는데 검기에 대한 생각은 어떻게 하셨죠?"

"음! 제가 배운 권각술의 권기를 생각하다가 검기와는 다르다는 것을 알고 관심을 가지게 되었습니다."

장불사는 그동안 자신이 생각하고 또한 소삼인과 나누었던 대화의 일부를 간단히 요약하여 잠시 남궁화에게 말해 주었다.

"장 공자님의 얘기를 듣고 보니 권기에 대해 잘 몰랐던 부분도 알 것 같군요. 음! 장 공자님이 생각하고 있는 검기에 대한 것이 잘못된 것은 아니에요. 그런데 그런 식으로 검기를 발출한다면 문제가 있어요. 만일 엄청나게 빠른 쾌검을 쓰는 사람이나 비도술에 능한 사람과 대처하게 되었을 때라면 검기를 발출하기도 전에 먼저 상대편에게 당하게 될 것이에요. 그리고 지금 장 공자님이 하고 있는 방법에는 한 가지 잘못된 점이 있기에 나무 막대기의 앞부분이 계속해서 터져 버리는 것이죠."

"남궁 소저! 무엇이 문제인 겁니까? 저는 아무리 생각해도 모르겠는데……."

"훗! 뭐가 그리 급하세요. 언제는 말대꾸조차 안 하시더니……."

"예? 예……!"

장불사는 조금 전 자신의 말과 행동에 대하여 약간의 부끄러움을 느꼈는지 머리를 긁적거렸다. 자신이 조금 이기적이지 않았나 하는 생각이 들었던 것이다.

하지만 남궁화의 철없는(?) 행동에 장불사로서는 어쩌면 당연한 것인지도 몰랐다. 부모님과 동생들을 만나본 지가 오래되었는데 그것을 모르는 남궁화가 시간을 끌며 장불사의 발목을 잡고 있으니 말대꾸조차 하기 싫을 만도 했던 것이다.

"장 공자님의 말대로 일반적인 검기의 발출법은 그와 같은데 장 공자님이 한 가지 몰랐던 점은 진기를 나무 막대기에 주입하는 방법이 틀렸다는 것이에요. 분명 장 공자님은 진기를 손잡이 있는 부분에서 주입하였을 것이에요. 제 말이 맞죠?"

"예! 그렇습니다. 그것이 잘못된 방법입니까?"

"그래요. 처음 나무 막대기의 외부를 보호하던 진기로 동시에 나무 막대기의 전체에 주입하여야 해요. 장 공자님처럼 손잡이 있는 부분에서 주입하면 검이라도 앞부분이 터지고 말 것이에요. 생각해 보세요. 아무리 진기가 검을 보호하고 있더라도 그보다 강한 진기가 한쪽에서 밀려들면 진기를 순환시키기도 전에 검의 뾰족한 부분이 박살나거나 부러지겠죠. 그리고 검의 끝 부분이 가장 약한 곳이니까 진기는 그쪽으로 나가려고 하겠죠. 물론 검날 부분도 약하지만 진기가 빠져나가려고 하는 쪽은 검날보다 검의 끝 쪽이겠죠. 검에 진기를 주입하여 순환시키면 검날과 검끝에서 검기가 나오는 것은 이 때문이에요. 그러니까 앞에서 제가 얘기한 것과 같이 검을 보호하고 다시 검에 진기를 주입하여 검기를 발출하려고 할 땐 이미 늦다는 이유가 무엇인지 알겠죠? 검을 보호함과 동시에 검에 진기를 주입하여 순환시켜야 검기가 발출되는 것이에요. 즉, 검을 뽑음과 동시에 검기가 발출되어야 한다는 말이에요."

"아~! 알겠습니다. 정말 고맙습니다. 남궁 소저의 말을 들으니 이제야 알 것 같습니다."

장불사는 남궁화의 말을 듣자 확연히 검기라는 실체에 대해서 깨닫게 되었다. 자신은 소삼인의 말을 듣고 자신의 생각과 일치하기에 깊이 묻지 않은 것인데 이렇게 남궁화의 말을 들으니 자신이 생각하고 있던 방법이 틀렸다는 것을 알 수 있었던 것이다.

"참! 장 공자님의 내공 수준이 어느 정도인지 모르지만 검기나 검강을 시전할 때 그에 맞는 검이 필요하거든요. 음… 검기는 일반 청강검이면 충분한데 검강을 펼칠 수 있는 검은 청강검에 약간의 현철 등이 섞인 강도가 강한 검이라야 된답니다. 더욱 강한 검강을 펼치려면 흔히 말하는 보검 정도의 수준은 되어야 해요. 뭐, 내공이 무궁무진(無窮無盡)하다거나 심검의 경지에 이르렀다면 나무 막대기라도 보검이 되겠지요."

남궁화의 말에 장불사는 자신의 수준을 생각해 보았다. 자신은 나무 막대기라도 충분히 검기나 검강을 시전할 수 있을 것 같다는 생각을 했다. 이제 검기의 시전 방법을 알았으니 실천에 옮기는 것만 남아 있는 것이다.

"남궁 소저! 한 가지만 더 물어보겠습니다. 검강도 검기와 같은 방법으로 펼치는 것입니까?"

"음……! 검강에 대한 것은 잘 모르겠어요. 검강의 경지는 어떤 깨달음이 있어야 된다는 얘기를 아버님께 들은 것 같아요. 하지만 검강도 어느 정도 내공의 뒷받침이 된다면 검기와 같은 방법으로 펼치지 않을까 생각해요."

"그렇군요……. 남궁 소저! 저는 잠시 검기에 대한 공부를 좀 하겠으니 이해해 주시기 바랍니다."

"좋아요. 그런데 오늘 한 약조는 꼭 지켜야 해요."

"물론입니다. 이런 중요한 것을 가르쳐 주었는데 한 가지 부탁은 들어주어야 하지 않겠습니까!"

남궁화는 말을 마친 후 조용히 마차의 창밖만을 바라보았고 장불사는 나름대로 검기에 대한 정리를 마음속으로 끝내고 실천에 옮겼다.

'호오! 정말이구나. 남궁 소저의 말대로 하니까 나무 막대기가 터지지 않는구나.'

곧바로 남궁화에게서 들은 대로 나무 막대기에 진기를 보내자 나무 막대기에서는 검기와 같은 것이 아지랑이처럼 어렸다. 조금 더 강하게 진기를 주입하자 나무 막대기의 끝에서 퍽 하는 소리와 함께 검기가 뻗어 나왔다.

"앗!"

"엇!"

나무 막대기의 끝 부분이 터지면서 이 장 정도 뻗어 나온 검기가 마차를 뚫고 나가자 장불사와 남궁화는 서로 놀라며 어떻게 된 일인지 몰라 어리둥절하였다.

"아~! 자, 장 공자님! 지금 그렇게 길게 뻗어 나온 게 검기가 마, 맞나요?"

"예… 그런… 것 같습니다."

장불사는 끝 부분이 터져 버린 막대기를 보며 멍한 모습으로 말했다. 자신도 이처럼 검기가 이 장씩이나 뻗어 나올 줄 상상도 못했기 때문이다.

"저, 저기, 장 공자님! 다시 한 번 해보세요."

남궁화가 여전히 떨리는 목소리로 말하였다. 자신은 장불사의 검기 수련을 방해하지 않기 위해 창밖만을 보고 있다가 갑자기 발생한 장불사의 검기를 보지 못하였고, 또한 장불사가 손에 들고 있는 나무 막대기의 끝 부분이 터져 버린 것을 보며 의아한 생각이 들었기에 다시 한 번 검기를 시전할 것을 부탁한 것이었다.

장불사는 남궁화의 말에 다른 나무 막대기를 들고는 전과 마찬가지 방법으로 진기를 보내어 검기를 발출하였다.

펵!

치이익—

장불사가 진기를 보내어 검기를 발출하자 또다시 나무 막대기의 끝 부분이 터지면서 이 장가량의 검기가 나오는 소리가 들렸다. 하지만 검기는 금세 사라져 버렸다. 나무 막대기의 끝 부분이 터지면서 진기의 순환이 되지 않았기 때문이었다. 다행히도 이번에는 창의 덮개가 열린 곳으로 검기를 발출했기에 마차는 손상이 되지 않았다.

"아! 장 공자님! 정말 대단하세요. 도대체 얼마만큼 내공 수련을 하였기에 검기가 이 장이나 발출되죠? 그런데 나무 막대기의 끝 부분이 일반적인 검과는 달리 뾰족하지가 않고 또한 제련되지 않은 관계로 터져 버리니 검기가 이어지지 않는군요. 장 공자님! 나무 막대기의 끝 부분을 조금 더 강하게 보호하면서 검기를 발출해 보세요."

장불사는 남궁화의 말대로 다시 나무 막대기를 하나 주워 들더니만 끝 부분의 보호에 신경을 쓰며 검기를 발출하였다. 그러자 검기는 차츰차츰 길이가 길어지더니만 이제는 나무 막대기의 끝 부분이 터지지 않고 이 장이나 되는 길이로 늘어나며 계속하여 유지되는 것이었다.

'음! 나무 막대기의 끝은 검처럼 제련하여 봉합되지 않고, 또한 뾰족하지도 않으며, 절단된 면이기에 발출하면 터졌던 것이구나! 그런데 이 가느다란 막대기에 진기가 흐른다고 하여 다른 것들을 벨 수 있을까? 음! 밖으로 나가 시험을 해봐야겠구나.'

장불사는 자신이 발출하고 있는 검기를 보면서도 믿지 못하겠는지 진기의 흐름을 끊고는 나무 막대기를 주섬주섬 주워 들었다. 그러더니 마부에게 마차를 세우게 하고는 밖으로 나갔다.

"남궁 소저! 잠시 밖으로 나갔다 오겠습니다."

"예? 예! 그러세요."

남궁화는 장불사의 검기가 이 장가량이나 발출된 채 유지되자 아직도 믿기지 않는 듯한 멍한 눈으로 마차 밖을 나가는 장불사의 모습을 뒤좇고 있었다.

자신의 오라버니인 남궁기도 이제 겨우 검강을 펼칠 수 있는 수준에 이르렀지만 장불사처럼 이 장이나 되는 검기를 발출한다는 것은 무리였던 것이다. 또한 자신의 아버지도 나무 막대기로 이 장의 검기를 발출할지 의문스러웠기에 놀란 눈을 하고 있는 것이었다.

물론 순간적으로 강한 진기를 주입하여 이 장가량의 검기를 발출하는 것은 있을 수 있지만 그 길이를 계속 유지한다는 건 힘든 것이었다.

밖으로 나간 장불사는 다시 나무 막대기에 검기를 발출하고는 주변에 있는 나뭇가지를 향하여 휘둘러 보았다.

쉬익!

휙—

검기가 뻗어 나오는 소리가 들리며 검기에 의해 나뭇가지들이 잘리는 소리가 들렸다.

톡!

토톡!

장불사는 나뭇가지들이 아무런 저항감도 없이 잘린다는 느낌이 들자 이번에는 어른 팔뚝만한 나무를 향하여 검기를 휘둘렀다. 그러자 그 나무도 쉽게 잘리는 것이었다. 장불사가 발출하고 있는 검기는 여전히 이 장의 길이를 유지하고 있었다.

'아하, 검에서 발출된 검기가 검의 연장이라는 삼인 형님의 말이 맞구나. 아니, 오히려 검 자체보다 날카로운 것 같은데… 한데 검기로 둘러싸인 이 나무 막대기는 발출된 검기보다 더욱 강할까!'

장불사는 다시 팔뚝만한 나무로 다가가더니만 자신이 쥐고 있는 나무 막대기로 나무를 잘라보았다.

퍽!

"호오!"

장불사는 너무도 쉽게 잘리는 나무를 보며 자신도 모르게 감탄이 흘러나왔다. '혹시' 하던 생각이 '역시' 나가 되니 자신도 놀란 것이었다. 나무들이 자신의 검기와 나무 막대기에 모두 잘려 나가자 장불사는 신이 난 듯 미친 듯이 휘두르고 찔러보기도 하며 시간 가는 줄 몰랐다. 처음 시도해 보는 검기에 나무들이 잘려 나가자 너무도 신기하며 재미있었던 것이다.

마부의 눈은 경악을 금치 못하겠다는 듯 커져 있었고, 남궁화는 장불사의 그런 모습을 황홀한 듯 지켜보면서 마음속으로 모종의 결심을 하였다.

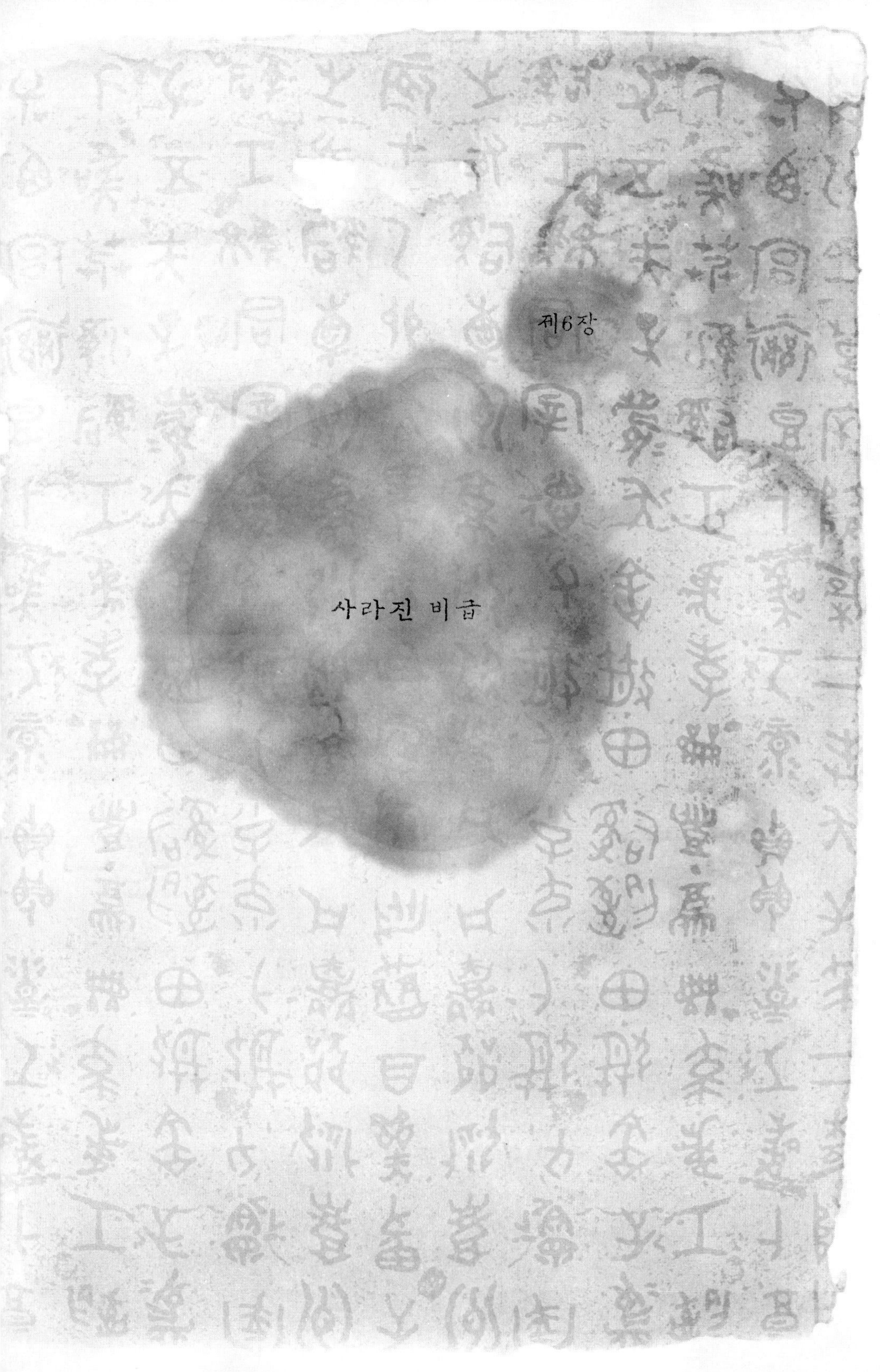

사라진 비급

사라진 비급

　중추절이 훨씬 지나고 십일월이 다가오자 하남의 계절도 가을 내음을 물씬 풍기고 있었다. 산과 들은 붉은 단풍으로 물들었고 날씨도 아침저녁으로 제법 쌀쌀한 것이 초겨울의 찬 기운을 연상케 하였다.

　장불사는 남궁화와 함께 개봉을 떠난 지 일주일이 지나고서야 개봉과 낙양의 중간 지점에 다다를 수 있었다. 검기의 발출에 재미를 붙인 장불사는 시도 때도 없이 나무 막대기를 휘두르며 시간이 날 때마다 마차 밖으로 나가 자신이 생각했던 것을 시험하곤 하였다.

　남궁화의 다른 가르침으로 인하여 검기를 끊고 날리는 수준까지 되자 마차 안에서도 약한 검기를 날리는 바람에 마차의 이곳저곳은 구멍이 숭숭 뚫려 엉망이 되었고 가을의 찬바람이 그곳으로부터 들어오곤 하였다.

　마차를 몰던 마부도 처음에는 장불사의 검기에 깜짝깜짝 놀라며 달리던 마차를 세우고는 하더니만 이제는 만성이 되었는지 별 놀라는 기색도 없이 아무렇지 않은 듯 마차를 몰고 있었다.

"하하, 남궁 소저! 오늘 날씨가 참 좋습니다. 가을이라 그런지 하늘도 높아 보이지 않습니까!"

장불사는 남궁화의 가르침(?)에 많은 것을 배우자 그동안 못마땅하게 생각하던 것들은 모두 잊었는지 웃는 얼굴로 남궁화를 대하고 있었다. 낙양으로 가는 길도 재촉하지 않았고 남궁화가 하자는 대로 하고 있는 중이었다.

"호호, 장 공자님이 그런 말도 할 줄 아시고 뭔가 좋은 일이 있으세요?"

"험. 아, 아닙니다. 그저… 날씨가 좋다는 겁니다."

장불사는 남궁화의 말에 내심 뒤가 구린 게 있는지 말을 더듬었다.

"장 공자님! 조금 전 마부 아저씨께 물어보니 이 고개만 넘으면 큰 마을이 나온다고 하네요. 오늘 점심은 그곳에서 해결해요."

"예! 그렇게 합시다."

남궁화와 말을 주고받고 있는 사이에도 장불사의 손에는 여전히 가느다란 나무 막대기가 들려 있었다. 이제는 그 막대기가 장불사의 분신처럼 느껴질 정도가 되어 있었던 것이다.

"참, 권기의 수련은 잘되어가세요, 장 공자님?"

"음… 권기도 검기를 날리는 것과 같은 수준까지는 온 것 같은데 제가 워낙 무공에 대해서는 문외한이 되다 보니 제 자신을 평가하기가 힘듭니다."

사실 장불사는 검기를 날리는 것에 익숙하여지자 그동안 미루어두었던 수박권의 권기를 수련하고 있던 중이었다.

검기를 날리는 것도 만만한 것이 아니었다. 무작정 검기를 날리는 것이야 되었지만 자신이 생각한 목표물을 맞힌다는 게 쉬운 것이 아니었던 것이다. 처음에는 자신과 목표물이 움직이지 않는 상태에서도 검기로 목표물을 맞히는 것이 힘들었지만 이제는 자신과 목표물이 움직이는 상황이 되어도 맞힐 수 있는 수준이 되었다.

그런 경지의 수준이 되자 검기를 더욱 빠르고 정확하게 날리는 것과 한순간에 수십 개의 검기를 날리는 것을 시도하였는데 별다른 진전이 없자 권기를 수련하게 된 것이다.

검기가 검이라는 매개물을 통하여 발출되는 것과 달리 권기는 내부의 선천진기를 손으로 보낸 다음 응집된 진기를 날리는 것으로 검기와는 약간 다를 수 있으나 진기를 날린다는 개념은 같았기에 그리 어렵지 않게 권기를 시전할 수 있었다.

거의 모든 혈맥들을 채우고 있는 선천진기로 강한 검기와 권기를 펼칠 수는 있었으나 남궁화의 말처럼 어찌 된 일인지 검강과 권강을 시전할 수는 없었다. 무공 서적이나 스승으로부터 체계적인 무공 수련을 배우지 못한 장불사였기에 심오한 깨달음을 알지 못하는 것이 어쩌면 당연했다.

"저의 생각으로는 현재 장 공자님의 무공 경지면 검강을 펼치는 고수들도 장 공자님을 어쩌지 못할 것 같아요."

"아니! 어째서 그렇습니까?"

"장 공자님이 검기를 펼치면 이 장이나 되는 검기가 발출되죠. 또한 그 검기는 검강에 필적할 정도로 강하고요. 그리고… 장 공자님은 검기를 쉬지 않고 펼칠 수 있는 내공이 뒷받침되잖아요. 몇 번만 검강을 펼칠 수 있는 고수와는 질적으로 다르죠. 아마 상대방은 검강을 펼치기도 전에 이 장이나 발출된 검기에 몸이 구멍나고 말 것이에요."

"음! 그러니까 검기가 검강을 이길 수 있다는 말은 검강이 결코 검기보다 강하다는 것이 아니란 말입니까?"

장불사는 소삼인으로부터 현경의 검강이 생사경의 경지에 갓 이른 이기어검(以氣馭劍)을 이길 수 있다는 말을 들었기에 이 검기와 검강도 그런 것이 아닐까 하여 물을 것이다.

"네! 그렇다고 봐요. 겨우 초보적인 검강의 수준으로는 능숙한 검기를 당할 수가 없다고 생각해요. 물론 검강을 펼치는 이도 검기의 수준을 뛰어넘어 검강의 경지에 올랐겠지만 검강을 펼치게 되면서 다시 검기를 펼치려고 하지 않는 것이 보통 사람들의 생각이에요. 또한 검기를 이 장이나 발출하고도 그 강도가 검강에 버금가는 사람이 있다는 것은 듣지도 못했을뿐더러 보지도 못했어요. 그러니 장 공자님을 이길 수 있는 사람은 검강을 장 공자님의 검기처럼 자유자재로 펼치거나 이 장의 길이로 검강을 발출할 수 있어야겠죠."

"험. 저를 너무 추켜세우는 것이 아닙니까?"

"절대로 아니에요. 제가 보기엔 장 공자님은 내공 수준만으로도 이미 무림최강일 거예요."

장불사는 남궁화의 말에 거의 습관이 되다시피 한 머리 긁적거림을 하였다. 여전히 칭찬받는 것에는 익숙하지 않은 장불사였다.

잠시 두 사람의 대화가 끊어지고 있는 사이 달리던 마차가 갑자기 멈추며 밖에서 마부의 다급한 목소리가 들렸다.

"저, 저기, 자, 장 공자님! 웬 사람이 길에 쓰러져 있습니다."

장불사와 남궁화는 마부의 말에 급히 마차에서 내려 밖으로 나갔다.

지금 마차가 가고 있는 길은 고갯마루로 마차 한 대가 겨우 지나갈 수 있을 정도로 좁은 길이었기에 어떤 장애물이 있으면 지나가기가 힘들 정도였다. 마부의 말처럼 앞에는 육십의 초로의 노인이 피투성이가 된 채 쓰러져 있었다.

"어머, 장 공자님! 피를 너무 많이 흘린 것 같아요. 어떻게 해요?"

"잠시 제가 한번 보겠습니다."

장불사는 피투성이의 노인을 살펴보자 대충 어떤 상태인지 알 것 같았다. 겉으로 드러난 외상은 별로 깊지 않았는데 내상으로 인하여 피를 많이 토하게 됨에 따라 외상이 깊어 보였던 것이다.

"외상은 깊어 보이지가 않은데 내상이 조금 심한 것 같습니다. 남궁 소저, 우선 마차 안으로 들어가 추궁과혈(推宮過穴)을 해야 할 것 같으니 잠시만 밖에서 기다려 주십시오."

장불사는 피투성이의 노인을 안고는 마차 안으로 들어갔다. 옷을 벗기고 추궁과혈을 하기 위해 남궁화를 잠시 마차 밖에 머물게 하였던 것이다. 노인의 옷을 벗긴 장불사는 자신이 알고 있는 의술에 준하여 혈을 치거나 문지르기도 하면서 추궁과혈을 시켜 기의 운행이 일단은 순조롭게 되도록 하였다.

이각 정도 시간이 흐르자 혈기(血氣)가 돌지 않아 창백했던 노인의 얼굴이 발그스레해지며 온기가 돌았다. 장불사는 노인이 일단 고비를 넘기며 온기를 되찾자 마부를 불러 빨리 마을이 있는 곳으로 갈 것을 재촉하였다.

이 노인이 어떤 이유로 상처를 입고 쓰러져 있는지는 알 수 없었으나 의술을 배운 한 사람으로서 그냥 지나칠 수가 없었고, 더 이상 내상의 악화를 막기 위해서는 다른 처방이 필요했기 때문이다.

"장 공자님! 이분의 상처는 좀 어때요?"

"일단은 고비를 넘겼습니다만 빨리 마을이 있는 곳으로 가서 안정을 취해야겠습니다. 내부의 기운을 다스릴 수 있는 약 처방이 필요합니다."

"아저씨! 빨리 좀 가주세요."

피투성이가 된 노인이 너무도 불쌍해 보였는지 남궁화는 안타까운 목소리로 말했다. 마부도 노인의 상태가 어땠는지 본 터라 두말하지 않고 열심히 말을 몰았다. 장불사는 흔들리는 마차로 인하여 노인의 상처가 행여 악화될까 봐 충격이 가지 않도록 최선을 다하고 있었다.

약 반 시진이 흐르자 장불사 일행이 탄 마차는 제법 규모가 큰 마을에 당도할 수 있었다. 마을에 도착한 장불사는 한참을 수소문해서야 이곳에서 이름깨나 알려진 보혜원(保惠院)이라는 의방을 찾을 수 있었다. 그렇게 크지는 않았으나 들락거리는 사람들이 많은 것으로 보아 보혜원 의원의 의술이 널리 알려진 것은 사실인 모양이었다.

장불사는 노인을 등에 업고는 보혜원 안으로 들어섰다. 이미 노인의 상세가 어떤 상태인지 알고 있던 터라 곧바로 약 처방을 하는 곳으로 가서는 그곳의 담당자로 보이는 오십 대의 중년인에게 다가갔다.

"실례합니다, 어르신! 지금 제가 업고 있는 환자의 상세가 위중하오니 먼저 제가 알려주는 약방문대로 약을 지어주시면 고맙겠습니다."

장불사는 이곳 보혜원에 사람들이 많은 것을 보고는 언제까지 차례를 기다리며 대기해야 할지 몰랐기에 급한 마음에 바로 약을 처방할 수 있는 곳으로 온 것이었다.

"허어! 이보게, 젊은이! 자네가 업고 있는 노인의 처지가 급해 보이기는 해도 어찌 의원의 진맥도 받지 않고 약을 짓는단 말인가? 우선 심 의원님의 진맥을 받고 그런 다음 약방문을 가져오게나."

　약재창의 중년인은 장불사의 말에 어이가 없다는 듯 아래위를 훑어보면서 말했다.

　"예! 어르신의 말씀이 무슨 뜻인지는 알겠으나 보시다시피 지금 대기하고 있는 사람들도 많을뿐더러 빨리 서둘지 않으면 이 노인 분의 상세가 악화되어 지병으로 고생할 것 같으니 이렇게 부탁드리는 것입니다. 그리고 제가 의술을 조금 배운 터라 이분의 상세를 알고 있기에 약방문을 말씀드리려고 하는 것입니다."

　"부탁해요, 아저씨! 급한 환자예요."

　옆에 있는 남궁화도 초조한 듯 재차 부탁을 하였다. 오십 대의 중년인은 장불사가 의술을 배웠다는 말에 약간은 의외라는 표정을 짓더니만 말을 하였다.

　"음! 자네의 말에는 수긍이 가지만 내가 이곳의 주인도 아니고, 또한 나는 심 의원님이 지어주는 약방문만으로 약을 짓고 있으니……. 일단은 자네의 차례가 먼저 오도록 손을 쓸 테니 저쪽으로 가세나. 그렇게 하여도 별로 늦지는 않을 것이네."

　중년인은 말을 하고는 장불사 일행을 데리고 심 의원이 진맥하고 있는 곳으로 가더니만 심 의원의 아들인 듯한 사람에게 말을 하였다.

　"작은 나리! 이분들의 환자가 급한 듯하여 먼저 진맥을 받고자 하오니 의원님에게 허락을 구해주십시오."

　"그렇습니까? 잠시만 기다려 주십시오. 제가 여쭤보고 오겠습니다."

　심 의원의 아들은 순순히 중년인의 말에 대답하고는 방 안으로 들어가더니만 잠시 후 밖으로 나왔다.

　"어서 들어가 보십시오. 급한 환자를 먼저 보시겠답니다."

　장불사는 말을 듣자마자 노인을 업은 채 방으로 들어갔다. 방 안에는 백발을 곱게 단장한 나이가 꽤 들어 보이는 심 의원이라는 노인이 앉아 있었다. 얼굴빛이 좋아 보이는 것이 백발만 아니면 아직 중년도 되지 않은 것 같은 얼굴이었다.

"의원님! 이 노인 분의 진맥을 부탁드립니다."

장불사는 공손히 심 의원에게 말하고는 노인을 내려놓았다. 노인은 아직까지 정신을 차리지 못한 듯 온몸이 늘어져 있었다.

"음……! 자네는 이… 노인을 어디에서 구하였는가?"

장불사가 내려놓은 노인을 보던 심 의원이 움찔하는 기색을 보이면서 장불사의 두 눈을 똑바로 바라본 채 말을 하였다.

"예? 아, 예! 그러니까 약 반 시진 전에 이곳에서 이십여 리 떨어진 고갯마루 끝에서 발견하였습니다. 그리고… 이렇게 되어 여기까지 모시고 온 것입니다."

장불사는 심 의원의 느닷없는 말에 어물쩍거리며 대답을 하였다. 심 의원의 바라보는 눈이 진실을 말하라는 듯한 눈빛이었기에 지금까지의 일을 전부 말하였던 것이다.

"음! 다른 사람은 보지를 못하였는가?"

"예! 저희들이 이 노인 분을 봤을 때는 아무도 없었습니다."

"자네 이야기를 들어보니 추궁과혈로 기의 순환을 시켰다고 했는데 의술을 따로 배워본 적이 있는가?"

"예! 저의 할아버님이 산동의 작은 해안 마을에서 의원을 하셨기에 틈틈이 배웠습니다. 뭐, 제가 잘못한 것이라도 있습니까?"

"아니네. 자네가 적절히 조치를 취하여서 혹시나 하여 물어본 것이네. 음! 여기까지 급히 오느라고 끼니도 걸렀을 텐데 우선 우리 집에서 요기나 하며 쉬고 있게나. 그리고 이 노인은 걱정 말게, 내가 알아서 할 테니……. 나중에 나하고 잠시 이야기나 나눔세."

"예……! 알겠습니다."

장불사는 얼떨결에 심 의원의 말에 대답을 하였다. 심 의원은 자신의 아들인 심윤(沈尹)을 부르더니만 장불사와 남궁화를 객방으로 모시어 식사 준비를 하도록 말하였다.

심윤에 의해 보혜원의 객방으로 오게 된 장불사와 남궁화는 한동안 어떻게 된 일이지 몰라 어리둥절하였다.

"장 공자님! 혹시… 이곳의 심 의원이라는 분이 우리가 데리고 온 노인 분과 아는 사이가 아닐까요?"

"글쎄요. 저도 그렇게 생각하고는 있는데 도저히 종잡을 수가 없으니……. 나중에 심 의원님과 얘기를 나누어보면 알게 되겠죠. 너무 신경 쓰지 마십시오."

장불사도 심히 궁금하였지만 현재로서는 알 수가 없었기에 기다리는 수밖에 없었다.

"아마 그 노인 분이 그곳에 쓰러져 있었던 것도 이곳 보혜원의 심 의원님께 오려고 한 것 같아요. 너무 많은 피를 흘려서 이곳까지는 오지 못하고 그곳에 쓰러졌을 거예요."

"음! 듣고 보니 그런 것 같습니다."

장불사와 남궁화는 조금 전에 있었던 심 의원의 행동으로 보아 두 사람이 이미 알고 있는 사이가 아닌가 생각하며 서로의 의견을 나누었다. 잠시 후 보혜원의 하인들로 보이는 사람들이 음식을 가져오고는 가타부타 말도 없이 음식만을 차리고는 나가 버리자 두 사람은 침묵 속으로 빠져들고 말았다. 장불사는 음식을 먹지 않아서였고 남궁화는 배가 너무 고파 있던 상태라 가지고 온 음식을 먹기에 바빠서였다.

남궁화의 식사가 끝나자 어떻게 알았는지 때맞추어 다시 향기가 가득 나는 차를 들고 하인들이 들어왔다. 마침 장불사도 약간의 목이 말랐던 터라 가지고 온 차를 천천히 식히면서 들이켰고 남궁화도 차 맛이 특별하다며 맛있게 마셨다.

"으음! 장 공자님! 저는 잠시 눈 좀 붙이겠어요. 너무 잠이 오네요."

차를 마시고 난 후 남궁화는 갑자기 졸음이 쏟아지는지 그대로 탁자에 엎드린 채로 잠을 청하였다.

'오늘 그 노인 때문에 많이 피곤하였던 모양이구나! 그래도 이렇게까지 남궁 소저가 잠을 자지는 않는데, 침대도 바로 옆에 두고서⋯⋯. 그 노인의 안위가 괜찮아졌다고 생각하여 긴장이 풀린 것인가!'

장불사는 갑자기 남궁화가 잠이 온다며 자신의 앞에서 잠을 청하자 이상하게 생각하면서도 한편으로는 오늘 하루가 남궁화에게 있어서는 피곤도 하였겠지 하는 생각을 하였다. 자신도 어쩐 일인지 오늘은 약간 피곤하다는 느낌이 들었던 것이다.

남궁화가 잠을 잔 뒤 한참이 지나고 해가 어둑어둑하여질 때까지 심의원으로부터는 아무런 소식도 없었다. 몇 번이나 자신이 머물고 있는 객방의 앞을 누군가 왔다 갔다 하였으나 들어오는 사람은 없고 그저 잠시 방 안의 기척을 살피는 것 같더니만 다시 가버리는 것이었다.

'허~ 참! 사람을 데려다 놓고 이렇게 기다리게 하다니, 물론 환자들을 본다고 바쁠 테지만 이제는 끝날 시간도 되었는데 도대체 아무런 기별도 없고, 어찌 된 일인지 모르겠구나. 그나저나 그 노인 분의 상처는 나아졌는지 모르겠구나. 음! 그런데 나도 왜 이렇게 갑자기 졸리는 것이지⋯⋯.'

졸립다는 생각을 하던 장불사가 두어 번 머리를 흔들더니 남궁화와 마찬가지로 탁자에 얼굴을 부딪치며 앞으로 엎어져 버렸다.

　장불사는 너무도 오랜만에 깊은 잠을 자서인지 온몸이 나른해지는 것을 느끼며 잠에서 깨어났다. 자신이 얼마만큼 잠을 잤는지는 알 수 없었으나 오랜만에 느껴보는 단잠이었던 것이다.
　잠에서 막 깨어난 장불사는 너무 오래 잔 탓인지 몸이 찌뿌드드하여 기지개를 켜려고 하는데 자신의 손발이 움직이지 않자 이상하다는 것을 알고는 두 눈을 떴다. 하지만 한 치 앞도 볼 수 없는 어둠만이 자신을 반기자 어떻게 된 영문인지 몰라 잠시 혼란스러워졌다.
　분명 자신은 보혜원의 객방에서 잠이 든 것 같은데 그곳과는 판이하게 다른 환경이 눈앞에 펼쳐지자 잠시 상황 정리가 되지 않는 것이었다. 또한 칠흑 같은 어둠과 함께 자신의 손발이 뜻대로 움직여지지 않자 마음이 급하여지면서 아무것도 생각할 수가 없었다.
　장불사는 혼란스러운 마음을 가라앉히며 자신의 현 상태를 가만히 생각해 보았다.
　'음, 남궁 소저가 갑자기 잠을 청하고 나 또한 졸립다는 생각까지 한 것 같은데… 미혼향이었을까! 미혼향이라도 내가 숨 쉬고 있는 동안 탁한 기운들은 자연스런 선천진기의 순환으로 인하여 몸 밖으로 배출되는데……. 음! 도대체 알 수가 없구나! 그런데 남궁 소저는 어떻게 되었을까!'
　자신의 처지를 생각하던 장불사는 남궁화가 문득 떠오르자 그녀의 안위가 걱정이 되었다.
　"남궁 소저……! 남궁 소저!"
　장불사는 혹시나 옆에 남궁화가 있는가 싶어 나지막이 불러보았지만 남궁화의 대답은 들리지 않았다.

'음! 남궁 소저는 어떻게 되었을까! 안전하게 있어야 될 텐데. 음…
그런데 왜 이렇게까지 나를 잡아둔 것일까! 그 노인 때문인가!'

장불사는 아무리 생각해도 이해가 되지 않는다는 표정이었다. 자신
과 심 의원은 처음 만난 사이였고, 그렇기에 원한 관계도 없을뿐더러
자신을 이렇게까지 할 이유가 없었던 것이다. 단지 생각할 수 있는 것
은 자신이 업고 온 노인과 관계된 일뿐이었던 것이다.

'음! 일단은 이곳을 벗어나는 것이 우선이다. 내가 잠에서 깨어난
것을 보아 미혼향이나 수면제 따위의 기운은 사라진 것 같은데…….'

장불사는 의식적으로 선천진기를 순환시키며 자신의 내부에 다른
이상한 점이 있는지 확인하여 보았으나 특별히 다른 점은 찾을 수가
없고 잠들기 전과 같은 상태라는 것을 알았다.

자신의 내부에 문제가 없다는 것을 알자 사지가 벌려진 채로 바닥의
고리에 채워져 있는 손발을 움직이는 것이 걱정되었다. 몸 자체를 움
직여 보려고 하였지만 손발에 채워진 고리와 같은 것이 관절이 있는
곳에는 모두 채워져 있기에 전혀 몸을 움직일 수가 없었다.

한참 동안 사지를 움직여 보려고 발버둥을 쳤지만 손목과 발목, 무
릎과 팔꿈치, 허벅지와 겨드랑이, 허리와 목, 그리고 이마에 채워진 고
리들이 너무 꽉 끼게 채워졌기에 전혀 힘을 쓸 수가 없었다. 선천진기
를 사용하여 허리와 손발의 근력을 최대한 끌어올리면서 시도해 보아
도 마찬가지였다. 어떤 재질의 고리인지는 몰라도 장불사가 그렇게 힘
을 주어도 꿈쩍도 않는 것이었다.

'휴우! 이 일을 어떻게 한다. 마냥 누군가 구해주기를 기다릴 수는
없는 일인데……. 좋은 방법이 없을까!'

장불사는 아무리 생각해 보아도 뾰족한 방법이 떠오르질 않자 칠흑 같은 허공을 멍하니 올려다보았다. 이런저런 궁리를 하며 생각에 잠겨 있을 때 철문이 삐거덕거리는 소리와 함께 희미한 불빛이 장불사의 눈에 비추어지며 두 사람이 다가오는 발자국 소리가 들렸다.

"아직 아무런 미동도 없느냐?"

심 의원의 경직된 목소리가 어둠을 흔들었다.

"예, 아버님! 전혀 기척이 없다고 합니다."

"음……! 그럴 만도 할 것이다. 천연수향(天然睡香)을 그렇게 많이 맡았으니 일주일은 일어나지 못할 것이다. 이제 겨우 이틀이 지났으니 앞으로 오 일은 있어야 깨어날 것이야. 그런데 어떻게 그리 오랫동안 천연수향에 견디었는지 이해가 가지 않는구나. 아무리 높은 내공의 고수라도 모르고 있는 사이에 천연수향을 맡게 되면 일각도 견디지 못하고 바로 잠이 들기 마련인데……. 또한 차 속에는 다른 수면제도 들어 있었는데……."

"저도 정말 이해가 되지 않습니다. 저 소협과 같이 온 소저는 차를 마시자마자 곧바로 잠이 들었는데, 저 소협은 전혀 내공 같은 것을 익히지 않은 것 같은데도 그토록 오랫동안 잠들지 않다니……. 무슨 특별한 영약 같은 거라도 먹은 게 아닐까요?"

"음! 내가 알기로는 천연수향에 견딜 수 있는 영약 같은 것은 없다. 천연수향은 자연에 있는 것을 그대로 살려 만든 수면제가 아니더냐. 너도 알다시피 천연수향의 재료들을 보면 영약이 아닌 것이 없다. 천연수향이 대기와 접촉하여 일각이 지나면 없어진다고 하지만 무색, 무미, 무향의 천연수향에 잠들지 않는 사람이 있다고 보느냐. 음……! 아무래도 다른 이유가 있을 것이다. 그런데 너의 추 숙부는 차도가 있더냐?"

"예! 앞으로 사흘이 지나야만 자리를 털고 일어날 것 같습니다. 워낙 심하게 내상을 입은지라 청심환(淸心丸)을 세 알이나 먹였는데도 좀처럼 차도가 보이지를 않습니다. 만일 저 소협이 추궁과혈로 빠른 조치를 취하지 않았다면 큰일 날 뻔하였습니다. 그런데 아버님! 저 소협은 어떻게 할 것입니까?"

지금까지 두 사람의 얘기를 조용히 듣고 있던 장불사는 자신에 대한 문제가 나오자 불빛이 새어 들어오는 작은 구멍이 있는 곳으로 고개를 돌렸다. 두 사람의 이야기를 들으며 자신이 어떻게 하여 이렇게 되었는지 궁금증은 풀렸지만 정작 자신의 처리에 대한 이야기가 나오지 않아 조바심이 나던 차였다. 그런데 심윤이 마침 이야기를 꺼내니 온몸의 신경이 집중되며 정신이 번쩍 들었던 것이다.

"음! 나도 어떻게 해야 할지 모르겠구나. 일단은 천연수향에도 너무 오랫동안 견디기에 저렇게 묶어놓기는 하였다만 너의 추 숙부에 관하여 어디까지 알고 있는지 모르겠으니……. 너의 추 숙부가 깨어나면 다시 의논해 보기로 하자. 아직 저 소협이 깨어나려면 오 일이라는 시간이 남았으니 그때까지 기다려 보는 것이 좋겠구나. 헌데 저 소협의 품에서는 아무것도 나오지 않았느냐?"

"예! 옷가지를 넣은 작은 행낭 외에는 아무것도 없었습니다. 그런데 저 소협의 몸에는 철판 같은 것들이 둘러져 있었는데 아무리 벗기려고 해도 벗길 수가 없을 정도로 몸에 달라붙어 있었습니다. 그것이 무엇인지 모르겠습니다."

심윤은 고개를 갸웃거리며 이해할 수 없었다는 듯이 말했다.

"음! 호심경(護心鏡) 같은 종류인가 보구나."

심윤의 말을 들은 심 의원은 별로 대수롭지 않은 듯 얘기했다. 당시
에 호심경 같은 것들을 하고 다니는 사람이 꽤나 있었기 때문이다.

"아! 그런가 보군요. 한데 저 두 사람을 계속 잡아두실 것입니까?"

"만일 추 아우의 일이 세상에 알려지기라도 한다면 우리 또한 쫓기
는 신세를 면치 못할 것이다. 그렇기에 나도 이렇게 고민하고 있는 것
이 아니냐. 추 아우를 치료하여 이곳까지 데리고 온 것을 보면 추 아우
에게 있어선 분명 은혜라고 할 수 있는데 반대로 생각해 보면 추 아우
와 우리에게 커다란 짐이라고도 할 수 있지 않느냐. 나도 아무런 죄가
없는 저 소협과 소저를 이렇게까지 할 생각은 없지만 추 아우가 깨어
나면 논의해 보려고 천연수향까지 써서 잠을 재운 것이 아니냐. 음…
일단은 추 아우가 깨어나야 어떻게 된 사연인지 알 수 있으니 그때 다
시 상의를 해보자. 그때 가서 저 소협을 어떻게 처리할지 결정을 하자
꾸나. 어쩌면… 이대로 영원히 가두어둘 수밖에 없을지도 모르겠구
나."

"예! 알겠습니다. 아버님 말씀대로 하는 것이 좋겠습니다."

장불시는 심 의원의 말을 듣는 중간에 자신이 이미 깨어 있다는 것
을 알리고 자신은 아무것도 모른다는 말을 하려고 하다가 뒤에 이어지
는 말을 듣고는 입을 다물고 말았다. 지금 자신이 깨어 있다는 것을 알
리게 되면 더욱 의심을 할 것이고, 심 의원의 말처럼 영원히 이곳을 벗
어나지 못할지도 모른다는 생각이 머리를 스치고 지나갔던 것이다.

"아! 그런데 그 소저는 어디에 있느냐?"

"예! 바로 옆 석실에 있습니다. 저 소협처럼 오 일이 지나야 깨어날
것입니다."

"그래, 그럼 저 소협과 같이 묶어놓았느냐?"

“아닙니다. 침대에 뉘어놓았습니다.”

“잘했다. 여자를 그렇게 대한다는 것이 아무래도 마음에 걸렸는
데……. 어쨌든 오 일 후에 다시 와서 결정을 하자꾸나.”

“예! 알겠습니다.”

두 사람은 장불사가 자신들의 얘기를 듣고 있다는 사실은 꿈에도 알
지 못한 채 서로 얘기를 나누고는 밖으로 나갔다. 장불사는 다시 철문
이 삐거덕거리는 소리와 함께 닫힌다는 것을 알고는 약간 경직되었던
몸을 풀었다.

‘후우! 그 추 노인이라는 사람에게 우리의 운명이 걸려 있는 것 같은
데 이 일을 어떻게 하면 좋단 말인가! 추 노인이라는 사람이 우리를 놓
아주려고 하여도 심 의원이 반대하면 이곳을 벗어나기가 어려울 것 같
으니……. 음! 그나저나 남궁 소저가 무사하다는 것을 알았으니 한결
마음이 놓이는군.’

장불사는 태어나서 처음으로 암담하다는 기분을 느껴야 했다. 지금
자신의 신세로는 이 난국을 헤쳐 나갈 길이 없을뿐더러 어떻게 대처해
야 할지 갈피를 잡지 못하고 있기 때문이었다. 오 일이라는 시간이 남
아 있지만 사지를 움직이지 못하는 자신이 할 수 있는 일이라곤 무작
정 기다리는 수밖에 없었던 것이다.

이런저런 생각 끝에 자신이 처한 상황을 인식하게 되자 장불사는 오
히려 마음이 편하여지며 느긋하게 기다리는 것이 상책이라는 결론을
내렸다.

장불사는 어둠 속에서 시간이 어떻게 가는 줄은 몰랐지만 자신의 신
체주기를 보아 하루가 다시 지났다는 것을 느낄 수 있었다. 천연수향
으로 인하여 이틀 동안은 어떻게 지났는지 모를 정도로 잠을 잤지만

정신이 멀쩡한 채로 전혀 움직이지 않고 하루를 보내고 나니 그것 또한 고역이었다. 도저히 뭔가를 하지 않으면 미쳐 버릴 것 같은 기분이 들었던 것이다.

'휴우! 내가 참을성이 많다고 생각하였는데 이렇게 되고 보니 전혀 아니었구나. 음! 그 고통스럽던 외공십팔형보다 더욱 참기 힘드니 고문도 이만한 고문이 없을 것 같구나.'

아무것도 보이지 않는 공간에서 정신이 말짱한 채 가만히 있으려고 하니 참을성이 한계에 다다랐던 것이다.

장불사는 두 눈을 감고 심란해져 있는 마음을 천천히 가라앉히며 지금까지 살아온 자신의 삶을 하나하나 떠올려 보자는 생각을 하였다. 그렇게 함으로 해서 지루하게 보내고 있는 시간들을 흘려보내자는 것이었다.

어린 시절부터의 기억을 하나하나 떠올리고 있는 장불사의 표정은 가관이었다. 실실거리며 웃다가 심각한 표정을 짓기도 하고 입술이 삐쭉거리면서 울상을 짓기도 하는 것이 완전히 자신의 생각에 몰입된 것 같았다.

꽤 시간이 지나고 현재까지 생각을 이어오던 장불사는 검기와 권기를 배우던 때를 떠올리다가 문득 자신이 이렇게 한가하게 옛일을 생각할 것이 아니라 그동안 진척이 없었던 권기에 대한 정리를 해야겠다는 생각을 하였다.

'어휴, 내가 왜 진작 이런 생각을 하지 못했을까! 이런 조용한 공간에 혼자 있으면서 수련하기도 쉽지가 않은데……. 음! 손과 발목이 움직이지 못하고 묶여 있기는 하지만 선천진기를 순환하고 기를 발출하는 것은 문제가 없으니까 한번 시도해 보자.'

장불사는 지금까지 헛되이 흘려보낸 시간이 아깝다는 생각을 하며 내부에서 순환되고 있는 선천진기를 양손으로 보내고는 약하게 기를 발출하여 보았다.

펙. 펙.

석실의 천장에서 두 개의 작은 격타음 소리가 거의 동시에 들리며 약간의 돌 가루가 장불사의 얼굴 위로 떨어졌다. 한 번 권기를 발출한 장불사는 한참 동안을 가만히 있었다. 혹시 지금의 격타음을 밖에서 들었으면 어떻게 하나 하는 생각에 조용히 기다리며 밖의 상황을 살피는 중이었던 것이다.

하지만 장불사의 그런 생각은 기우에 지나지 않았다. 워낙 석실의 방음 장치가 잘되어 있는 관계로 밖에서는 아무 소리도 듣지 못하게 되어 있었다. 심 의원이 열고 들어온 철문이 열려야만 안팎의 소리가 통하게 되어 있었던 것이다.

밖의 동정을 살피던 장불사는 아무런 낌새가 보이지를 않자 다시 한 번 강도를 강하게 하여 권기를 발출하였다.

펑!

조금 전보다는 강한 격타음 소리가 들렸지만 떨어지는 돌 가루는 예전과 거의 같았다. 이것으로 미루어 짐작해 보자면 석실이 아주 단단한 청석으로 그 두께도 만만치 않다는 것을 알 수 있었다. 장불사는 밖의 동정 때문에 더 강한 권기를 발출하고 싶어도 그렇게 하지를 못하자 잠시 생각에 잠겼다.

'음! 더 이상 강한 권기를 발출했다가는 밖에서도 소리가 들릴 것 같은데……. 그렇지, 예전에 화예린이라는 아미의 여제자가 보여주었던 백색 강구나 연구해 볼까. 음! 그런데 그 백색 강구는 검강이나 권강의 일종이었던 것 같은데 현재 나의 수준으로는 그런 백색 강구를 만들 수도 없거니와 방법 또한 모르고 있으니……. 권기를 권강 정도로 강하게 만드는 방법은 없을까!'

백색 강구와 같은 권강을 아직 발출하지 못하는 장불사로서는 권기로써 권강을 이길 수 있는 방법이 없는지를 곰곰이 생각해 보았다. 남궁화의 말처럼 이 장도 넘게 발출되는 자신의 검기는 웬만한 수준의 검강을 시전하는 자보다 강하다고 하였으나 권기는 검기와 달리 권강을 이길 수는 없을 것 같았기 때문이었다.

'권기나 권강은 모두 자신의 내력을 집중하여 발출하는 일직선의 내가진력이라고 말할 수 있을 것이다. 음… 물론 삼인 형님의 말대로 더욱 높은 경지에 이르면 이 내가진력에 자신의 의지를 담아 곡선의 형태이든 다른 형태이든 일직선이 아닌 자유자재로 내가진력을 날릴 수도 있겠지만 내가 지금까지 보아온 바로는 모두가 직선으로 뻗어 나가는 강기들뿐이었다. 검기도 거의 마찬가지였고……. 음! 직선적으로 부딪치는 두 개의 힘이 있을 때 약한 쪽이 부서지기 마련인데 그렇지 않고 강한 쪽을 부서지게 하는 방법은 없을까!'

장불사는 지금 권기가 권강을 이길 수 있는 새로운 무공을 생각하고 있는 것이었다. 지금 누군가 장불사의 이런 머리 속 생각들을 들여다본다면 참으로 어이없고 황당하다는 생각을 하고 말 것이었다.

'만일 똑같은 두 개의 힘이 부딪칠 때 한쪽에 다른 변화를 준다면 두 힘의 균형은 깨어질 것이다. 음… 어떤 변화를 주어야 힘의 균형이 깨어지며 훨씬 강한 힘을 발휘할 수 있을까!'

한참을 생각하며 머리를 굴리던 장불사는 도저히 좋은 방법이 떠오르지 않자 잠시 생각을 중단하였다. 짧은 시간에 어떤 깨달음을 얻는다는 것이 결코 쉬운 것은 아니었다.

생각에 진전이 없자 장불사는 다시 잡생각과 더불어 묶여 있는 몸이 근질근질하다는 것을 느꼈다. 하지만 전혀 힘을 쓸 수가 없었기에 몸을 움직인다는 것은 무리였다. 아무리 강한 선천진기의 내공이 있어도 소용이 없는 것이었다.

예를 들어 어른이 의자에 앉아 있는데 어린아이가 손가락 하나로 머리를 누르고 있으면 그 어른은 일어서지 못하는 것과 같은 상황이었던 것이다. 마찬가지로 지금 장불사가 처한 상황이 그와 같이 발이나 허리, 목 등에 전혀 힘을 줄 수 있는 여건이 되지가 않기에 선천진기의 내공이 소용없는 것이었다.

다시 하루가 지나도록 장불사는 권기에 대한 해답을 찾을 수 없었다. 아무리 생각하여도 권기로 권강을 이길 수 있는 방법이 떠오르지가 않는 것이었다. 분명 두 개의 같은 힘 중 한곳에 다른 변화를 주면 강한 힘을 발휘할 것 같은데 그 변화가 어떤 것인지 도무지 알 수가 없었던 것이다.

자신의 의지가 아닌 누군가의 처분을 기다려야 되면서 생각을 하자니 더욱 마음이 심란하며 다른 잡념들 때문에 좋은 수가 생각나지 않았다.

'휴우! 앞으로 삼 일 후에 어떻게 될지 모르겠지만 그때까지 최선을 다해보자. 나는 별문제가 없겠지만 남궁 소저가 걱정이 되는구나.'

장불사는 자신이 이곳을 벗어나지 못할지라도 죽지는 않을 것이라는 생각을 하였다. 완전한 금강불괴지체가 되지는 않았어도 도검 따위로는 자신을 어쩔 수 없다는 것을 어렴풋이 느끼고 있었던 것이다. 또한 저번처럼 천연수향인가 하는 수면제에 모르고 당했지만 이제는 누군가가 들어오면 곧 알 수 있기에 수면제나 독으로 자신을 죽이려고 한다 해도 숨을 쉬지 않고 의식적인 호흡으로 선천진기를 돌리면 된다고 생각하였던 것이다.

'음! 내가 이런 걱정을 한다고 해서 지금의 상황이 달라지는 것은 없다. 아! 그런데 어떤 변화를 주어야만 균형이 깨어지는 강한 힘을 발휘할 수 있을까! 에휴! 그나저나 며칠 동안 물 한 모금 못 마셨더니만 목이 조금 마르네. 목이라도 조금 축였으면 소원이 없겠구나. 물……'

"물. 물……. 아~! 바로 그거다."

목이 말라 물을 생각하던 장불사는 문득 떠오르는 것이 있어 자신도 모르게 큰 소리로 말을 하였다.

"……."

자신이 내지른 큰 소리에 장불사는 자신도 깜짝 놀라며 잠시 입을 다물고는 밖의 동정을 살폈다. 자신이 너무 크게 소리를 내어 혹시 밖에서 들은 것은 아닌지 걱정이 되었던 것이다.

'휴우, 나의 목소리를 듣지 못한 모양이군. 그래, 내 생각이 맞을지 모르겠으나 분명 계곡에 고여 있는 물의 깊이보다는 소용돌이치는 곳에 물의 깊이가 깊을 것이다. 마찬가지로 똑같은 힘을 가진 권기 중 회전을 하며 발출되는 권기가 그냥 일직선으로 발출되는 권기보다는 훨씬 강할 것이다.'

회전하는 권기를 생각하던 장불사는 뭔가 한 가지가 빠졌다는 느낌이 들었다. 그래서 다시 물의 소용돌이를 생각하자 금방 답이 나왔다.

'음! 회전만 한다고 해서 권강을 이기기는 힘들다. 역시 물의 소용돌이 끝 부분처럼 회전하며 발출되는 권기가 날카롭다면 더욱 강력한 권기가 될 것이고 권강과도 대등해지지 않을까. 그렇다면 결론은 회전

력을 최대로 함과 동시에 발출되는 권기의 앞부분을 송곳처럼 뾰족하
게 하면서 눈에 보이지도 않을 정도의 빠른 속도로 날린다면 권강을
상대하기에 충분할 것이다.'

　장불사는 권기의 변화에 대한 결론이 나오자 바로 선천진기를 운용
하며 실험에 들어갔다. 우선 임독양맥을 돌고 있는 선천진기를 양손으
로 보낼 때 회전을 주면서 보내었다.

　"우욱!"

　장불사의 팔이 물밖에 나온 고기마냥 퍼덕였다. 팔이 뒤틀려지는 듯
한 고통을 느낀 것이다.

　"아이쿠, 이것은 아닌 것 같은데……."

　장불사는 팔의 근육들과 핏줄들이 서로 뒤엉키는 것 같은 고통이 따
르자 너무 성급했던 마음을 차분히 하며 다시 생각에 잠겼다.

　'휴~! 큰일 날 뻔했다. 차분히… 조심스럽게 해야지. 그래, 임독양
맥의 선천진기를 회전하면서 보낸다는 것은 약간(?) 무리가 따르는구
나. 음! 그렇다면 손바닥의 노궁혈까지 선천진기를 가득 메운 다음 그
메워진 선천진기를 천천히 돌려보자.'

　다시 한 가지 생각을 마치자 장불사는 지금까지 뚫었던 기경팔맥과
십이경락의 모든 세맥들이 있는 곳까지 한순간에 선천진기를 채웠다.
그런 다음 양 손바닥의 노궁혈 근처에 있는 선천진기를 천천히 돌려보
았다. 역시 자신의 생각대로 선천진기가 천천히 돌려지자 장불사의 입
가에는 흐뭇한 한줄기 미소가 어렸다. 지금 자신이 처한 상태를 망각
한 채 다만 선천진기가 회전한다는 것에 대하여 만족한 미소를 띠고
있는 장불사를 보면 약간은 단순하면서도 낙천적인 사람이라는 것을
알 수 있었다.

장불사는 천천히 회전시키던 선천진기를 발출하여 보았다.

퍽!

어두워서 보이지는 않았으나 발출되어 나가는 권기가 회전을 하며 부딪치는 소리라는 것을 알 수 있었다. 장불사는 선천진기의 회전을 더욱 가속시키면서 연달아 권기를 발출하였다.

쉬이익—

퍽!

선천진기를 회전시키면서 권기를 발출하는 것은 잘되어가고 있는 것 같았으나 소용돌이와 같이 권기를 송곳처럼 날카롭게 하는 것이 문제였다. 장불사는 시간 가는 줄도 모른 채 권기를 송곳처럼 만들려고 노력하였다.

회전하는 권기를 송곳처럼 만들기 위해 이틀이라는 시간을 보내고 나서야 겨우 성공한 장불사는 또 다른 벽에 직면하게 되었다. 자신이 생각했던 것처럼 끝이 날카로운 권기가 회전하며 발출은 되었지만 파괴력은 오히려 직선적인 권기보다 못하다는 것을 느꼈기 때문이다. 더욱 강력한 파괴력을 얻기 위해서는 지금보다 빠른 회전과 순간적인 빠르기의 권기 발출이 되어야 하는데 그것이 잘되지 않았던 것이다.

다시 하루가 지나고 나서야 장불사는 자신이 원하던 권기를 발출할 수 있었다. 천장을 향해 발출한 권기는 빠르게 날아가는 화살과 같은 소리가 나며 벽에 박히는 듯했다. 장불사는 자신의 힘으로 처음 새로운 것을 창안하였다는 것에 너무도 기뻤다. 그 희열감이란 다른 무엇으로도 표현하기 힘든 것이었다.

"아~! 이런 것이 배움과는 다른 창안의 기쁨인가? 뿌듯하다는 것이 이런 것이겠지……."

장불사는 나지막한 소리로 중얼거리며 무공 창안의 희열감을 맛보았다.

"음! 그런데 심 의원과 그 추 노인이라는 사람이 올 때가 얼마 남지 않은 것 같은데……. 밤낮을 구별할 수 없었으나 오 일이라는 시간이 지났으니 분명 나와 남궁 소저의 처리 문제로 이곳으로 올 것이다. 아! 어떻게 한다……."

장불사는 자신이 생각한 권기 창안의 희열을 맛보기가 무섭게 앞으로 다가올 자신과 남궁화의 일이 걱정되었다. 어떻게든 이곳을 벗어나야 하는데 이젠 시간도 별로 없고 별 뾰족한 수가 없었던 것이다.

"음……! 일단은 그렇게라도 해보자."

장불사는 뭔가 생각해 둔 것이 있는지 혼자 중얼거리더니만 선천진기를 이용하여 팔목 부근의 근육에 힘을 주며 근육들을 최대한으로 크게 부풀렸다. 그런 후 순간적으로 힘을 빼면서 손바닥을 석실 바닥을 보게 돌리는 것이었다. 손바닥과 석실 바닥이 맞대어지게 되자 이제는 손바닥을 석실 바닥에서 최대한 떨어지게 하면서 지금까지 배운 권기를 강하게 발출하였다.

펑!

"음……!"

석실 바닥이 약간 흔들리면서 바닥에 균열이 조금씩 갔다. 장불사도 너무 가까이 붙어 있는 바닥 때문에 자신이 발출한 권기의 반탄력으로 인하여 팔목이 구십 도로 꺾이며 충격을 받았다. 이제는 밖에서 듣는 것이 문제가 아니었던 것이다. 빨리 몸을 움직일 수 있게 하여 이곳을 빠져나가야 하는 것이 우선이었던 것이다.

약 일각 정도 그렇게 권기로 때리자 석실의 바닥에 균열이 갔다. 한

순간 손목에 힘을 주자 고리들이 느슨해지며 손목을 고리에서 뺄 수가 있었다. 장불사는 자유로워진 손으로 다시 팔꿈치 부근의 고리들이 있는 곳에 권기를 발출하였다.

펑!

두세 번 바닥을 때리자 그곳의 고리들도 힘을 주자 느슨해지며 팔이 자유롭게 된 장불사는 선천진기를 최대한 운용하여 겨드랑이와 목, 이마에 있는 고리들을 하나하나 떼어내었다. 그리고 다시 막 허리 쪽의 고리를 떼어내려는 순간 철문이 삐거덕거리며 열리는 소리가 들렸다.

장불사는 철문이 열리는 소리가 들리자 허리 쪽의 고리를 끊으려던 동작을 멈춘 채 긴장을 하였다. 이젠 올 것이 왔구나 하는 생각을 하며 호흡을 멈추고는 의식적으로 선천진기를 순환시켰다.

희미한 불빛이 보이며 사람이 다가오는 기척이 느껴지자 또다시 천연수향 같은 수면제를 쓰지 않을까 하는 염려가 마음속에서 생겨났기 때문이었다.

이각이나 권기를 발출하며 큰 소리를 내었기에 분명 밖에서 그 소리를 듣고는 사람들이 몰려올 것이라 생각했는데 지금 철문을 열고 들어온 사람은 한 사람의 기척이라 장불사는 잠시 동안 판단이 서질 않았다.

그러나 이미 자신에게는 그런 것을 따질 여유가 없다는 것을 알고는 마저 허리 쪽의 고리와 하반신의 고리들을 선천진기로 운용한 극대화된 근력으로 모두 끊었다. 장불사는 몸이 자유로워지자 석실 문에서 최대한 멀리 떨어져 양손에 내력을 돋우고는 조금 전에 자신이 창안한 권기를 문을 향해 발출하였다.

펑!

픽!

날카로운 파공음 소리와는 전혀 다르게 석실 문에 부딪친 권기가 내는 소리는 허무하다 싶을 정도로 약하게 들렸다. 이에 장불사는 머리를 갸웃거리며 다시 한 번 권기를 날리려고 하는데 밖에서 석실 문의 자물쇠에 열쇠가 꽂히는 소리가 들리는가 싶더니 석실의 문은 산산이 부서지며 무너져 내렸다.

쿵~!

우르르…….

"엇!"

"어머!"

장불사와 석실 문을 열려던 사람의 입에서 동시에 놀라움의 소리가 터져 나왔다. 장불사는 어떤 연유로 석실의 문이 부서졌는지 몰라 어리벙벙하게 있다가 무너진 석실 문 앞에 처음 보는 여자가 서 있는 것을 보고는 빠른 보법을 이용하여 여자의 팔을 비틀고 견정혈을 제압하였다.

"소저는 누구요?"

"아~ 앗! 팔은 놓고 얘기해요. 너무… 아파요!"

여자는 장불사가 갑자기 달려들어 자신의 팔을 강하게 비틀자 어깨 부근이 아프다며 고통을 하소연하였다. 그러자 장불사는 여자가 전혀 무공을 쓰지 못한다는 것을 감지하며 약간 느슨하게 팔을 놓고는 다시 물었다.

"소저는 누구요? 무슨 일로 이곳에 온 것입니까?"

"아~! 저는 공자님을 도우려고 온 것이에요. 그러니 이 팔을 좀 놓아주세요."

"흥! 무슨 이유로 나를 돕는단 말입니까?"

장불사는 심 의원이 자기에게 한 처사로 보아 이곳에서는 누구도 믿지 못하는 상황이 되었던 것이다.

"저의 할아버지와 아버님이 공자님에 대해 나누는 이야기를 들었어요. 그런데 작은할아버지를 구한 공자님에게 은혜를 갚지는 못할망정 이곳에 계속해서 가두어야겠다는 얘기를 듣고는 공자님을 풀어드리기 위해 이곳에 온 것이에요. 그런데 공자님은 무공을 할 줄 아시는군요. 할아버지와 아버님의 말씀엔 무공을 모른다는 것 같다고 했는데……. 아! 제가 석실 문의 열쇠를 가지고 왔으니 저쪽 석실에 갇힌 소저와 함께 빨리 나가세요. 곧 할아버지와 아버님이 오실 거예요."

여자의 말에 장불사는 미심쩍어하면서도 손에 들려 있는 열쇠를 보고는 빼앗듯 잡아챈 후 남궁화가 갇혀 있는 석실의 문을 열었다. 남궁화는 석실의 작은 침대에서 아직까지 세상 모르고 자고 있었다.

'음! 어떻게 한다? 모르겠다. 한 번 업고 갔었는데 두 번 못할까 봐.'

장불사는 예전에 남궁화가 남녀유별이란 말을 했던 것을 상기하며 잠시 머뭇거리게 되었던 것이다. 그러나 일단 결정을 내리자 장불사는 남궁화를 들쳐 업고 여자를 앞세우고는 계단을 올라 철문을 열었다.

끼이익—

유난히 크게 들리는 것 같은 소리가 나며 철문이 열렸다. 장불사는 조심스럽게 철문을 열고 밖으로 나갔다.

팍!

갑자기 밝은 불빛들이 켜지자 장불사는 눈이 부심에 잠시 눈을 감았다가 떴다. 철문 밖에는 이미 심 의원과 심윤 부자가 장불사를 기다리고 있었다는 듯 장불사가 철문을 나오자마자 횃불을 동시에 밝히며 여러 사람과 진을 치고 있었다. 장불사가 예상한 대로 자신이 발출한 권기의 격타음을 듣고는 기다리고 있었던 것이다.

장불사는 장내를 한차례 훑어보았다. 자신이 구한 추 노인도 어느 정도 몸을 회복하였는지 심 의원 부자 옆에 있는 것이 보였다.

"역시… 소형제가 천연수향에 그토록 오랫동안 잠들지 않은 이유가 있었구먼."

"심 의원님, 한 가지만 묻겠습니다. 저희들을 이렇게 수면향까지 쓰면서 잡아둔 이유가 무엇입니까?"

장불사는 굳은 표정으로 자신의 앞에 세워둔 소저를 바라보고 있는 심 의원에게 물었다.

"음! 그건 소형제가 더 잘 알고 있을 거라고 생각하는데, 그리고 소형제가 잡고 있는 나의 손녀는 놓아주는 것이 좋겠군. 그 아이는 무공도 할 줄 모를뿐더러 소형제를 풀어주기 위하여 그곳에 간 것이니 그만 놓아주게."

심 의원의 말에 자신이 나오기를 기다린 이유가 손녀딸의 안위가 걱정이 되어서 들어오지 않고 기다렸다는 것을 장불사는 알 수 있었다. 장불사는 심 의원의 말에 잠시 고민을 하더니만 잡고 있던 여자를 놓아주었다. 이 여자가 지금 상황에 있어 인질로서 약간의 도움이 될 수도 있었지만 심 의원의 말처럼 무공도 모르는 연약한 여자를 잡아둘 만큼 장불사의 마음은 모질지가 못했던 것이다.

"형연아! 이리 오너라."

"심 소저는 저쪽으로 가십시오."

장불사의 가라는 말에 그때서야 심 의원이 있는 곳으로 가는 심형연의 걸음걸이는 조금 부자연스러워 보였다. 다리의 한곳이 불편한지 약간 절뚝거린다는 느낌을 주었던 것이다. 심 의원의 옆으로 간 심형연은 장불사를 놓아줄 것을 애처로운 눈빛으로 간청하였다.

"할아버지! 저 소협을 놓아주세요. 작은할아버지를 구해준 은인이잖아요."

짝!

"어디서 방자하게 구는 것이냐! 아버님께서 너를 귀여워해 준다고 이제는 네 멋대로 행동하는 것이냐!"

심윤은 심형연이 장불사를 풀어주기 위해 석실로 간 것도 못마땅히 생각하고 있었는데 지금 또다시 앞뒤 구분하지 못하고 심 의원에게 장불사를 놓아줄 것을 간청하자 갑자기 울화가 치밀어 올랐는지 심형연의 뺨을 때리며 훈계를 하였다.

"됐다, 그만 하여라. 연아가 무슨 잘못이 있다고 손찌검까지 하는 것이냐."

"아버님, 그래도……."

"허어, 됐다지 않느냐. 연아야, 너는 그만 방으로 들어가거라."

"……."

"뭐 하는 것이냐, 당장 할아버지의 말씀에 따르지 않고……!"

심형연은 더 이상 자신이 나설 수 있는 상황이 아니라는 것을 알고는 몇 번 장불사를 안타까운 눈으로 보더니만 부자연스러운 걸음걸이로 장내를 빠져나갔다.

장불사는 심 의원이 자기와 남궁화에게 한 행위들을 보아선 괘씸하기 짝이 없었으나 심형연이 자신은 죄가 없음을 말하고 아버지로부터 뺨까지 맞자 마음이 약간 누그러졌다.

일주일 동안 노심초사(勞心焦思)하며 고생한 것을 생각하면 한바탕

소란을 일으키고 싶었으나 자신과 남궁화가 다친 곳도 없이 건재하니 더 이상 소란을 일으키고 싶지 않아 심형연이 장내를 벗어나자 다시 심 의원에게 말을 하였다.

“심 의원님! 제게 볼일이 없다면 이만 이곳을 떠날까 합니다.”

“이보게, 소형제! 나는 소형제를 잡아둘 마음이 전혀 없네. 그러나 여기 있는 추 아우를 구하면서 가져간 물건을 내놓아야만 이곳을 떠날 수 있을 것이네.”

“물건이라니요? 도대체 무슨 물건을 말하는 것입니까? 전에도 말씀 드렸다시피 나는 길에 쓰러진 저 노인을 구하여 이곳에 온 것뿐입니다. 심 의원님이 말씀하시는 물건이 무엇인지 알지도 못할뿐더러, 남의 물 건을 몰래 훔치거나 하는 그런 도둑은 더욱 아닙니다.”

장불사의 말에 심 의원과 추 노인은 뭔가 찔리는 것이 있는지 얼굴 을 약간 붉히며 헛기침을 하였다.

“험험! 소형제가 그렇게 말을 하지만 그 당시 추 아우의 얘기를 듣자 면 자신이 정신을 잃기 전까지는 그 물건이 품에 있었다고 하는데 소 형제가 보지 못했다면 말이 되지 않지 않나. 그 물건에 손발이 달린 것 도 아닌데 소형제가 아니면 누가 가져갔겠는가? 고집 부리지 말고 좋 은 말로 할 때 그 물건을 내놓게나. 그 물건은 소형제에게는 필요가 없 는 물건이니 나에게 건네준다면 바로 보내주겠네.”

심 의원은 장불사의 품에 지금 없다는 것을 알고 있었으나 분명 다 른 곳을 숨겨두었을 거라는 생각을 하고 있었던 것이다.

장불사는 자신이 가지고 있지도 않은 물건을 자꾸 내놓으라고 하니 환장할 노릇이었다. 정말 물에 빠진 사람 건져 줬더니만 보따리 내놓 으라는 식이었던 것이다.

"정말 나는 모르는 일이니 더 이상 말할 필요가 없을 것 같군요. 저는 이만 떠나겠습니다."

장불사는 변명의 말을 해봤자 소용이 없다는 것을 알고는 남궁화를 업은 채 십여 장 앞에 있는 작은 문이 있는 곳으로 신형을 날렸다.

펑.

장불사는 갑자기 날아온 강기를 맞으며 다시 내려서야 했다.

"욱……!"

"음……! 소형제, 나를 구해준 것은 고맙지만 그 물건을 내놓기 전에는 이곳을 나갈 수 없네."

어느새 추 노인이 장불사의 앞을 가로막으며 장력을 발출하였던 것이다. 얼마 전에 다쳤다는 것이 믿기지 않을 정도로 엄청나게 빠른 몸놀림이었다.

"음! 정 이렇게 나온다면 저도 더 이상 참지 못합니다."

추 노인은 자신이 발출한 장력에 장불사가 별다른 상처도 없이 다만 약한 신음 소리와 함께 몇 발자국만 물러나며 말을 하자 놀란 눈으로 장불사를 바라보았다.

심 의원과 심윤도 방금 상황을 보며 상당히 놀라고 있었다. 비록 추 노인의 상처가 완전히 낫지는 않았지만 강호에서 몇 손가락 안에 드는 절대고수로서 그 장력에 실린 내가진력은 상상하기 힘든 것이었다. 또한 장불사가 석옥의 문을 부수는 소리를 들어볼 때 어느 정도 무공을 익히고 있을 거란 생각은 하였지만 추 노인의 장력에 맞고도 아무런 상처 없이 말을 하자 놀란 것이다.

장불사도 눈에 보이지 않을 정도로 빠른 신법과 한순간 숨이 멈추는 듯한 강력한 추 노인의 장력에 식은땀을 흘렸다. 태연한 척 말은 하였지만 속에서는 혈기가 들끓었던 것이다. 하지만 몇 차례 호흡이 이루어지자 혈기가 가라앉고 원래의 상태가 되었다.

'음! 저 추 노인은 원래 대단한 고수였구나. 어떻게 한다. 남궁 소저를 업고서는 수박권을 펼치기가 힘든데……'

장불사는 자신의 주위를 둘러싸고 있는 사람들을 다시 둘러보며 검을 가지고 있는 사람이 없나 살펴보았다. 심 의원 부자의 뒤에 다섯 명의 무인이 검을 들고 있었고 추 노인의 뒤로 세 명이 검을 들고 있었다.

'우선 저들 중 한 명의 검을 빼앗아야겠는데……. 나의 검기로 이들을 상대할 수 있을까!'

장불사는 판단이 섰는지 심 의원 부자가 있는 곳으로 빠르게 달리더니만 이 장여 앞에서 허공으로 도약하였다. 심 의원 부자를 뛰어넘어 뒤에 있는 무인들 중 한 명의 검을 빼앗으려고 하는 것이었다.

"으윽!"

허벅지 부근에 엄청난 통증을 느끼며 장불사는 남궁화를 업은 채 심 의원 부자를 뛰어넘으며 나뒹굴어졌다. 심 의원의 손에서 뭔가 번쩍하는 것을 보았다는 느낌이 드는 순간 허벅지 쪽에 통증이 왔던 것이다. 장불사가 통증으로 인하여 나뒹굴어지면서 허벅지를 잡는 바람에 남궁화는 잠이 든 채로 한쪽에 널브러졌다.

척. 척. 척. 척. 척.

어느새 다가왔는지 심 의원 부자의 뒤에 있던 다섯 명의 무인이 허벅지를 잡고 다시 일어서려는 장불사의 목에 검을 들이대었다.

챙, 카강, 캉…….

장불사는 생각하고 말고도 없이 자신의 목에 들이댄 다섯 자루의 검을 무시하며 양손을 휘둘러 네 자루의 검을 부러뜨림과 동시에 상체를 다시 바닥으로 누이면서 몸을 삼백육십 도로 계속 회전시키며 수박권의 각기를 시전하였다. 자신의 목에 들이댄 검은 위협이 되지 않는다는 판단이 섰기 때문이었다.

퍼버버벅.

연속적인 격타음 소리가 들리며 다섯 명의 무인들 입에서는 짧은 신음 소리가 났다.

"커억, 컥……."

다섯 명의 무인은 정강이에서부터 턱까지 회전하면서 올라오는 장불사의 빠른 각기에 제대로 방어도 하지 못하고 연속적으로 얻어맞으며 삼여 장을 날아가 처박혔다. 거꾸로 회전하면서 각기를 시전하여 허공으로 도약한 장불사는 부러뜨리지 않고 각기로써 차올린 한 자루의 검을 잡으며 다시 몸을 뒤집고는 땅으로 착지하였다.

장불사가 나뒹굴어지면서 다시 검을 빼앗아 잡기까지는 순식간에 일어난 일이었다. 추 노인과 심 의원이 어찌해 볼 여유가 없을 정도로 장불사가 펼친 수박권의 각기가 그만큼 빨랐던 것이다. 장불사는 일단 검을 잡고 나자 그제야 자신의 허벅지를 내려다보았다. 연혈액을 섞어 제련한 단단한 현철이 날카로운 검에 잘린 나무처럼 매끈하게 잘려져 있었고 그 잘린 부분 안쪽의 허벅지에는 가느다란 혈흔 자국이 생겼는데 그곳에서는 조금씩 피가 흐르고 있었다.

'무엇이었을까! 현철마저도 자르고 금강불괴에 가까운 나의 몸에 상처까지 내다니…….'

심 의원의 몸에서 무엇이 발출되었는지 감조차 잡지 못한 장불사는 의혹에 찬 눈초리로 심 의원을 바라보았다.

"호오! 대단하구먼, 소형제! 나의 공격에 다리가 잘리지도 않고 곧바로 나의 수하들을 때려눕히다니. 지금까지 이 한 수를 쓰고도 실패를 한 적은 없었는데……. 소형제가 하고 있는 호심경이 대단한 물건인가 보구먼."

심 의원은 자신의 수하들이 심한 부상을 당하여 쓰러졌지만 조금의 동요도 없이 장불사의 허벅지를 보며 담담한 투로 말하였다.

하지만 자신의 말처럼 한 번도 실패한 적이 없었던 공격이 장불사의 몸에 약간의 상처만 낸 것을 보고 내심으로는 크게 놀라고 있었다. 또한 자신이 손써볼 사이도 없이 장불사의 목에 검을 들이대었던 부하 무인 다섯이 장불사가 펼친 각기에 맞아 삼여 장을 날아가자 한동안 어떻게 된 영문인지 알 수가 없었다.

장불사는 이젠 돌이킬 수 없는 지경까지 이르렀다고 생각되자 더 이상 변명의 말을 하지 않고 바로 심 의원을 향해 검기를 날렸다.

쉬익.

심 의원은 장불사가 갑자기 자신을 향해 검기를 날리자 헛바람을 들이켰다.

"엇!"

하지만 심 의원은 장불사가 날린 검기를 형체가 흐릿해질 정도로 빠르게 피하였다. 한 번 날린 검기를 심 의원이 너무 쉽게 피하자 장불사는 연속적으로 여러 곳의 방위를 점하는 검기를 다시 날렸다. 하지만 심 의원은 그런 장불사의 검기를 예상하고 있었다는 듯 여유있게 피하며 가끔씩 강기를 발출하여 맞받아치더니만 예의 그 번쩍거리던 공격을 장불사를 향해 발출하였다.

팟.

“윽!”

장불사는 심 의원에게서 다시 뭔가 번쩍거린다고 느낀 순간 검기를 날리던 오른 손목에 통증이 오자 신음을 토하였다. 손목에 채워졌던 현철도 허벅지에 채워졌던 현철과 마찬가지로 매끈하게 잘려지면서 손목에는 날카로운 검에 베인 것처럼 실낱같은 혈흔이 생기며 피가 배어 나오고 있었다.

‘으으……! 도대체 무엇이기에 눈에 보이지도 않고 소리조차 나지 않는단 말인가! 이런 상태가 계속된다면 도저히 이곳을 벗어나기가 힘들 것 같은데… 좋은 방법이 없을까! 음! 저기 가만히 있는 추 노인까지 합세한다면 나의 속도로는 도망가기조차 힘들 것 같은데…….’

장불사는 발출한 검기가 심 의원에게 전혀 타격을 주지 못하고 오히려 심 의원의 공격에 두 번이나 상처를 입자 날리던 검기를 멈추고는 좋은 해결책이 없나 생각해 보았지만 별다른 방법이 떠오르지가 않았다. 장불사는 자신의 몸에 흐르는 피를 보면서 오늘 잘못하면 이곳에서 뼈를 묻어야 될지도 모른다는 생각에 심호흡을 크게 한 번 하고는 자신이 할 수 있는 최대한의 검기를 발출하였다.

치이익!

나무 막대기와 달리 지금 장불사가 검에서 발출한 검기의 길이는 거의 삼 장에 가까웠다. 그만큼 이번 싸움에 임하는 장불사의 각오가 남다르다는 것을 알 수 있는 장면이었다.

“엇!”

“아!”

심 의원 부자와 추 노인의 입에서 놀람의 소리가 나오며 삼 장의 길이에 달하는 장불사의 검기를 보고는 입을 다물지를 못하고 넋을 잃고 바라보았다. 지금 장불사가 발출한 검기는 눈에 보이는 형체를 갖춘 검강의 형태와 비슷하였고, 자신들이 검기를 발출하여도 채 이 장이 못 되는 길이였기에 경이로운 것을 보는 사람처럼 넋을 잃었던 것이다.

'음! 심 의원의 공격을 사전에 막기 위해서는 가까운 거리로 접근하여 발출된 검기로 싸워야겠는데……. 수박권의 속보로 빠르게 접근함과 동시에 심 의원의 공격을 피하기 위해서는 이형환위의 보법을 함께 사용하여 접근해야겠구나.'

장불사가 심 의원을 바라보며 각오를 단단히 하고는 막 심 의원이 있는 곳으로 신형을 날리려는 순간 내공이 실린 음성이 장내에 울려 퍼졌다.

"아미타불. 시주들은 잠시 싸움을 멈추시오."

"아미타불……."

불호(佛號) 소리와 함께 이십오 명의 승려들이 거의 같은 시간에 삼삼오오 장내를 둘러싸며 도착하였다. 장불사는 승려들이 나타나자 움직이려던 신형을 멈추며 발출된 검기를 거둔 채 그들을 둘러보았다. 이십이 명의 젊은 승려와 세 명의 노승이었는데 그중 진가장에서 한 번 본 적 있는 소림사의 사대금강 중 한 명인 공도 스님도 있었다.

"추 시주! 심 시주! 오랜만에 보는군요. 이렇게 십 년 만에 다시 보니 반갑습니다. 아미타불."

세 명의 노승 중에 키도 작고 가장 왜소해 보이는 노승이 추 노인과 심 의원에게 말을 하였다.

"현청(玄淸) 방장! 오랜만이오."

추 노인과 심 의원은 떨떠름한 표정으로 포권을 지어 보이며 현청 방장에게 인사를 하였다.

"시주들은 다시 만난 것이 반갑지가 않은 모양입니다."

"뭐, 우리 사이에 자주 보면 좋을 것이 있겠소."

"그렇기는 합니다만. 그래도 한때는 좋은 일을 같이했지 않습니까. 회자정리(會者定離)라지만 헤어짐이 있으면 만남도 있지 않겠습니까?"

"훙. 현청 대사! 쓸데없는 설법일랑 그만두고 여기에 온 용건이나 말하시오."

심 의원은 뭐가 그리 심사가 뒤틀리는지 연신 시비조로 말을 하였다.

"심 시주! 소승이 이곳에 온 이유를 몰라서 묻는 말은 아니겠지요. 아~! 그리고 추 시주의 몸은 괜찮습니까?"

"……."

"아아! 너무 그런 눈으로 보지 마시구려. 그때 도적이… 아니, 양상군자가 추 시주인 줄 알았다면 우리도 그리 심하게 손을 쓰지 않았을 겁니다. 그런데 오늘 이렇게 건강한 추 시주의 모습을 다시 보니 다행입니다그려."

현청 대사는 소림사의 방장이라고 믿기지 않을 정도로 얼굴에 웃음기를 가득 띠고는 능글맞게 말을 하였다.

"훙! 나는 현청 대사가 무슨 말을 하는지 모르겠소이다."

추 노인은 살기 어린 두 눈으로 현청 대사를 쏘아보며 얼토당토않은 말은 하지도 말라는 듯 말하였다.

"호오! 추 시주는 지금 와서 발뺌을 하시려는 겁니까? 아미타불. 세상에는 보이지 않는 눈과 귀가 너무도 많답니다."

"이보시오, 현청 대사! 지금 나를 비웃는 것이오!"

"아미타불. 어찌 소승이 오왕(五王)의 한 분이신 추 시주를 비웃겠습니까!"

현청 대사는 오해 말라는 듯 합장하며 엄숙한 표정을 지었다.

"추 시주! 그리고 심 시주! 두 분은 이미 무림에서도 명성이 높은 오왕이 아닙니까. 그런데 무엇이 부족하여 그깟 물건에 탐을 낸단 말입니까. 십 년 전에 그 물건은 저희 소림사에서 보관하기로 모두들 그때에 약조(約條)하였고, 저희 소림사에서도 그 물건을 보지 않겠다고 약조하였습니다. 추 시주! 그 물건이 세상에 나간다면 강호는 다시 한 번 피바람이 불 것입니다. 그러니 그만 저희 소림사에 돌려주시지요. 아미타불."

장불사는 심 의원과 추 노인이 오왕의 두 사람이라는 소리를 듣고 깜짝 놀랐다. 두 사람이 오왕이라는 현청 대사의 말을 듣는 순간 왜 자신이 심 의원에게 상처를 입었는지 이해가 갔다. 정말이지 심 의원과 추 노인이 무공이 높은 고수라고만 생각하였지 무림에서 절대적인 위치에 있는 오왕이라는 생각은 꿈에도 하지 않았던 것이다.

"훙! 좋소이다. 현청 대사가 그렇게 말을 하니 나도 하나 물어볼 것이 있소이다."

"말씀하시지요, 추 시주!"

"분명 그때 소림사에서는 그 물건을 보지 않겠다고 했소이다. 그런데 정말 그 약조를 지켰다고 생각하시오, 현청 대사!"

"물론입니다. 그런데 무슨 저의로 그런 말을 하는 것입니까?"

"현청 대사! 등잔 밑이 어둡다고 하였소. 내가 왜 이런 말을 하는지는 저기 있는 현광 대사에게 물어보면 알 것이오."

추 노인은 현청 대사의 오 장여 우측에 있는 다른 두 명의 노승 중 한 명인 현광 대사를 가리키며 말하였다. 백미(白眉)와 백염(白髯)만 아니라면 노승이라고 말하기에는 너무도 건강해 보이는 얼굴과 풍채였고 키 또한 보통 사람보다 한 뼘이나 컸다.

"현광 사제! 지금 추 시주가 하는 말이 무슨 뜻인가?"

현청 대사가 질책 어린 소리로 물었다.

"장문 사형! 저는 추 시주가 무슨 말을 하는 것인지 모르겠습니다. 지금은 그런 것을 따질 때가 아니라 추 시주가 훔친 물건을 회수하는 것이 급선무인 것 같습니다. 아미타불."

너무도 태연하게 현광 대사가 말을 하자 추 노인은 기가 차지도 않는다는 듯 코웃음을 날리고 현청 대사를 보며 말을 이었다.

"흥. 현청 대사! 저기 있는 현광 대사의 말처럼 분명 그 물건은 내가 훔쳤소. 하지만 지금은 내 손에 없소이다. 그리고 분명히 알아야 될 것은 현광 대사가 마교(魔教)의 비급을 본 것이 확실하다는 것이오. 무림에서 가장 빠르다고 자부하는 내가 무엇 때문에 그대들에게 둘러싸여 중상까지 입었다고 생각하시오. 내가 저기 있는 현광 대사보다 무공이 약하다고 생각하시오? 아니면 그보다 빠르지도 못한다고 생각하시오? 흥. 이미 현광 대사는 장경각을 드나들며 그 마교의 비급을 훔쳐보았기에 나를 중상에 빠뜨릴 수 있었던 것이오."

"아미타불. 추 시주는 그만 하시오. 여기에는 사람들이 너무도 많습니다. 더 이상 비밀이 새어 나간다면 사태는 걷잡을 수 없이 커지고 말 것이오."

"후후. 현청 대사! 이미 비밀은 새어 나갔소이다. 지금 내 손엔 그 비급이 없다고 하였소. 그대들에게 중상을 입고 여기로 오던 중 저기에 있는 소형제가 나를 구해주었지요. 그런데 내 품속에 있던 비급이 없어졌으니 현청 대사는 어떻게 생각하시오. 그리고 마교의 무공을 익

힌 현광 대사 또한 그 비급에 대한 미련을 버리지 못할 것이외다. 지금
이 두 가지 일을 처리하지 않는다면 앞으로 소림사는 고개를 들고 무
림에서 활동하지 못할 것이오.”

추 노인의 말에 그제야 현청 대사를 비롯한 소림사의 승려들은 팔과
다리에 피를 약간씩 흘리며 검을 잡고 서 있는 장불사를 바라보았다.
장불사는 또다시 추 노인에게서 비급을 훔친 장본인으로 몰리며 뭇사
람의 시선이 쏠리자 무척이나 기분 나쁜 표정을 지었다.

‘음! 추 노인의 행동과 말을 들어보자면 분명 그 비급을 품에 지니고
있었던 것이 사실인 것 같은데……. 도대체 누가 그 비급을 가져갔을
까. 내가 추 노인을 발견했을 당시에는 이미 정신을 잃은 상태였으니
그전에 누군가가 추 노인의 품을 뒤져 가져갔다는 결론이 나오는
데……. 만일 추 노인의 말이 거짓이라면 아마 자신만이 알 수 있는 장
소에 숨겼거나 아니면 아직 자신이 가지고 있을 것이다.’

장불사는 자신이 자꾸 비급을 훔친 장본인으로 몰리자 왜 추 노인을
더 추궁하지 않고 자신을 도둑처럼 몰고 가는지 이해가 가지 않아 혼
자 나름대로 추리를 해보고 있었던 것이다.

현청 대사는 그런 장불사와 현광 대사를 번갈아 보며 지금 상황을
어떻게 처리해야 할지 고민에 휩싸였다.

“현광 사제! 정녕 마교의 무공을 익혔는가?”

“장문 사형! 어찌 추 시주의 말을 믿으려고 하는 것입니까? 이 사제
는 장문 사형과 함께 육십 년을 불도에 정진한 몸입니다. 추 시주의 말
은 들을 필요조차 없습니다. 아미타불.”

현광 대사의 불호 소리가 끝남과 동시에 심 의원의 몸에서는 다시
번쩍이는 것이 보였는데 그와 함께 현광 대사의 작은 손놀림이 있는가

싶더니 옆에 있던 젊은 승려의 팔이 잘려져 나가며 피분수가 밤하늘을
수놓았다.

"아악!"

팔이 잘린 젊은 승려의 입에서 뒤늦은 비명 소리가 들리자 그때서야
상황 파악이 되었는지 장내 사람들의 입에서는 놀람의 소리가 튀어나
왔다.

"엇!"

"앗!"

장불사도 느닷없이 승려의 팔이 잘리자 소스라치게 놀라며 어떻게
된 영문인지 몰라 심 의원과 현광 대사를 보며 어리둥절한 표정으로
두 사람을 보았다.

"아미타불."

현청 대사는 잘려 나간 젊은 승려의 팔을 보면서 침울한 불호 소리
를 내며 자신의 사제인 현광 대사를 의혹에 찬 눈초리로 바라보았다.

"현청 대사! 나의 월영인(月影刃)은 한 번도 선택한 목표를 벗어난
적이 없었소. 그런데 현광 대사는 나의 월영인을 타인에게 전이(轉移)
시키는 수법을 보여주었소. 이것은 이화접목과는 다른 것으로 십 년
전 마교의 교주가 보여주었던 그 신공과 같다는 것을 알 것이오. 더 이
상 무슨 말이 필요하겠소."

심 의원이 펼친 월영인의 한 수와 뒤이은 설명으로 현광 대사가 마
공을 익혔다는 것이 확실해지자 현청 대사의 안색은 굳어지며 연신 아
미타불을 외치었다.

"아미타불. 현광 사제는 어쩌자고 그와 같은 마공을 익혔는가?"

"……."

현광 대사는 순간적으로 마공을 사용하여 월영인을 막아냄으로써 자신이 마공을 익혔다는 것을 알리게 되자 할 말이 없는지 현청 대사의 물음에도 묵묵부답으로 팔이 잘린 승려만을 바라보았다.

그런 현광 대사의 눈빛에는 안타까움과 허무함이 짙게 배어 있었다. 현광 대사는 팔이 잘린 승려에게 다가가더니 혈을 찍고 금창약을 바르며 지혈을 한 후 자신의 승포 자락을 찢어서는 잘린 팔을 동여맸다.

"공진아! 네가 십팔나한이면서 또한 나의 제자가 아니더냐. 오늘 나는 네게 너무도 큰 죄를 지었구나. 하지만 이 사부를 너무 원망하지는 말아라. 나는 이제 소림을 떠날 것이다. 그런데 한 가지 걱정되는 것은 한쪽 팔이 없는 네가 어떻게 소림의 무승(武僧)으로 앞날을 헤쳐 나갈지구나."

"사부님! 이 제자는 걱정하지 마시고 빨리 떠나십시오. 고아인 저를 데려다가 키워주시고 이끌어주신 것만 하여도 갚지 못할 은혜입니다. 부디 참공덕으로 부처님을 만나시기를 제자는 바랄 뿐입니다."

"……."

현광 대사는 고통을 참으며 오히려 자신을 염려해 주는 공진에게 더 이상 다른 말을 할 수가 없었다.

"현광 사제! 사제는 소림사를 떠나려는 것인가? 하지만 이곳에서는 안 되네. 일단은 소림사로 돌아가서 사제가 저지른 죄의 처벌을 받아야만 소림과의 인연을 끊을 수 있을 것이네. 아미타불. 제자들은 죄인인 현광 사제를 포박하여라!"

현청 대사는 두 사제지간의 말을 들으며 현광 대사가 이곳을 떠난다고 하자 제자들에게 현광 대사를 잡으라는 명령을 한 것이었다.

"아미타불. 장문 사형은 잠시 이 사제의 말을 들어주십시오. 제가 익힌 마교의 무공이 어떤 것이라는 것을 사형도 잘 알 것입니다. 저의 무공 수위에 열 배가 되지 않는다면 저를 잡는다는 것이 불가능할 겁니다. 제 손에 소림 제자들의 피를 묻히고 싶지는 않군요. 그냥 저를 떠나게 해주십시오. 다시는 강호무림에 발을 들여놓지 않겠습니다. 사형, 저의 마지막 부탁입니다. 아미타불.”

현광 대사의 말에 현청 대사는 십 년 전의 일이 주마등처럼 스쳐 지나갔다. 그 당시 마교 교주와의 격전은 정말 악전고투(惡戰苦鬪)였던 것이다. 십 대 일로 마교 교주와 싸우면서 죽을 고비를 몇 차례나 넘기던 중 나중에 나타난 무당 장문인 장삼봉 진인이 합세하고서야 겨우 마교 교주를 사로잡을 수 있었는데 그때 보여주었던 마교 교주의 무공 중 하나가 방금 현광 대사가 펼친 수법이었다.

“사제는 정녕 제자들에게 손을 쓰겠단 말인가?”

“아미타불. 장문 사형은 저의 고초를 이해해 주시기 바랍니다. 장문 사형도 알다시피 저는 불혹(不惑)의 나이가 되어서야 무공에 입문하였습니다. 그런 제가 할 수 있는 것이라고는 다른 사형들을 따라가기 위한 끝없는 무공 탐닉뿐이었습니다. 그러던 중 장경각에 있는 마교의 무공 비급을 보게 되었지요. 하지만 그 비급은 사람의 심성을 악하게 한다거나 하는 그런 류의 비급이 아니라 정말 경천동지할 수 있는 절세절륜(絶世絶倫)의 무공이었습니다. 저는 그 무공으로 무학의 끝을 보고자 합니다. 부디 이 사제의 작은 소망을 저버리지 말아주십시오, 장문 사형! 제가 살면 얼마나 더 살겠습니까! 저는 죽는 날까지 아무도 없는 산속에 은거하여 불도에 정진하며 무학의 끝을 보고 싶습니다. 지금도 저의 마음속에는 부처님이 살아 있습니다. 부디 이 부처님을 끝까지 지킬 수 있게 장문 사형은 길을 열어주십시오.”

“아미타불…….”

“아미타불…….”

현광 대사의 긴 말이 끝나자 현청 대사를 비롯하여 소림 승려들의 입에서는 안타까움의 불호 소리가 연발하였다.

장불사는 갑자기 상황이 이상하게 돌아감에 그저 검만 든 채 이쪽저쪽을 쳐다보며 멍하니 서 있다가 뒤에 널브려져 있던 남궁화가 깨어나는 소리가 들리자 그때서야 정신을 차리고는 남궁화가 있는 곳으로 다가갔다.

“남궁 소저! 정신이 드십니까?”

“으음! 아우, 잘 잤네. 어… 장 공자님! 여기가 어디예요?”

“음! 아마 보혜원의 뒤뜰인가 봅니다.”

“아! 그런데 왜 내가 여기에 누워 있는 거죠? 그리고… 웬 사람들이 이렇게 많아요? 아! 소림사의 승려들이군요. 어머, 우리가 구한 노인분도 있네요?”

남궁화는 잠에서 깨어나자마자 일주일 동안 잠만 잔 것을 알기라도 하듯 쉴 새 없이 말을 쏟아내었다.

“남궁 소저! 걸을 수 있겠습니까?”

“예! 물론이에요. 그런데 왜 그러시죠?”

“지금의 상황이 좋지 않으니 일단은 이곳을 벗어나야 할 것 같습니다.”

“무슨 일이 있는 것인가요?”

“예! 지금은 말하기가 곤란하니 빨리 떠나는 것이 좋겠소.”

장불사는 말은 그렇게 하였지만 사실 보혜원을 벗어날 좋은 방법이 없었다. 심 의원의 수하만이 아니라 소림사의 승려들까지 사방을 둘러싸고 있는 관계로 빠져나갈 틈이 없었던 것이다. 장불사는 현광 대사에게 모든 이의 시선이 잠시 쏠려 있는 틈을 타 남궁화를 이끌고 슬며시 자리를 옮겨보았다. 그러자 바로 반응이 나타났다. 시선들은 현광 대사에게 가 있었지만 모두들 장불사의 행동에 주목을 하고 있었던 것이다.

"아미타불. 소(小)시주는 잠시 기다리시지요."

가장 빨리 반응을 보인 사람은 현청 대사였다.

"소형제는 이곳을 벗어날 생각은 하지 않는 것이 좋을 것이네. 이미 소형제는 너무 많은 비밀을 알았을뿐더러 그 마교의 무공 비급을 가지고 있는 유력한 사람으로 지목되었으니 내가 아니더라도 소림에서 자네를 가만히 두지 않을 것이네."

심 의원은 이제 장불사의 문제가 자신에게서 소림사로 넘어갔다는 투로 말을 하였다.

"내가 누차 얘기했듯이 마교의 무공 비급이 무엇인지도 모르며 단지 저기 있는 오왕의 일 인인 추 노인을 구하여 여기에 데려온 것 외에는 아는 것이 없소이다. 그런데 왜 정작 비급을 훔친 추 노인은 그냥 내버려 두고 있는 것이오? 그리고 내가 추 노인을 발견했을 때 그는 이미 정신을 잃은 상태였소. 그런 추 노인을 다른 누군가가 먼저 보았더라면 그 누군가가 가져갔을 것이고, 또한 추 노인이 정신을 잃기 전 자신만이 알고 있는 장소에 숨겼을지 누가 안단 말이오."

장불사는 조금 전에 생각하였던 것을 많은 사람들 앞에서 말하고 나니 답답했던 마음이 조금은 풀어졌다. 꼭 누구더러 들으라고 한 말은 아니었지만 그래도 속으로 앓는 것보다 얘기를 하고 나니 어느 정도 속 시원함을 느낀 것이다.

옆에서 무슨 영문인지 몰라 한참을 듣고 있던 남궁화는 장불사의 말이 끝나자 그제야 대충 지금의 상황이 이해가 갔다. 또한 동시에 추 노인이 오왕의 한 사람이라는 말을 장불사의 입을 통해 알게 되자 자신도 모르게 한마디가 튀어나왔다.

"도왕(盜王) 추일풍(秋一風)!"

남궁화는 추 노인이 오왕의 한 사람인 도왕 추일풍이라는 것을 알자 목숨이 경각에 달릴 정도로 상처를 입은 이유가 무엇인지 궁금해졌다. 오왕의 일 인을 심각한 지경에 이르게 할 상황이 어떤 것인지 감이 오지 않을 만큼 오왕이라는 말이 가지는 의미는 절대적인 것이었다. 남궁화의 짧은 외침 후 잠시 장내는 아무 소리도 나지 않는 밤의 고요함이 흘렀다. 각자 나름대로의 생각에 잠겼던 것이다.

"본인은 더 이상 이곳에 머물 이유가 없으니 이만 떠날까 합니다. 한 번 더 얘기하지만 저는 이제 강호무림에 발을 들여놓은 지 한 달도 안 된 강호 초출의 무림말학으로 오왕이 누구였는지도 몰랐으며 마교의 무공 비급이 무엇인지는 더욱 모릅니다. 만일 다시 한 번 저의 앞을 막는다면… 앞으로 생길 불상사에 대해 책임을 지지 못함을 알려 드립니다. 남궁 소저! 갑시다."

장불사는 표정엔 굳건한 의지가 엿보였다.

"아미타불. 장문 사형! 소제도 이만 떠날까 합니다. 이보게! 소(小) 시주, 나와 함께 가려나?"

현광 대사가 침묵을 깨고 발길을 옮기던 장불사를 잠시 멈추게 했다.

"저야 상관없습니다만……. 대사님이 좋으실 대로 하십시오."

상황이 이상하게 돌아가자 현청 대사와 두 오왕은 잠시 어찌해야 할지 판단이 서질 않는 모양이었다. 하지만 분명 두 사람을 보내면 안 된다는 사실을 직시하고 있었기에 분분히 신형을 날리며 떠나는 세 사람을 에워쌌다.

그러자 장불사는 남궁화를 은연중 보호하며 눈길은 심 의원만을 좇고 있었다. 심 의원의 월영인이 자신에게 있어서 최대의 난제였기에 조그마한 움직임이라도 놓치지 않으려고 하는 것이었다. 그러면서 다시 검에 내력을 주입하며 검기를 최대한으로 발출하였다. 다시 삼 장 가량 발출된 장불사의 검기는 보는 사람들로 하여금 간담이 서늘하게 하면서도 경이로움을 자아내게 하였다. 옆에 있던 현광 대사도 놀라움을 표현하였다.

"오호! 대단합니다, 소시주!"

현광 대사의 말이 끝나기가 무섭게 심 의원의 몸에서는 다시 월영인이 번쩍거리며 발출되었다. 장불사를 끝끝내 잡아두려는 의도가 분명했다. 장불사는 계속해서 심 의원을 주시하고 있었기에 월영인이 번쩍거린다고 느낀 순간 누가 말릴 사이도 없이 초식도 없는 검기를 종횡과 상하좌우로 무작정 휘두르며 수박권의 보법을 이용한 최대한의 속보로 심 의원에게 접근하였다.

사악!

하지만 월영인은 장불사가 휘두르는 검기에 부딪치지도 않고 다시 다른 쪽 허벅지에 상처를 남기고는 사라졌다. 장불사는 월영인으로 인한 고통을 참으며 신형을 멈추지 않고 빠른 속보로 거리를 좁히며 검기를 휘둘렀다.

그러나 심 의원이 삼 장 이상의 거리를 유지하며 계속해서 월영인을 날리자 장불사의 몸 곳곳에는 상처가 하나둘 늘어갔다.

그런 상황이 계속되며 일각이 지났을 무렵 장불사의 몸은 성한 곳이 없을 정도로 처참해져 있었다. 옷은 너덜너덜해졌고 몸의 곳곳에는 실낱같은 혈흔 자국이 생기며 피가 흘러나와 혈인을 연상케 할 정도였다. 현철도 이미 여러 군데가 잘리면서 오히려 장불사의 행동에 제약을 주고 있었다.

'아! 오왕이라는 이름이 결코 허명(虛名)은 아니었구나. 하지만 오늘 내가 피를 토하고 죽는 한이 있더라도 당신의 몸에 칼자국 하나는 낼 것이다.'

장불사는 삼 장의 거리를 유지한 채 여유롭게 신형을 날리며 자신을 가지고 놀 듯 하는 심 의원을 보자 오기가 생겼다.

심 의원을 계속 쫓던 장불사는 현재 수박권의 이형환위 보법과 속도로는 따라잡을 수 없다는 결론이 나자 신형을 잠시 멈추고 너덜해진 옷들을 벗어 던졌다.

철걱, 철거덕!

그리고는 자신의 몸에 채워진 현철들의 이음새를 풀며 하나하나 떼어내었다.

쿵! 쿠궁!

상당한 무게의 현철들이 하나하나 떨어지자 묵직한 소리를 내었다. 장불사는 이백오십 근(150㎏)이나 되는 현철을 몸에서 떼어내고 선천진기를 빠르게 순환시키며 사지 곳곳으로 보냈다. 그러자 사지에 힘이 충만하고 발만 구르면 하늘로 날아갈 것 같은 최적의 몸 상태가 되었다. 수련을 시작하면서 지금까지 평소 자신의 일부처럼 생각하고 있던 현철들을 모두 떼어내니 온몸이 깃털처럼 가볍게 느껴졌으리라.

심 의원과 장불사가 싸우는 것을 모두들 지켜보고만 있었다. 물론 장불사가 발출한 검기의 길이로 인하여 접근조차 못하고 있는 부분도 있었지만 순간적으로 일어난 일이었기에 끼어들 틈이 없었던 것이다.
　장내의 사람들은 장불사가 현철을 하나하나 몸에서 떼어낼 때마다 자신들의 몸도 그만큼 가벼워지는 것 같은 느낌을 받았다.
　"호오! 소형제가 지금까지 보여준 것이 다가 아니라는 것이로군."
　심 의원은 장불사가 하는 행동을 지켜보며 흥미롭다는 듯이 말을 하였다.

『불사전기』 2권에 계속…

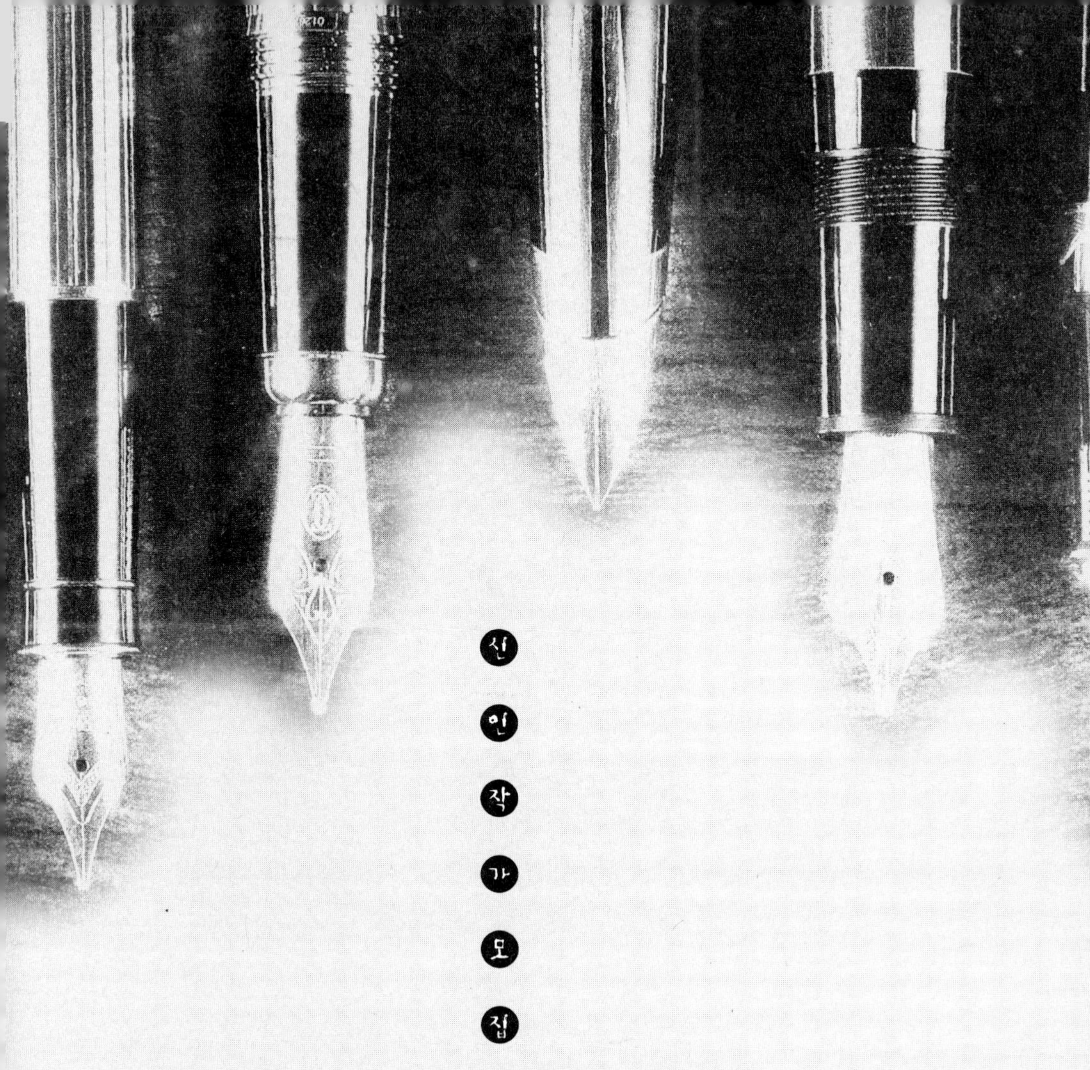

신
인
작
가
모
집

시작이 반이라고 했습니다.
작가의 길에 대한 보이지 않는 벽을 과감히 깨뜨리십시오!
청어람은 작가 지망생 여러분들의
멋진 방향타가 되어드리겠습니다.

저희 도서출판 청어람에서는
소설 신인 작가분들을 모집합니다.
판타지와 무협을 사랑하시는 분들의 많은 참여를 바랍니다.
소정의 원고(A4용지 150매)를 메일이나 우편으로 보내주시면
검토 후 출판 여부를 알려드리겠습니다.

주소:경기도 부천시 원미구 심곡1동 350-1 남성B/D 3F 우편번호420-011
TEL:032-656-4452 · FAX:032-656-4453
http://www.chungeoram.com
e-mail:chungeoram@chungeoram.com